tredition®

www.tredition.de

AF198052

RAOUL AUERNHEIMER

WIEN - DACHAU — AMERIKA

EIN LESEBUCH

KOMMENTIERT UND

HERAUSGEGEBEN VON

BIRGIT AUERNHEIMER

www.tredition.de

© 2021 Birgit Auernheimer

Verlag und Druck:
tredition GmbH, Halenreie 40-44, 22359 Hamburg

ISBN
Paperback: 978-3-347-27563-8
Hardcover: 978-3-347-27564-5
e-Book: 978-3-347-27565-2

INHALT

DER NOVELLIST ÜBER DIE NOVELLE

FEUILLETONS

PERSÖNLICHES

An Raoul Auernheimer (1876 – 1948)

- statt eines Vorwortes

Lieber Herr Dr. Auernheimer,

seit Jahren beschäftige ich mich mit Ihrer Dachau-Geschichte, unseren Verwandtschaftsbeziehungen, der Vielfalt Ihrer Texte, wie sie in Ihrem Nachlass in der Wienbibliothek im Wiener Rathaus zu finden sind, mit den Doktorarbeiten über Ihre Werke... Warum eigentlich?

Wie sich herausgestellt hat, stammen wir zwar beide aus dem großen Nürnberger Auernheimer-Topf, Sie aus der Linie der Bäcker und Müller, ich aus der Linie der Woyzeck-Gestalten des 19. Jahrhunderts, der uneheliche Ururgroßvater ist als Fabrikarbeiter im Kirchenbuch eingetragen, sein Vater als "der Paternität geständig". Aber beide stammen wir nicht aus der Linie der Gastwirte, deren einer, Georg Leonhard, 1801 das "Auernheimersche Nationaltheater" am Lorenzer Platz in Nürnberg als Anbau an sein Wirthaus "Zum Reichsadler" gegründet hat. Auf so einen Vorfahren wären auch Sie stolz, wie man einer Ihrer autobiographischen Notizen entnehmen kann!

Und dennoch – als ich das Auernheimer-Buch "Die linke und die rechte Hand" unter den Büchern meiner Familie Auernheimer entdeckte und las, war ich gefesselt, wollte mehr von Ihnen lesen, fand aber nichts!

Diesen Wiener Blick auf das Zusammengebrochene, auf das gesellschaftliche Chaos nach dem Ersten Weltkrieg fand ich neuartig! Nicht wütend, nicht larmoyant, nicht rechtend, nicht belehrend, sondern weich-menschlich, ohne sentimental-kitschig zu sein! Da sind Enttäuschungen nicht ausgebreitet, sondern eben nur mit Geschmack angedeutet und, wie ein Kritiker schreibt: "... stellenweise auch spitz detailliert, komödienhaft... die Personenzeichnung nie hämisch, das Unpassende, das Dedecet zwar aufgespießt und filetiert, aber doch mit Menschenliebe". (1)

Ihre Personen erinnern an die in den alten Wiener Filmen, jetzt aber, nach dem Zusammenbruch der alten Ordnung, sind sie verloren in der paralysierten Gesellschaft, ohne Platz und Orientierung, frei schwebend und staunend über die Geschehnisse, die sie irgendwohin katapultiert haben, wo sie sich nicht auskennen. Ihr Blick auf diese äußeren Bedingungen ist es, den ich als anders empfinde als bei Ihren Zeitgenossen.

Seit Jahren kenne ich Ihren Privatdozenten Wagner. Wie heißt er mit Vornamen? Vielleicht Lysander? Vielleicht Johannes? Ganz bestimmt heißt er nicht Richard – ach ja, Bertold! Nur nebenbei kommt dieser Name vor. Mit diesem Privatdozenten Wagner bin ich geradezu befreundet! Er ist Ihre Schöpfung, gegründet auf Ihre bitteren Erfahrungen als Inhaftierter in Ihrer Zeit in Dachau 1938. Die Geschichte fand ich im Nachlass als Typoskript, sie heißt: "Laurettas Bekehrung". Warum fesselt sie mich?

Schon der erste Satz erstaunt mich, wenn der "Privatdozent Wagner" Steine schleppen muss – die grausame Absurdität dieses Vorganges wird gerade durch die Berufsbezeichnung deutlich. Aber – dieser Gefangene in Dachau hat die Fähigkeit, durch seine geistige Ausstattung und Bildung das Gefährliche, das Lebensvernichtende, das Sinnlose auszuhalten – wie Victor Klemperer das tat mit seinem "Gedanken-Feld-Versuch" LTI – Lingua Tertii Imperii, indem er sich während seiner Zwangsarbeit auf die Sprache der Nationalsozialisten als Forschungsprojekt konzentrierte. In Ihrer Dachau-Novelle wird nicht das Widerliche bloß dargestellt, sondern die Wirkung der äußeren Abläufe von Gewalt, von "Vernichtung durch Arbeit", von Knechtung, Erniedrigung, Folterung auf die Seele eines feinen, gebildeten Mannes, der staunend nicht fassen kann, dass all dies in seiner Wirklichkeit geschieht.

Zunächst begegnete ich diesem Text – noch ganz ahnungslos – beim Lesen im Nachlass. Ich fand ihn sensationell anders als das, was ich an literarisch gestalteten Darstellungen von KZ-Erlebnissen bisher gelesen hatte. Er hat die Botschaft: Man kann sich auf seinen inneren Reichtum verlassen! So etwas hat mir auch mein Vater aus der russischen Gefangenschaft erzählt: Ein Mitgefangener hat seine hungernden Gefährten von quälenden, monströsen Essensvisionen abgebracht, indem er Gedichte rezitierte, indem er griechische Mythologie erzählte, indem er aus seinem inneren Reichtum schöpfte zum Wohl für die anderen und für sich! Dafür ergriff ein anderer seine Schaufel, mit der er nicht recht umgehen konnte!

Die schlimme Folter des "Baumhängens" (2), die das zentrale Ereignis Ihrer Novelle ist, erzählen Sie nicht in ihrem Verlauf, nein: Über den Vorverweis der banal-sadistischen, sachlich-bösen Auskunft, die der General Aich seiner Nichte Lauretta erteilt, entsetzen Sie den Leser, der denkt: Ist so was möglich?

Dann lesen wir von Lauretta, ihren rastlos schlaflosen, unverdrossenen Bemühungen, Wagner frei zu kriegen, ihn herauszureißen, ihn dieser Qual zu entwinden, ihn gleichsam vom Galgen abzuschneiden, auf galoppierendem Pferd vor den Augen der geifernd-glotzend-johlenden Masse ihn vom Hochgerüst wegzuschnappen – wie Karl Moor! Es gelingt ihr – und dann will sie ihn treffen, sie will wieder seine Augen sehen, vielleicht den Dank darin, die Verwunderung? Sie erzwingt die Begegnung in der Eisenbahn nach Genua. Das Ergebnis der Folter sieht sie an seinen Händen! Der Leser entsetzt sich erneut!

Diese indirekte Darstellung ist die Kunst. Wie erzähle ich das Entsetzliche, zumal wenn ich selbst Zeuge des Geschehens war? Sie selbst wurden 1938 im sogenannten "Prominententransport" kurz nach dem "Anschluss" nach Dachau verschleppt (3) und waren dort als Gefangener, als "Hitlers Gast", wie Sie in Ihrer Autobiographie "Das Wirtshaus zur verlorenen Zeit" schreiben (4).

In der Fassung "Laurettas Bekehrung" in der Wienbibliothek fehlt die Seite 37 – die muss die Pointe enthalten, dachte ich beim ersten Lesen! Sehr unbefriedigend! Und dieser Schluss – sehr unpassend! Aber dann entdeckte ich im Nachlass den Brief Otto Kleibers an Sie: Die Novelle wurde 1940 in der Baseler Nationalzeitung gedruckt, in Fortsetzungen. Dort heißt sie: "Eine Reisebekanntschaft". Und da gibt es einen Schluss, einen ganz anderen als in der späteren Fassung aus dem Nachlass. Warum haben Sie in der späteren Fassung diesen klebrig-kitschigen Waffelteigschluss in Rosa gesetzt? Gegen die ignoranten amerikanischen Leser, die Ihre Sprachkunst nicht erkennen und würdigen konnten? Einen "Schluss für Leihbibliotheken" sozusagen? Ja, keiner wollte in Amerika Ihren Bericht "Die Zeit im Lager" veröffentlichen, zu wenig Blut und Grausamkeit, sagte man! (5)

Aber – "pro captu lectoris habent sua fata libelli": Wenn die Fähigkeit beim Leser fehlt, die unter der Wortperlenkettenoberfläche liegenden

Mitteilungen zu erkennen, dann ist das fatum des libellus eben: Keiner liest's! Und das war Ihr Schicksal! Wo kein Leser, da kein Dichter! Und Sie sind, trotz Ihrer einstigen Bekanntheit und Verdienste, die Sie sogar "für den Prominententransport qualifizierten", nicht in den Kanon geraten wie andere Ihrer Zeitgenossen! Ja, das Heitere ist verdächtig, das Unterhaltsame, das Leichte, das Sanfte – ihm wird die Ernsthaftigkeit abgesprochen! (6)

Aber heute sollen Sie neue Leser haben! Nicht über Sie und Ihre Texte soll man lesen, Sie selbst soll man lesen! Denn, um es mit Ihren eigenen Worten zu sagen:

> "Erst das Echo macht den Ruf
>
> und der Leser erst den Dichter"!

Was nun, lieber Herr Dr. Auernheimer, soll der heutige Leser von Ihnen kennenlernen? Sind Sie doch Erzähler, Dramatiker, Kritiker, Feuilletonist, Berichterstatter, also ein "umfassender Literat"!

Lesen muss man die Novellen, die im Exil entstanden sind und höchstens in Zeitungen veröffentlicht wurden oder gar nicht. Darüber hinaus habe ich im Nachlass aber auch Novellen aus früherer Zeit gefunden, die Ihre spritzige Erzählfreude bekunden und den Leser amüsieren. Deshalb wünsche ich ihnen viele Leser! Ihren Lebensweg von Wien nach Dachau, nach Amerika soll dieses Lesebuch widerspiegeln.

Im Nachlass habe ich vier Erzählungen gefunden, die sich Wien und Ihrer Wiener Zeit zuordnen lassen: "Spiel des Zufalls", "Der Leichenbestatter von Ebenbrunn" – Ernst Lothar zählt diese Novelle zu den "Österreichischen Meistererzählungen von bleibendem Wert" (8) - "Melusine und der Schwan. Ein Märchen für die reifere Jugend." und "Die Schule der Liebe" zeigen völlig verschiedene Facetten Ihrer Erzählkunst! Ich habe sie mit großem Genuss gelesen und wünsche ihnen viele weitere Leser! (Sie werden verzeihen, lieber Herr Dr. Auernheimer, dass Ihre Texte moderat an die "neue Rechtschreibung" angepasst sind, auch die indirekte Rede ist stellenweise korrigiert.)

Eine kleine Komödie ist die Szene "Die Novelle. Ein Zwischenspiel": Ein junger Autor hat eine Novelle geschrieben, die in der Zeitung zu lesen ist. Die Reaktionen seiner Freunde und Verwandten, v.a. aber seiner Freundin, der er mit dieser Novelle imponieren will, sind höchst überraschend.

12

Ihre Internierung im Konzentrationslager Dachau liegt Ihrer Novelle "Eine Reisebekanntschaft" zu Grunde. In den Anmerkungen sind dazu die Textstellen aufgeführt, die in der späteren Fassung "Laurettas Bekehrung" geändert sind, dazu der Brief von Otto Kleiber, der den politischen Kontext der Veröffentlichung zeigt.

Unter der Auflage, nach Amerika ins Exil zu gehen, wurden Sie freigelassen und mussten im Hotel Metropole, dem damaligen Sitz der Gestapo, vorsprechen. Dieses Erlebnis war Anlass für die literarische Reflexion "Mark Twain und die Gestapo": Dieser Text markiert sozusagen den Übergang von Dachau nach Amerika.

Aus Ihrer Exilzeit in Amerika habe ich außer "Laurettas Bekehrung" drei weitere Novellen im Nachlass gefunden: "Bestseller-Geschichte","Der Pferdejunge" und "Der Butler".

Der Leser dieser Anthologie soll Sie auch als Autor anderer Textsorten kennenlernen! In drei literaturtheoretischen Betrachtungen widmen Sie sich Ihrer "Lieblingstextsorte", der Novelle: Kann der Leser selbst eine Novelle schreiben, wenn er "Wie entsteht eine Novelle?" gelesen hat?

In "Wandlungen der Novelle" zeigen Sie die Vorzüge dieser Form auf und widerlegen die Behauptung, die Novelle sei in den Zwanziger Jahren gestorben.

Im Vorwort für eine Anthologie "Die österreichische Novelle" grenzen Sie die österreichische von der deutschen Novelle ab und würdigen viele, heutzutage teilweise vergessene Autoren. Diesen Novellenband hatten Sie vor herauszugeben, ein wunderbares Projekt, das vielleicht einmal jemand anderer verwirklicht, in Ihrem Sinne! Das Vorwort "Die österreichische Novelle" gibt es jedenfalls schon.

Gemeinhin, lieber Herr Dr. Auernheimer, beschränkt man sich darauf, Sie als "Feuilletonist" zu bezeichnen − Heine war auch so einer! - wegen Ihrer kurzen, amüsanten und prägnanten Aufsätze, in denen Sie Ihre Eindrücke ausdrücken. Es gibt unzählige davon, erschienen v.a. in der Neuen Freien Presse. Einige sind auch in der Basler Nationalzeitung in Ihrer Exilzeit veröffentlicht. "Das andere Amerika" habe ich dort gefunden.

"Als der peloponnesische Krieg kein Ende nahm" handelt von Humor im Krieg! Welche Provokation! Aristophanes schrieb drei Komödien zu diesem Thema: Er hebt damit die absurden Geschehnisse, verursacht durch Kriegswüteriche, auf die Bühne, mit dem Olympierblick − ein "reflectere" − sich zurücklehnen und im Abstand das Ganze sehen, sich aus der Verstrickung gegenwärtiger Netze lösen und eine andere Erkenntnis haben, über die bloße Betroffenheit hinausgeraten − ist das

Humor? Sie sagen: "Wir können uns nicht gut vorstellen, dass es erlaubt sein könnte, einer solchen Fülle von Menschheitsleid eine heitere Seite abzugewinnen. Dennoch ist sie vorhanden wie in jeder Tragödie."

"Wir und Amerika" ist eine Sammlung zuweilen bissiger, zuweilen trauriger Sottisen und Skizzen eines "Dauertouristen", der vor der "Folie Wien" die Andersartigkeiten in Amerika befremdet, belustigt, oft staunend wahrnimmt. Ganz "politisch unkorrekt"!

Ja, das Bittere versuchen Sie zu vermeiden... das ist schwere Arbeit! "Prodesse et delectare" soll der Dichter, also nicht schockieren und abschrecken. Der Leser möge sowohl eine Erkenntnis gewinnen, wie auch ästhetischen Genuss. Beides gehört zusammen. Wohliges Gruseln möchten Sie jedenfalls nicht hervorrufen, auch wenn Sie in "Emigranten-Unterhaltung" schreiben:

"Bitter ist das Schicksal der Vertriebenen,

Doch am bittersten, wenn im Gemüt,

traurig er, mit andern Hinterbliebenen,

sich auch noch um Heiterkeit bemüht."

Sie und Heine – das passt ! Sie bemühen sich um Heiterkeit angesichts des Hoffnungslosen, des "Holzweges" – keine Leser, kein Echo, kein Dichter!

Herrn Donald G. Daviau, Professor für Germanistik an der University of California, Riverside, verdanken wir Leser eine Sammlung Ihrer Aphorismen und Gedichte, die Ihre Schwierigkeiten spiegeln, "als deutschsprachiger Autor in der amerikanischen Kultur zu überleben" (7). Über Sie und Ihre Lebenssituation als Exilautor hat Herr Professor Daviau Grundlegendes veröffentlicht. Das entsprach, so schreibt Herr Prof. Daviau einleitend unter "Danksagungen", auch dem Wunsch Ihrer Frau Irene: Ihren literarischen Ruf wiederzubeleben! In Amerika also ist doch so Einiges über Sie erschienen!

Leider konnten Sie nicht mehr nach Österreich zurückkehren, man hat Ihnen einfach nicht geholfen, nur fade Versprechungen gemacht. Ernst Lothar hat seinem Bedauern darüber bleibenden Ausdruck verliehen: "Wie nötig hätten wir ihn gehabt, einen der wenigen, denen man glauben durfte, weil sie keine Bindung kannten als die an das Zulässige, keine Furcht als die Ehrfurcht, kein Vorurteil, doch den Mut zum unanfechtbaren Urteil." (9)

Zuletzt möchte ich dem Leser einige Ihrer persönlichen Mitteilungen nicht vorenthalten, sie finden sich in autobiographischen Notizen, Gedichten und Briefen.

So möge der Leser dieses Lesebuches auch den Eindruck gewinnen, den Thomas Mann am 12.11.45 in seinem Brief an Sie mitgeteilt hat, wohl bezogen auf Ihre Biographie "Grillparzer":

"Heiter - eingeweiht und mit so fester Hand

ist alles dargestellt.

Das Ganze wird ein Vergnügen, eine Belehrung,

ein gutes, kluges, graziöses Buch sein."

Ihre ergebene

Birgit Auernheimer

WIEN

Spiel des Zufalls

Lieber Freund, ich bin auf der Spur einer Novelle: einer meiner Novellen. Sie wissen, ich liebe nur die erlebten. Aus den geschriebenen mache ich mir weit weniger (die Ihrigen ausgenommen).

Also hören Sie: Sie sind, als ich abreiste, nicht in Wien gewesen, und wenn Sie nicht vielleicht in der Zwischenzeit bei unserer alten Freundin, der Kammersängerin Schweb, waren, ahnen Sie wahrscheinlich gar nicht, wo ich stecke. Nun, erschrecken Sie nicht gleich, ich bin Ihnen nicht dauernd in Verlust geraten, sondern nur vorübergehend. Seit zehn Tagen nämlich sitz' ich hier, auf einem alten Schloss in der Nähe von Marburg, das den Spenz gehört, deren Gast ich bin. Meine Freundin Fifi Spenz – mehr als Freundin, denn sie ist eine alte Lyzealkollegin von mir - vor, sagen wir: dreißig Jahren gewesen – macht mir den Aufenthalt so angenehm wie möglich, und als eine ideale Schlossfrau, die sie ist, gönnt sie mich auch ihren Nachbarn. So kamen wir gestern nach Trastenbach hinüber und eben von diesem Besuch will ich Ihnen erzählen.

Der alte Desiderius Baron Trastenbach ist ein munterer Greis von dreiundachtzig Jahren, mit einem Strahlenkranz struppiger weißer Haare um das kirschrote Gesicht herum. Nennt man hierzulande seinen Namen, so wird sofort zweierlei von ihm erwähnt. Er hat zwei Weltreisen gemacht und ist einer der letzten Überlebenden – hier sagt man: der letzte – der Wiener Ringtheaterkatastrophe im Jahre 1881. Als siebenundzwanzigjähriger junger Ehemann kurz vor seiner ersten Weltreise hat er mit seiner Frau den Brand erlebt, der den Wienern zweier Generationen unvergesslich ist.

Das Schloss ist ein alter Kasten mit ein paar Sehenwürdigkeiten, die das alte Original von Schlossherr seit mehr als einem halben Jahrhundert aufgehäuft hat. Dass der Baron Desiderius ein Original ist, hat man gleich beim Betreten seines Zimmers weg. Rechts von seinem Schreibtisch baumelt ein menschliches Skelett an Messingdrähten, das, lässt man sich im Lehnstuhl nieder, je nach dem Gewicht des Gastes mehr oder weniger zu klappern beginnt, und links steht ein riesiger Globus, auf dem die beiden Weltreisen des Schlossherrn durch roten und weißen Draht eingezeichnet sind; die Örtlichkeiten, an denen er glücklich war, sind durch blankgeputzte Messingknöpfe gekennzeichnet; es sind nicht viele. Übrigens lebt der Uralte ganz allein. Seit dem Tod seiner Frau, der er das Leben nicht leicht gemacht haben soll, obwohl sie sechs Kinder miteinander hatten, ist ein herrlicher Angorakater, mit wunderbaren blauen Augen, der aber leider taub ist, seine einzige Gesellschaft, wenn nicht gerade ein Gast kommt.

Selbst eine Rarität, sammelt der sonderbare Mann Raritäten - und unter den Merkwürdigkeiten eines Glaskastens: den Mumienhänden, Schlangen, Vogeleiern, Meertieren und weiß der Teufel was noch alles - befindet sich die Kuriosität, von der ich Ihnen heute berichten will. Es ist ein kindskopfgroßer Klumpen schwarzer Schlacke vom Ringtheaterbrand, mit weißen Flecken, von denen Fifi flüsternd behauptet, dass es Menschenknochen wären. Ein altmodischer Rockknopf, halbkugelförmig und schwarzübersponnen wie am Jackett meines Großvaters, liegt darauf und unter dem Knopf ein vergilbtes, vormals weißes Täfelchen mit der trockenen Aufschrift: Brandrest Wiener Ringtheater 8. Dezember 1881.

Natürlich fragt jeder Besucher gleich: Was bedeutet der Knopf? Nun, ich fragte nicht, aus zwei Gründen. Erstens tat mir der alte Herr leid, der das wohl schon ein paar tausend Mal in seinem Leben gefragt worden war und immer ausführlich antworten musste, und dann war ich auch vollkommen überzeugt, dass er mir die Geschichte aus eigenem Antrieb erzählen würde. Richtig, beim Tee, der überlieferungsgemäß den Rundgang beschloss, begann er selbst davon zu reden. Dass unser Besuch auf den 7. Dezember fiel, der Jahrestag des Ringtheater-Brandes also vor der Türe stand, diente ihm als willkommener Übergang, bei welcher Gelegenheit wir übrigens erfuhren, dass der 8. Dezember auch sonst eine Rolle in seinem Leben spielte. Am 8. Dezember 1880 hatte er seine Frau Elisabeth geheiratet und am 8. Dezember 1882 war er von seiner ersten Weltreise nach Schloss Trastenbach zurückgekehrt. Dazwischen aber lag der Jahrestag des Brandes.

Es war, erzählte der Baron, unser erster Hochzeitsjahrestag, und da wir beide große Theaternarren waren, wollten wir ihn im Theater verbringen, und zwar, dem Ernst der Veranlassung entsprechend – "man nahm damals die Ehe noch ernst" – eigentlich im Burgtheater. Aber da war nichts mehr zu haben; also verschafften wir uns zwei gute Balkonsitze für "Hoffmanns Erzählungen" im Ringtheater, dem modernsten Theater des damaligen Wien. Elisabeth war bildhübsch an diesem Abend, mit ihrem feinen "Kameenkopf", wie ihn damals die jungen Frauen unter den übermäßig hohen "Haartouren" künstlich blass – jede Zeit hat andere Narrheiten – zwischen einem halboffenen Stehkrägelchen zur Schau stellten, und ich erinnere mich noch, wie stolz ich neben ihr Platz nahm. Sie hat sich lang genug bitten lassen, bevor sie meine Fau wurde, nun aber ist sie mein für immer, dachte ich, vor Genugtuung geschwellt, als ich plötzlich gewahr wurde, dass ein Knopf an meinem Jackett abgesprungen war. Das konnte nur beim Ablegen des Winterrocks geschehen sein, denn zu Hause beim Ankleiden hatte ich ihn eigenhändig eingeknöpft. Nun, ein großer Pedant war ich immer, das sehen Sie an meinen Sammlungen, und so war es eine begreifliche Reflexbewegung, mit der ich mich erhob, um an einem neben uns auf dem Eckplatz sitzenden blonden jungen Herrn vorbei, der überrascht aufstand, im Garderoberaum nach meinem Knopf zu fahnden. "So bleib doch da, es fängt ja schon an!", hörte ich Elisabeth mir merkwürdig ängstlich nachrufen, da stand ich aber schon außerhalb unter den flackernden Gasflammen, die den Garderobenraum, wie wir uns damals einbildeten, "taghell" beleuchteten.

Der Zufall wollte es nun, dass ich meinen Knopf – den Knopf, den Sie oben im Glaskasten sehen – zwar tatsächlich auf dem Boden liegend sah, doch, entscheidender Zufall wiederum, nicht gleich entdeckte. Eine Minute mochte vergangen sein, als ich den Rückweg zu meinem Sitzplatz wieder antreten wollte und nicht mehr antreten konnte; denn die Türe, die sich nur nach innen öffnete, ging plötzlich in einer schreckhaften Weise nicht mehr auf. Sie wurde, wie hinterher bekannt wurde, von den Fäusten und Körpern der Herandrängenden mit grauenhafter Gewalt zugehalten, sodass niemand mehr heraus noch hineinkonnte. Zunächst hörte ich nur ein eigentümliches Brausen, der Brandung des Meeres vergleichbar, das immer unheimlicher anschwoll. Und schon spürte ich auch einen deutlichen Brandgeruch, der durch die plötzlich – infolge Verfinsterung des Zuschauerraums – unheimlich schwarz geräucherten Ritzen der Eingangstüre, gegen die ich mich verzweifelt stemmte, herausquoll.

Einige Minuten später sprang ich halb bewusstlos aus dem Fenster des Garderobenraumes in das unten aufgehaltene Sprungtuch. Ich beteiligte mich an den Rettungsarbeiten, soweit man sich an ihnen überhaupt beteiligen konnte, und sah währenddem das Theater in Flammen aufgehen. Die Vorstellung, dass Elisabeth mit den anderen darin verbrannt war, während mir der Knopf das Leben gerettet hatte, war so grauenhaft, dass ich mich lange nicht entschließen konnte, unsere kleine Wohnung im Palais meines Vetters Philipp aufzusuchen. Als ich es schließlich, von Müdigkeit überwältigt, doch tat, stand meine Frau, die mich seit sieben Stunden erwartete, im Theaterkleid mit ihrem Schmuck und der jetzt irgendwie gespenstisch wirkenden verschobenen hohen Frisur in der offenen Türe. Der Herr auf dem Eckplatz neben uns hatte sie aus den Flammen getragen; er hatte sie in dem fürchterlichen Durcheinander für seine Frau gehalten und erst auf der Straße bemerkt, dass sie nicht seine Frau war, worauf er sich noch einmal in das brennende Theater stürzte. "Wer ist dieser Mann?", rief ich in überquellender Dankbarkeit. Aber Elisabeth, anstatt zu antworten, wurde ohnmächtig. Es war zu viel für ihren Zustand - unser erstes Kind kam am 8. Mai 1882 zur Welt – und ihre Nerven versagten. Erst am Abend konnten wir weiterreden und da erfuhr ich dann auch den Namen ihres mittlerweile offenbar mit den anderen 460 Opfern des Ringtheaterbrandes bis zur Unkenntlichkeit verkohlten Retters. Unter den ausgestellten Leichen im Allgemeinen Krankenhaus, deren Reihen wir gewissenhaft abgingen, konnte ihn Elisabeth jedenfalls nicht entdecken.

Einen Augenblick, lieber Freund, ich erklärte Ihnen schon, warum ich Ihnen all dies Grauenhafte schreibe. Oder haben Sie, als geübter Leser von Kriminalromanen, bereits selber den Widerspruch in der Erzählung des alten Trastenbach herausgefunden, an der Stelle, wo er erwähnt, dass die verstorbene Baronin Elisabeth ihm erst am Abend den Namen ihres unbekannten Retters nannte? Wenn er ihr unbekannt war, wie konnte sie sich dann seines Namens erinnern? Man stellt sich doch nicht vor während eines Theaterbrandes? Und dann, wenn er mit seiner Frau im Theater war, wie kam es, dass er allein auf dem Eckplatz sass?

Mit anderen Worten, lieber Freund, ich schreibe Ihnen express, damit Sie mir herausbringen, wer der geheimnisvolle Retter war. Wie Sie das herausbringen sollen? Selbstverständlich bei unserer verehrten alten Freundin Martha Schweb, die als ehemalige Kammersängerin und Gesangsmeisterin alles weiß und im besonderen alle Theater-Schulen jener Zeit kennt. Eine solche aber hat die nachmalige Baronin Trastenbach nachweisbar – ich weiß es von Fifi – in den Jahren 1879 und 1880 besucht – unmittelbar vor ihrer Verheiratung, zu der sie sich schwer entschloss. Ahnen Sie etwas?

Der alte Trastenbach scheint auch etwas geahnt zu haben, denn als ich dann später, nach dem Tee, vorsichtig das Gespräch auf seine Weltreisen brachte, erzählte er, sich verfinsternd, dass er die erste dieser beiden Reisen, zu der er sich plötzlich entschloss, am 15. Dezember 1881, also acht Tage nach dem Ringtheaterbrand, antrat. Am 8. Dezember des nächsten Jahres, an seinem zweiten Hochzeitstag, kehrte er zurück, aber nicht mehr nach Wien, sondern nach Schloss Trastenbach, und in der Zwischenzeit, im Mai des gleichen Jahres, also in seiner Abwesenheit, war dort sein ältester Sohn Leopold geboren worden. Also, wenn das keine Novelle ist!

*

Natürlich, verehrteste Freundin, ist das eine Novelle, und ich weiß auch schon den Schluss. Von wem? Selbstverständlich von unserer verehrten und gleichfalls achtzigjährigen Frau Martha Schweb. Sie lässt Sie grüßen und Ihnen sagen, sie erwartet Sie mit Sehnsucht gleich nach Ihrer Rückkehr. Das tun andere übrigens auch.

Was nun mich betrifft, so ging ich, wie befohlen, gleich nach Erhalt Ihres besonders interessanten Briefs zu der kostbaren alten Dame, die in ihrer "Matratzengruft", wie sie selbst trübselig-heiter zu scherzen pflegt, alles sieht und alles weiß. Sie empfing mich wie gewöhnlich hochaufgestützt in den Kissen ihres ewigen Krankenlagers in ihrem schönsten rosa Spitzenhemd und mit der traditionellen Begrüßungsformel: "Schauen Sie mich, bitte, nicht an!", mit der sie dem Erschrecken ihres Besuchers über ihr schlechtes Aussehen vorzubeugen pflegt. Trotzdem hatte sie einen koketten, nattierblauen Seidenschal um den dürren Hals geschlungen und hielt ein aufgeschlagenes Memoirenwerk in den Händen, ein Zeichen, dass sie sich noch immer für Dinge, die sie nichts angehen, als eine richtige Frau lebhaft interessiert. Das soll keine Anzüglichkeit sein, bitte.

Um es kurz zu machen, das Erinnerungsbuch, das sie zufällig las – Spiel des Zufalls wollen wir die Novelle nennen – war die Lebensbeichte eines ehemaligen Schauspielers und Theatermannes, die vor ein paar Jahren erschien und viel von sich reden machte. Ihr weißhaariger Verfasser aber ist – nun raten Sie, wer? Jener blonde, junge Mensch, der auf dem Eckplatz neben dem Ehepaar Trastenbach saß. Und dass er dort saß, das wenigstens war kein Zufall, wie ich Ihnen gleich sagen kann.

Er erzählt nämlich darüber in seinen Lebenserinnerungen ungefähr Folgendes: Im Jahre 1879 hatte er in der Schauspielschule "Streben" – sie hätte anders geheißen, behauptet unsere Freundin – eine sechzehnjährige Comtesse Elisabeth H. kennengelernt, die sich zunächst nur für eine von ihren Eltern geplante Liebhaber-Vorstellung abrichten lassen wollte, dann aber, sehr gegen den Willen der Eltern, Ernst machte und mit ihm die Balkonszene in "Romeo und Julia" so heftig übte, dass ihre sehr energische Mutter sie für längere Zeit zu einer Tante nach Böhmen schickte. Im Herbst 1880 von dort zurückgekehrt, heiratete sie, ohne sich noch recht darüber klar geworden zu sein, ob es die Nachtigall oder die Lerche war, den Baron Trastenbach und ihr Liebhaber, wenn wir ihn so nennen wollen, tröstete sich mit einer anderen Elevin, die auch Elisabeth hieß, was er sehr komisch findet, was aber jedenfalls aufschlussreich ist für den taubenschlagartigen Verkehr in seinem weitoffenen Jung-Männer-Herzen. Die Elisabeth Nummer eins verliert er völlig aus den Augen und trifft sie erst wieder am Vormittag jenes 8. Dezember, des Tags des Ringtheaterbrandes, und zwar in dem Augenblick, wo sie – Spiel des Zufalls – aus dem Theaterkartenbüro tritt. Er brennt nach seiner Art gleich lichterloh, bestürmt sie wegen eines Wiedersehens, sie verweigert es ihm, lässt sich aber schließlich doch bestimmen, ihm die Lage ihrer Plätze zu verraten, die sie eben im Auftrag ihres Gatten erstanden hat – unter der Bedingung zu verraten, dass er sie im Theater nicht kennt und anspricht; denn ihr Mann weiß von nichts! Nun, am Abend sitzt der unwiderstehliche Weiberheld neben ihr, macht dem Mann erschrocken Platz, der aufspringt, um seinen Knopf zu suchen, und rettet etwas später seiner ehemaligen Angebeteten das Leben. Verbrannt ist er nicht, wie er damals auch noch nicht verheiratet war, das hatte die schöne Elisabeth ebenso wie seinen Namen erfunden; aber so ungeschickt, dass der argwöhnische Gatte, der allzu lang hatte um sie werben müssen, bald alles erriet. Daher der plötzliche Entschluss, eine Woche später allein um die Welt herum zu reisen, was damals, wenn man jung verheiratet war, noch nicht so gang und gäbe war wie heute. Dass er dann, am Jahrestag des Ringtheaterbrandes und seinem zweiten Hochzeitstag, doch wieder zu ihr und auf das Schloss seiner Väter zurückkehrte, scheint mir weniger außergewöhnlich. Das geschieht alle Tage, mit oder ohne Weltreise und Theaterbrand.

Trotzdem, sagt unsere Freundin, hatte die Ehe seither einen Knacks, einen kinderreichen Knacks, wenn man so sagen darf, und obwohl man es sonst an gar nichts merkte. Den verführerischen jungen Mann, der heute ein verführerischer alter Herr ist, hat Elisabeth übrigens auch während ihrer unfreiwilligen Strohwitwenschaft nie wieder gesehen. Elisabeth die Zweite erlaubte es nicht...

*

Zwei Tage später erhielt der Schreiber dieses Briefes die nachfolgende eilige Postkarte:

Sie irren, lieber Freund, und auch Frau Martha irrt, wenn sie glaubt, dass man es an gar nichts merkt. Ich verabschiedete mich gestern von T. und ließ mir bei dieser Gelegenheit noch einmal den Glaskasten öffnen, um angesichts der Brandschlacke den vorbereiteten Satz zu sprechen: "Sie sind wohl seither nie wieder ins Theater gegangen?" Doch, erwidert er, nach zwanzig Jahren wieder, aber freilich nur unter der Bedingung, dass ich selbst auf einem Eckplatz neben meiner Frau saß. Anders nicht!

Anders nicht! wiederholte er, mit dem abgesprungenen Knopf spielend. Und es kam mir vor, dass er sich in seinem weißumloderten Greisenhaupt dabei etwas gedacht hat.

Aber wer weiß das so genau bei so alten Leuten? Vielleicht hat er sich auch nur gedacht, dass er den lästigen Besuch gern schon los wäre.

Der Leichenbestatter von Ebenbrunn

Der Leichenbestatter von Ebenbrunn war ein Mann von achtundsiebzig Jahren, der wie ein rüstiger Sechziger aussah. Er war hoch und breitschultrig, hatte zwei lange Beine und einen schalenförmigen Rücken, aus dem oben der Kopf heraushing wie bei einer Schildkröte. Die Nase blühte wie eine Rose. Das Gesicht war rotes Juchtenleder. Drei weiße Schnurrbärte wuchsen darin: Einer davon, der größte, hing über den eingesunkenen Mund bis zu den sehnigen Kinnladen hinunter, während die beiden andern sich über den Augen wölbten, die schalkhaft aus dem sie umhegenden Gestrüpp hervorlugten, wie Kinder, die sich in einem Gebüsch versteckt haben.

Dieser lebfrische Greis, der mit seinem bürgerlichen Namen Severin Zechmeister hieß, war nicht immer Leichenbestatter gewesen. Vielmehr hatte er in seiner Jugend, die er bis zum zweiundsiebzigsten Lebensjahre rechnete, ein Wirtsgeschäft betrieben. Dann war ein verwitweter Bruder seiner Frau, der Leichenbestatter von Ebenbrunn, gestorben. Severin fuhr hinüber, schaute sich den Laden an, der sehr gut gelegen war, am Hauptplatz, gegenüber der Sparkasse, prüfte die Bücher, die eine nicht übermäßige, aber doch von Jahr zu Jahr solid ansteigende Frequenz auswiesen, und da er das Wirtsgeschäft, das ihm viel Ärger verursachte, ohnehin satt hatte, übergab er es dem Sohne und übernahm rasch entschlossen das Geschäft des verstorbenen Schwagers mit allem Zubehör: den Pferden, den schwarzen Uniformen der Leichendiener und einem gewissen Vorrat an Särgen. Das vollzog sich von heut auf morgen und ohne eine einschneidende Veränderung im Leben des Herrn Zechmeister hervorzubringen. Er begrub eben jetzt die Leute anstatt sie, wie bisher, zu bewirten. "Kommt alles nur bei Lebzeiten vor", wie er selbst bei überraschenden Wendungen des Lebens humoristisch zu sagen pflegte.

Als Wirt war er ein Menschenkenner und Causeur (1), und das kam ihm jetzt als Leichenbestatter sehr zugute. Man sollte zwar denken, dass sich niemand auf freundliches Zureden hin begraben lasse, dass also derartige Fähigkeiten in einem solchen Beruf keine besondere Rolle spielen. Indessen, über das Schicksal der Toten entscheiden die Lebendigen, und die Lebenden lieben es zu plaudern. Das Geschäft des Leichenbestatters wickelte sich im Spazierengehen ab. Da und dort traf er Bekannte oder machte Bekanntschaften. Alle Menschen waren ihm gleich lieb, denn alle starben oder hatten Verwandte, die starben. Der Leichenbestatter von Ebenbrunn ging immer unter lauter Kunden umher, und als ein richtiger Geschäftsmann liebte er seine Kunden. Er blieb in Verbindung mit ihnen, noch über das Grab hinaus, und an

Sonntagnachmittagen, wenn das Wetter gut war, machte er ihnen sogar eine Art Reconnaissancevisite auf dem hübschen kleinen Friedhof unweit der Bahn, wo er sie immer alle zusammen antraf. Er hatte nicht weit von einem zum andern und tat alles in einem einzigen Rundgang ab. Er erinnerte sich eines jeden, wusste genau, mit wieviel Pferden er ausgezogen war und wieviel an der Leiche verdient worden war. Allerdings darf auch nicht verschwiegen werden, dass er diejenigen, die ohne Zuhilfenahme eines viehischen Apparates armselig auf den Schultern ihrer Mitmenschen hinausgetragen worden waren, oft kaum mit einem Blick beehrte. Gleichgültig und ein bisschen zerstreut wanderte er an diesen Gästen vorbei in der Haltung eines Wirtes, der durch die "Schwemm" geht.

Er war kein Freund der Armen. Nun, welcher Leichenbestatter wäre das? Die Hauptsache ist, dass er dem Geschäft einen neuen Aufschwung gab. Sein Vorgänger hatte es betrieben, wie man eben in der guten alten Zeit die Geschäfte betrieb, indem man sie gehen ließ, wie sie gerade gingen, und allenfalls dafür Sorge trug, dass nichts unter den Tisch fiel oder gestohlen wurde. Die Folge dieser etwas laxen Handhabung war, dass sich die besseren Leute lieber in der nahegelegenen Residenz begraben ließen, und dass nur noch die armen Teufel im Ort blieben. Die Armen aber sterben beinahe umsonst; ihnen brauchte man nicht zureden, wohl aber den Reichen. Denn allerdings verteuerte der Transport im Fourgon (2) die Geschichte erheblich, aber was für Opfer bringen wohlhabende Menschen nicht, wenn sie sich davon einen größeren Genuss versprechen? Es handelte sich darum, ihnen diesen Genuss auch in Ebenbrunn zu verschaffen. Severin Zechmeister verschönerte daher vor allem den Laden, denn damit fängt die Sache an. Er ließ die Fensterrahmen und die Eingangstüre schwarz lackieren, eine neue Firmentafel mit größeren Lettern anfertigen und stellte einen schönen Metallsarg in die Auslage, um den Vorübergehenden Lust zu machen. Auch schaffte er sich einen neuen Blumenwagen an und ließ den himmelblauen Leichenwagen mit den silbernen Englein, in dem die jungen Mädchen von Ebenbrunn begraben werden, frisch beledern. Eines Tages fuhr er zum Pferdemarkt und kam nach einiger Zeit mit zwei nicht mehr ganz jungen, aber dicken böhmischen Rappen wieder. An den Augenbrauen waren sie ein bisschen grau, aber sonst noch ganz schwarz, und sie nickten, wenn sie in Bewegung waren, sehr schwermütig mit den Köpfen. Binnen kurzem wurden sie so beliebt in Ebenbrunn, dass man überhaupt nur noch mit ihnen begraben zu werden wünschte, weshalb der Leichenbestatter den Tarif erhöhte: Mit Kopfnicken kostete es hinfort bedeutend mehr.

Schließlich reformierte er nach dem Wagenpark und dem Pferdebestand auch das zum Geschäft gehörige Menschenmaterial. Darin besteht nämlich eine Hauptschwierigkeit des Bestattungsgeschäftes. Man braucht ein größeres Personal und kann es doch unmöglich besolden. Andererseits muss man seine Leute jederzeit zur Hand haben, da es in der Art der Menschen liegt, dass sie oft überraschend sterben. Der Leichenbestatter hatte einen Stab von externen Mitarbeitern, die nur im Bedarfsfalle einrückten und bezahlt wurden. Manche brauchen nur zwei Diener, wenn sie sterben, andere hinwieder haben Vorreiter nötig. Da handelte es sich denn darum, Leute ausfindig zu machen und zu verpflichten, die, in einem regelmäßigen Berufe stehend, sich einen kleinen Nebenverdienst verschaffen wollen. Die meisten Menschen reiten gern und tun es gegen ein geringes Entgelt. In Ebenbrunn waren die externen Leichendiener seit jeher der Badediener und der Friseur. Aber der Friseur war mager, während doch ein richtiger Leichendiener wie das Leben aussehen muss, und der Badediener wohnte etwas weit, auch war er im Sommer Schwimmeister, woraus sich Kollisionen ergaben. Wenn man mehrere Geschäfte betreibt, kann man eben nicht immer, wie man gerne möchte. Der neue Geschäftsherr vermehrte den Stab um einen Tagschreiber und einen Diener bei der Sparkasse. Auch die Billeteure des Stadttheaters ritten zuweilen mit. Severin bevorzugte sie sogar, wenn sie Zeit hatten, weil sie immer frisch rasiert waren und als Theaterleute eine gewisse Haltung besaßen, die dem Friseur fehlte. Einen Gesangskomiker aber, der sich ihm gleichfalls als Externer anbot, refüsierte er; denn er hielt es mit der Würde des Standes für unvereinbar, dass einer ritt, der für gewöhnlich Couplets sang.

Nachdem er solcherart das alte Geschäft von Grund aus verjüngt hatte, den Anforderungen der Neuzeit entsprechend, wie das Zirkular (3) besagte, ging er daran, den Kundenkreis durch Neuacquisitionen zu erweitern. Die Führung der Geschäftsbücher und den Verkehr mit der Ladenkundschaft überließ er der Frau, einem kugelrunden, weißhaarigen, rotbäckigen alten Weiblein, das nie ausging, immer strickte und selbst wie ein Knäuel tagaus tagein zwischen Laden und Wohnzimmer hin und her rollte. Sie litt unter der Vorstellung, dass ihr Mann sich erkälten werde, und trachtete dieser Möglichkeit zuvorzukommen, indem sie ihm Schafwollsocken strickte; davon abgesehen bestanden keinerlei Beziehungen zwischen den beiden alten Leuten, die aber doch mit einer seltenen Einmütigkeit dem Geschäft dienten, für dessen Gedeihen sie besorgt waren, als ob sie noch Jahrzehnte vor sich hätten. Während die Frau das Innere verwaltete, übernahm der Mann die Repräsentation nach außen hin. Er ging spazieren oder saß im Wirtshaus und freundete sich mit allen Dienern und Köchinnen von Ebenbrunn an. Die Männer bestach er mit Zigarren, die Frauen mit Liebenswürdigkeiten, und mit beiden Kategorien trachtete er ständig in Kontakt zu bleiben. Denn als ein weltläufiger Mann wusste er, dass den Leichenbestatter wie auch den Arzt (gewissermaßen sind es ja verwandte Berufe, da sie beide in demselben

Material arbeiten, wenn auch nur so, dass der eine das Werk des anderen vollendet, gleichsam krönt), dass also diese beiden in den allermeisten Fällen die Dienerschaft ernennt, der Hausmeister, der Kammerdiener, die Jungfer. In den Augenblicken der Gefahr oder Verzweiflung spricht derjenige das erste und entscheidende Wort, der ruhig bleibt. Ruhig aber bleibt, wer nichts verloren hat – und das sind die Domestiken. Der Leichenbestatter verstand es übrigens so einzurichten, dass sie dabei sogar etwas gewannen. Er zahlte mäßige Provisionen, fünf bis zehn Gulden, je nach Rang und Ansehen des Leichnams. Das heißt, so viel erhielten die männlichen Bediensteten, Frauen entsprechend weniger, denn der Leichenbestatter von Ebenbrunn hatte vormärzliche Ansichten im Punkte Frauen und war überhaupt eher ein Weiberfeind. Er pflegte zu sagen, vor den Weibsleuten müsse man sich in Acht nehmen, die brächten die stärksten Männer unter die Erd'. Nun, in diesem Punkte war er Fachmann und man durfte ihm glauben.

Nach ein paar Jahren konnte der Leichenbestatter von Ebenbrunn bereits auf ansehnliche Erfolge hinweisen. Das Geschäft vergrößerte sich zusehends; der Handel blühte sozusagen. Was ihn aber am meisten freute, war, dass auch die Hautevolee von Ebenbrunn sich nachgerade an seine Unternehmung zu gewöhnen begann. Schon hatte er vor zwei Jahren einen Oberlandesgerichtspräsidenten begraben dürfen, einen längst pensionierten allerdings, und im vorigen Sommer war ihm eine Exzellenzfrau in den Schoß gefallen, von selbst sozusagen, ganz ohne Trinkgeld, bloß weil die Jungfer im Delikatessengeschäft gegenüber Einkäufe zu machen pflegte. Das sind so plötzliche Glücksfälle, auf die der gewissenhafte Kaufmann zwar nicht rechnen darf, die aber doch ab und zu und mit einer gewissen Regelmäßigkeit eintreten und, wie die Remuneration, die der Beamte am Neujahrstag erhält, stimulierend auf die gewohnte Tätigkeit zurückwirken und den Fleiß anfachen. Dies war auch bei Herrn Zechmeister der Fall, und seitdem ihm dieser Wurf mit der Exzellenzfrau gelungen war, wollte er von gewöhnlichen Sterblichen überhaupt nichts mehr wissen. Es ist hart zu sagen, aber entspricht der Wahrheit: Der Leichenbestatter von Ebenbrunn wurde auf seine alten Tage ein Snob. In seinen Träumen begrub er nur noch Grafen und Fürsten, und seine tägliche Morgenpromenade machte er jetzt regelmäßig in der Prinzengasse, dem Faubourg St. Germain von Ebenbrunn.

*

In der Prinzengasse wohnte ein wirklicher Prinz, ganz oben, dort, wo die Gasse im Walde verschwindet, und nach ihm ist sie benannt; außerdem aber auch eine Reihe geringerer Adliger, reicher Leute und Standespersonen. Der geringste unter ihnen ist noch ein Villenbesitzer, und anders als erster Klasse wird keiner von ihnen begraben. Darum ging der Leichenbestatter dort am liebsten spazieren. Es ist ein Geruch von Wohlhabenheit in dieser stillen und vornehmen Straße, die zwischen üppigen Gärten hingeht. Wenn es Frühling wird in Ebenbrunn – dort werden die Bäume immer zuerst grün.

Eines Tages, als Herr Zechmeister in der Prinzengasse spazieren ging, stand vor einer der Villen, die einer Hofrätin gehörte und in den letzten Jahren unbewohnt gewesen war, ein Möbelwagen. Der alte Mann sah zu, wie abgeladen wurde. Es kamen zum Vorschein: ein Bösendorferflügel, ein Papagei, ein dreiteiliger Toilettespiegel und Lorbeerkränze; ferner aber auch ein Gewehrkasten, Fechthandschuhe, Geweihe und ein Billard. Später klärte sich das alles auf. Die Mieterin war eine Opernsängerin; aber, der die Miete bezahlte, ein junger Offizier und Graf. Er hatte die Gastzimmer in der Villa inne.

Der Leichenbestatter machte sich im allgemeinen nicht viel aus Sommerparteien: Das sind Leute, die zu ihrer Erholung da sind und selten auf dem Lande sterben. Wenn er für diesmal von seinem Prinzip abging und an den folgenden Tagen noch öfter vor der Villa stehen blieb, so hatte das seine besonderen Gründe. Einmal hatte die Sängerin, der ein Automobil zur Verfügung stand, die Absicht geäußert, auch im Winter in Ebenbrunn zu bleiben und bloß zu den Vorstellungen hineinzufahren – sie war also gewissermaßen als Jahrespartei zu betrachten; zweitens war der junge Mann ein Graf; und drittens – und dies war der Hauptgrund – sah er auffallend schlecht aus.

Die Dienerschaft bestand aus einer alten Köchin, einer hübschen Jungfer und dem Kammerdiener des Grafen. Nach acht Tagen war Herr Zechmeister mit den Damen bekannt. Er nannte die Köchin "Jungfer", titulierte die Jungfer "Fräulein" und machte dergestalt auf beide einen überaus günstigen Eindruck. Etwas später lernte er auch den Diener Ferdinand kennen. Der Herr Ferdinand war ein wohlgebauter Mann von etwa vierzig Jahren und hatte ein feistes und unverschämtes Bedientengesicht, eines dieser bestochenen, profitgierigen, trinkgeldhungrigen, zigarrenlüsternen Gesichter, wie sie in den Vorzimmern der Reichen gedeihen. Übrigens konnte man für ein Trinkgeld alles von ihm haben, und auch das stand ihm ins Gesicht geschrieben, in dessen Wülsten und Falten sich alle Niedrigkeiten ein verbotenes Stelldichein zu geben schienen wie Verbrechergesindel in einer Diebsherberge.

Severin, der kein Moralist, sondern ein Geschäftsmann war, grüßte dieses unsympathische Gesicht dennoch zuerst. Der Bediente, der eben daran war, die Post an der Gartentüre auszuheben, erwiderte den Gruß des alten Mannes, der jenseits vom Gitter stand, verwundert und sehr von oben herab. Glücklicherweise war der Leichenbestatter nicht empfindlich.

"Wohl der Herr Kammerdiener?", fragte er, gemütlich nähertretend.

"Jawohl!", erwiderte der Lakai impertinent.

"Kenn' ich!", versetzte der rührige Greis. "Ich war auch Kammerdiener, wie ich jung war. Beim Salnau. Kennen Sie den Fürsten Salnau?"

"Den jungen?"

"Nein, den alten!"

"Oh! Den Nikolaus!"

Das war sein Dietrich für Dienerherzen, und der Schlüssel sperrte auch diesmal. Ferdinand gewann unwillkürlich Respekt vor dem älteren Kollegen, der, wie er selbst, in seiner Jugend Zigarren gestohlen hatte. Er antwortete höflicher, ein Gespräch entspann sich über das trennende Gitter hinweg. Nach einer Viertelstunde wusste der Leichenbestatter alles Wünschenswerte über die Herrschaft. Die Sängerin – Sascha hieß sie – hatte den Grafen vor einem Jahre bei einem aristokratischen Wohltätigkeitsfest kennengelernt. Er hatte sich sofort stürmisch in die schon etwas ältere Frau verliebt: So zwar, dass, als sie kurz nachher auf eine Gastspielreise ging, er seinen Dienst als Oberleutnant bei den Dragonern quittierte und ihr nachreiste. Den Winter hatten sie zusammen in Paris verbracht, und jetzt, den Sommer über, wollten sie ihr Glück auf dem Lande verbergen.

"Er kann ohne sie nicht leben", sagte der Diener Ferdinand; und nicht ohne moralische Entrüstung, denn er war sehr ungern in Ebenbrunn, fügte er beinahe flüsternd hinzu: "Und dabei ist er verheiratet."

Herr Zechmeister zuckte die Achseln. "Kommt alles nur bei Lebzeiten vor", meinte er, indem er dem Gespräch, seiner Gewohnheit nach, eine heiter- philosophische Wendung gab. Hierauf erkundigte er sich nach dem Gesundheitszustand des Grafen; der ließ gottlob zu wünschen übrig.

"Die Alberinis sind alle eher schwach auf der Brust", sagte der Diener. "Und dann d i e Lebensweise."

Die beiden Männer sahen einander stumm an, sie verstanden sich. Herr Zechmeister holte die Zigarrentasche hervor.

"Darf ich aufwarten?" Und gleichsam begründend fügte er hinzu: "Ich bin nämlich der Leichenbestatter von Ebenbrunn."

"Ah so!", sagte der Diener und bediente sich.

*

Der Zustand des Grafen war jedenfalls ein solcher, dass man ihm Zeit gönnen musste. Er lebte wie ein Gesunder; ab und zu hustete er wohl ein bisschen, aber weder er noch seine Freundin maßen diesem Umstand irgendeine Bedeutung bei. Oft überkam ihn der Hustenreiz mitten in einem Lachen; dann lachte er weiter, nachdem er ausgehustet hatte. Einmal überfiel es ihn auf einem Spaziergang, als der Leichenbestatter gerade vorbeiging. Der Graf blieb stehen und wiegte sich beim Husten mit gespreizten Beinen elegant in den Knien, wie es die jungen Herren auf dem Turf (4) tun. Sascha klopfte ihm mit dem schlanken, kostbaren Griff ihres Sonnenschirms wohlwollend und herzlich auf den Rücken. "Kutz! Kutz!", sagte sie dabei, freundlich ermunternd mit ihrer weichen und sonoren Stimme, in der eine permanente Liebkosung war und die dem Ohre schmeckte wie dem Gaumen Zucker.

Bei dieser Gelegenheit sah sie der Leichenbestatter zum ersten Mal von nahe. Sie war ein breithüftiges, hochbusiges, blondes Weib mit einem großen rosigen Gesicht, das gerne lachte. Unter der niedrigen Stirn wohnten die Augen dunkel und slawisch träge. Ihre Nüstern bebten wie diejenigen eines edlen Pferdes oder wie die immer bewegliche Nase der Hunde. Das Merkwürdigste in diesem merkwürdigen, zugleich anziehenden und abstoßnden Gesicht aber war der Mund; es war der Mund einer Negerin, der sich in das Antlitz einer blonden Europäerin verirrt hatte. Wie ein Klavierdeckel war diese Oberlippe. Und wenn sie den Deckel hob, die weißen Tasten entblößte, so strömte Musik daraus hervor. Der Leichenbestatter musste unwillkürlich an den Bösendorferflügel denken, den man damals beim Einziehen an ihm vorübergetragen hatte. Wie jener Flügel war dieses Weib, ganz voll und schwer von Klängen. Ihm war, als wäre sie innerlich ganz mit Saiten bezogen und mit Tönen beladen, die bei der geringsten Erschütterung aufwachen müssten. Ihr Lachen, ja ihr stummes Atmen sogar klang melodisch.

Von diesem Klavier hing der junge Mann wie ein Pedal herunter. Zwar war er mehr als mittelgroß, für sich allein betrachtet; am Arm der Wagnersängerin schien er eher klein. Er war schlank und mager, die Kleider flatterten wie an einem Drahtgestell. Trotz des bürgerlichen Anzugs verriet sich der Offizier in jeder Bewegung. Er hatte den Strohhut tief in die Stirn gedrückt wie eine Kappe, und wenn er grüßte, so griff er salutierend nach dem Rande. Den Spazierstock handhabte er gleich einem Säbel. Auch sprach er nach Art der Offiziere, dezidiert und mit knappen, eckigen Gesten. "Ich mag sie halt nicht!", sagte er scharf und gereizt, offenbar sprach er von seiner Frau. "Und warum magst du sie nicht?", klang es melodisch aus dem Klavier zurück. "Weil sie eine

Putzgredl ist. Sie denkt immer nur an ihre Hüt'." "Ist's wahr?", sagte die Wagnersängerin. Sie war rosarot angestrichen und ging in einem weißen Spitzenkleide unter einem Hut mit wallenden schwarzen Federn auf hohen Hacken im Wald spazieren. An ihrer Seite klagte der junge Ehemann über die Putzsucht seiner Frau.

"Aber mich hast gern?", fragte die Sängerin mit ihrem girrenden Lachen, ergriff den dünnen Arm des Kavaliers und drückte ihn an ihre mächtige Brust. Der Spaziergänger hörte die Antwort nicht mehr, denn er wollte nicht indiskret stehen bleiben. Nur nach einer Weile, als er sich vorsichtig umwandte, sah er die Liebenden, die zurückgeblieben waren, wie sie sich wortlos küssten. Ein Goldregenstrauch wölbte sich zu ihren Häupten als ein goldenes Zelt und der Maiwind hauchte durch die Zweige wie ein verliebter Seufzer der Natur. Stumm und beseligt hielt der junge Mann das blühende Weib in den Armen - und hatte keine Ahnung, das der Leichenbestatter an der Ecke stand und schmunzelnd zusah.

Der Goldregen verblühte und auch die Kastanien in der Prinzengasse schüttelten ihre Blütenpracht langsam ab, so dass es beständig flockte und wie ein rosa Schnee im Rinnsal neben dem Trottoir lag. Im Garten aber, vor der Villa der Sängerin, blühten die Rosen auf, eine nach der anderen, ein ganzer Flor. Und das Laub der Bäume färbte sich dunkler und wölbte sich dichter, und an gewissen Tagen war mittags die Luft schon recht drückend im Walde. Der Graf hustete nach wie vor, und Fräulein Sascha war blühender, blonder und lachender denn je. Manchmal, früh am Vormittag, wenn der Leichenbestatter an der Villa vorüberging, sang sie hinter dem offenen Fenster zu der Begleitung des Grafen. Herausfordernd wie ein jubelnder Aufschrei der Gesundheit jauchzte ihre Stimme aus dem Fenster; müde und diskret begleitete der Graf. Seine Töne blieben sozusagen alle zu Hause, im Bereich der kleinen Villa; die ihrigen aber zogen werbend durch die Gassen.

Im Juni wurde einmal ein paar Tage lang nicht gesungen. Der Graf hatte sich abends im Garten erkältet und fieberte eine Woche lang. Kurze Zeit darauf begegnete Herr Zechmeister dem Paare neuerdings auf einem Spaziergang im Walde. Der Graf trug einen Plaid überm Arm und ging nicht mehr so militärisch einher wie damals, anfangs Mai; auch wiegte er sich beim Husten nicht mehr in den Knien, sondern hustete trübselig vor sich hin, ohne an die Silhouette zu denken. Er war magerer geworden und blasser. Fräulein Sascha im Gegenteil schien noch zugenommen zu haben. Das Landleben schlug ihr offenbar sehr gut an; sie floss förmlich von Gesundheit über.

Im Juli begann der Arzt regelmäßig in die Villa zu kommen. Der Graf hatte einen leichten Blutsturz erlitten und musste wochenlang liegen.

Als er wieder aufstand, war er wie ein Faden. Man sah die Zähne durch die Lippen durch, die kürzer geworden und zu spannen schienen. Seitlich im Halse und Nacken hatte er tiefe Gruben und die Haut hinter den abstehenden Ohren glänzte wie poliert. Das Weib hingegen war noch korpulenter geworden, noch üppiger und schwerer, was auch ganz natürlich war, da sie keine Bewegung machte und den Kranken hingebend pflegte. Indessen, so oder so, sie nahm im selben Maße zu als er abnahm. Es schien, als tränke sie sein Leben aus wie eine Flasche Sekt; als söge sie ihn auf wie ein Schwamm.

Es kamen schwüle Juliabende, an denen die Sängerin die Sapphische Ode sang. Man hörte die Begleitung fast nicht mehr, nur ihre Stimme, und wenn sie dieses Lied in den Garten hinaustrug, so wurde die Luft noch um ein paar Grade schwüler und alle Rosen wurden röter, was man bloß nicht sehen konnte, weil es Nacht war... Aber einmal brach der Gesang mitten entzwei. Der Graf wurde in ein Sanatorium gebracht, und Fräulein Sascha blieb allein. Sie verhielt sich musterhaft. Bloß weil sie jemand brauchte, der sie begleiten konnte, kam ab und zu der Korrepetitor. Das war ein hässlicher, kleiner Kerl, aber sehr musikalisch. Fräulein Sascha studierte mit ihm übrigens nur dramatische Partien – die Lieder hob sie für ihren Freund auf.

Im August kam er zurück: elend, abgezehrt, ein Todeskandidat. Die Sehnsucht nach dem schönen, blonden Weibe hatte den Prozess nur beschleunigt. Er konnte nicht mehr leben ohne sie, und, was noch schlimmer war: nicht einmal sterben.

Nun wurde der Korrepetitor wieder entlassen. Sascha begleitete sich selbst, so gut es eben ging. Sie sang am Klavier, der Graf im Lehnstuhl mit fieberglänzenden Augen. Je schwächer er wurde, desto stärker liebte er dieses schöne, blonde, üppige Weib, das sein Schicksal war und das sein Leben lächelnd und singend austrank. Sie schaute ihn an mit ihren butterigen Augen einer gutmütigen Dirne und begann sein Lieblingslied, das heißt, in der letzten Zeit war es sein Lieblingslied geworden: "Von ewiger Liebe." Wenn es zu Ende ging, wühlte sie in den Tasten, und sich hochaufbäumend auf ihrem Sitz, mit wogendem Busen, sang sie den Schlussatz: "Unsere Liebe wird ewig bestehen."

"Unsere Liebe – unsere Liebe wird ewig bestehen," klang es überzeugend in die Nacht hinaus.

"Der Herbst wird ihn mitnehmen", sagten die Leute.

*

Um diese Zeit war es, dass sich der Leichenbestatter dem Kammerdiener Ferdinand intimer anzufreunden begann. Bis dahin hatte im Wesen nur eine Entente cordiale bestanden; jetzt aber ging der alte dem jüngeren Kollegen auch ins Wirtshaus nach. Er ließ Wein kommen und die beiden Männer schlossen Freundschaft.

Ferdinand erzählte vom Gesundheitszustand des Herrn, für den sich die ganze Bevölkerung interessierte, weil er ein Graf war, sich über die bürgerlichen Moralbegriffe hinwegsetzte und in der Prinzengasse wohnte. Herr Zechmeister hörte aufmerksam zu und bei einer schicklichen Gelegenheit flüsterte er dem Bedienten ins Ohr: "Herr Ferdinand, wenn's so weit ist – Sie wissen schon – rekommandieren S' mich. Ein Zehner ist Ihnen sicher."

Der Diener stand auf trank aus und ging beleidigt. Aber er zahlte nicht.

Am nächsten Sonntag – diese Begegnungen fanden meistens sonntags statt – ließ Herr Zechmeister einen "Gerebelten" bringen. Der Lakai war am Anfang schweigsam; später ging er etwas mehr aus sich heraus. Er erzählte von einer Ohnmacht des Grafen, imitierte sein Röcheln, die Schreie der Sängerin und gab eine mimische Vorstellung von dem jähen Verfall des Gesichtes. Man hätte denn auch geglaubt, es wäre aus und mitten in der Nacht wäre er um den Arzt gelaufen... Herr Zechmeister hörte teilnahmsvoll zu. Nachher sagte er zu Ferdinand: "Fünfzehn Gulden, Herr Ferdinand!" und schaute ihn mahnend an.

Der Diener stand auf, grüßte und ging.

Am nächsten Sonntag dieselbe Szene: Dem Grafen ging es jetzt von Tag zu Tag schlechter und Herr Zechmeister trug dem Bedienten zwanzig Gulden an. So viel hatte er noch nie für eine Leiche gezahlt, aber es war ein Graf. Nie noch hatte der Leichenbestatter einen Grafen begraben; er wollte einen begraben, selbst auf die Gefahr hin, dass er nichts dabei verdienen würde. Zugegeben, es war Snobismus. Wer von uns ist kein Snob? Der eine sammelt Porzellan, der andere Miniaturen, der dritte schöne alte Bücher, der vierte Hirschgeweihe, der fünfte Uhren – aus Snobismus. Der Leichenbestatter von Ebenbrunn hatte auch eine hübsche Sammlung draußen in dem kleinen stillen Garten, gleich neben der Bahn. Ein toter Graf fehlte darin, er brauchte ihn, er musste ihn haben, das Leben hätte ihn sonst nicht mehr gefreut.

Und so kam es, dass er schließlich fünfundzwanzig Gulden für das Objekt bot. "Fünfundzwanzig Gulden", sagte er und setzte beschwörend hinzu: "Fünfzig Kronen!"

Ferdinand ergriff seine Hand über den Wirtshaustisch hinweg, drückte sie rasch und treuherzig und sagte zu dem Alten: "Abgemacht, mein lieber Herr, Sie kriegen die Leich'."

"Ein Mann, ein Wort!", sagte der Leichenbestatter aufatmend, sehr ernst und mit einem Anflug von Wehmut, denn bei diesem Geschäfte zahlte er drauf.

Aber der Diener nickte bloß schweigend, vornehm, mit geschlossenen Augen, wie Kavaliere nicken.

*

Von diesem Tage angefangen ging der Leichenbestatter von Ebenbrunn täglich zweimal zur Villa des Grafen "nachschauen", wie er sich ausdrückte. Denn wenn irgend möglich, wollte er es gern einen Tag früher wissen, um die Externen verständigen zu können, und überhaupt. Aber der Diener Ferdinand konnte ihm nichts Bestimmtes sagen. Vor drei Wochen schon hatte der Arzt dem Fräulein Sascha mitgeteilt, man müsse sich stündlich auf die Katastrophe gefasst machen, worauf sich Sascha einen Trauerhut bestellte. Seither aber ging es dem Grafen wieder besser. "Wahrscheinlich ist das schöne Wetter daran schuld", sagte der Diener sorgenvoll. "Der erste Regen kann ihn mitnehmen."

In der Tat, es war ein Prachtwetter. Man war schon tief im Oktober und der Wald um Ebenbrunn herum prangte in violetten und tiefdunkelroten Tönen, aber es war eine Luft, so jung und durchsonnt wie im Frühling, und der Himmel war leuchtend blau, gar nicht verschossen und ausgewaschen wie sonst im Herbst. Kein Lüftchen regte sich, wochenlang, und die goldenen Blätter an den Kastanienbäumen in der Prinzengasse hingen fest an ihren Ästen. Kaum, dass ab und zu eines herniedertänzelte wie ein großer goldener Schmetterling und sich lautlos zu Boden senkte. Das dauerte, wie gesagt, Wochen hindurch. Es war, als hielte der Sommer den Atem an in einem tiefen, wehen Glücksgefühl, und als stünde die Zeit still. Seit fünfunddreißig Jahren konnte sich Herr Zechmeister an keinen ähnlich schönen Herbst erinnern.

Dann aber, eines Tages, kam der Wettersturz. Ein Sturm brauste über Ebenbrunn dahin und riss die goldenen Blätter schonungslos von den Bäumen. Dann kam der Regen nachgerückt und klatschte sie auf den Boden. Als der Leichenbestatter an diesem Tage zur Villa nachschauen ging, schritt er über ein goldenes Pflaster hin. So etwas gab es auch wieder nur in der Prinzengasse.

Er musste diesmal etwas länger als gewöhnlich auf den Diener warten. Und da er sich nicht anzuläuten getraute, so ging er mittlerweile auf dem klitschnassen Trottoir im Sturm und Regen hin und her. Endlich erschien der Bediente und gab ihm die verlangte Auskunft. Dem Grafen ging es zusehends besser. Er setzte sich im Bette auf und aß wieder. Er hustete leichter und weniger häufig; auch das Fieber war etwas gefallen. Zeitweise fühlte er sich so wohl, dass er sich von der Sängerin vorsingen ließ... Aber an dieser Stelle wurde der Bericht des Dieners unterbrochen. Denn eben begann drinnen die "Ewige Liebe". Schüchtern drangen die Töne durch die geschlossenen Fenster ins Freie; allein, als das Ende kam, das leidenschaftliche Ende dieses Liedes, da zitterten die Scheiben.

Herr Severin Zechmeister war nicht ausgegangen, um ein Konzert zu hören. Verdrießlich folgte er dem Bericht des Dieners und fragte knurrig nach weiteren Details. Aber es gab nichts, was ihm Freude machte. "Alles was recht ist", sagte er schließlich und schüttelte missbilligend den Kopf. Zum ersten Male im Leben machte er ein sorgenvolles Gesicht, zum ersten Male ließ ihn sein Humor im Stiche. Dass ein Schwindsüchtiger am Leben blieb, das war etwas, das, seiner Meinung nach, nicht einmal bei Lebzeiten vorkommen durfte. Wenn das geschehen konnte, dann war einfach die Weltordnung in Gefahr, dann wackelte alles. Missmutig machte er sich auf den Heimweg, während der Regen über seinen breiten Rücken rann. Er ärgerte sich über das abscheuliche Wetter, über den Eigensinn des Grafen und dass er so lange in der Nässe auf den Diener hatte warten müssen. Alles verdross ihn an diesem Tage, sogar das Rauchen. "Was hast denn?", fragte ihn die Frau am Nachmittage. "Nix!", erwiderte er unwirsch. Aber er spürte ein Kältegefühl im Rücken und ein eigentümliches Kitzeln im Halse, das er nicht Durst war. Tags darauf hatte er eine Lungenentzündung.

*

Der Leichenbestatter von Ebenbrunn war nie im Leben krank gewesen, und dass er selber sterben könne, darüber hatte er im Ernste kaum jemals nachgedacht. Den schönen alten logischen Schluss: "Alle Menschen sind sterblich – Gajus ist ein Mensch – Gajus ist sterblich" – für seine Person wenigstens hatte er ihn nie gemacht. Der Vordersatz genügte ihm, um den Nachsatz kümmerte er sich nicht. Er hieß ja auch nicht Gajus, sondern Severin Zechmeister, und somit ging ihn die Geschichte, im Grunde genommen, überhaupt nichts an.

Auch jetzt, in der Lungenentzündung, änderte er seinen Standpunkt nicht. Er war wohl überhaupt zu alt, um ihn noch zu ändern. Als er am zweiten Tage das kühle Stethoskop des Arztes auf seiner Brust spürte und bei dieser Gelegenheit aus dem dumpfen Halbschlaf erwachte, der ihn Tag und Nacht umfangen hielt, da war seine erste Frage: "Wie geht 's ihm denn?"

"Wem?", fragte der Doktor verwundert.

"No, dem Grafen Alberini."

"Ah so – besser!"

Das entsprach zwar nicht der Wahrheit, es ging erheblich schlechter, aber der Arzt wollte den Patienten nicht aufregen. Darum sagte er: "Besser." Nichtsdestoweniger sank der Kopf des Leichenbestatters mit einem schweren Seufzer in die Kissen zurück, sein Mund verzerrte sich, und stöhnend schloss er die Augen.

Vierundzwanzig Stunden lang redete er kein Wort und erst tags darauf bei der Untersuchung öffnete er wieder den Mund: "Wie geht's ihm denn?"

"Besser, lieber Freund, besser!", log der Arzt. Die Lungenentzündung begann sich auszubreiten, und bei dem hohen Alter des Kranken fühlte er sich verpflichtet, die Frau auf den wahrscheinlichen Ausgang vorzubereiten. Er sagte daher beim Hinausgehen: "Frau Zechmeister, wie steht's denn mit dem Testament?", was vielen vielleicht etwas unvermittelt erscheinen mag. Aber in Ebenbrunn sind die Menschen nicht so zimperlich wie in der Großstadt; das Sterben ist dort eine durchaus natürliche Sache. Auch die Frau Zechmeister hörte bei der Frage des Arztes nicht zu stricken auf. Aber sie erwiderte mit einer Bestimmtheit, die jenen in Verwunderung setzte: "Er stirbt nicht." Und auf die Frage des Arztes, woher sie denn das so sicher wisse: "So lang sich ein Mann fürs G'schäft interessiert, stirbt er nicht." "Für's G'schäft?", fragte der Arzt. "No, hat er sich denn nicht erkundigt, wie's dem Herrn Grafen geht?"

Der Doktor begriff plötzlich. Und stumm lächelnd, wie nur Ärzte lächeln, wenn sich ihnen Menschenseelen in ihrer Nacktheit enthüllen, ging er zum Laden hinaus.

Am nächsten Tag aber fragte der Leichenbestatter nicht mehr nach dem Befinden des Grafen. Die Lungenentzündung nahm von dem zweiten Flügel Besitz, und so blieb ihm die Frage im Halse stecken. Er ließ sich überhaupt auf keine Konversation mehr ein, sondern beschränkte sich darauf, kurz und rasselnd zu atmen. Und auch droben in der Prinzengasse ging es zu Ende. Und der Graf hatte ebensowenig eine Ahnung davon wie derjenige, der ihn begraben wollte. Er war sogar von einem ausgesprochenen Optimismus in diesen letzten Tagen, sprach viel vom Frühjahr und Sascha musste ihm Schubertsche Lieder singen und dann das "Automobillied", und sie tat es, obwohl es ihrer Stimme schadete. Aber es war ja nicht mehr für lang... "Schorschl, geh – k a u f mir ein Automobil",   drang es aus dem Krankenzimmer. Der Schwindsüchtige lächelte vergnügt.

Am Tage vor seinem Ende unterschrieb er den Kaufvertrag über die Villa; er ließ sie gleich auf Sascha übertragen wegen "Leben und

Sterben", wie er lächelnd sagte. Und da der Notar schon einmal da war, so händigte er ihm auch gleich ein verschlossenes Kuvert ein und bat ihn, es aufzubewahren.

Am Nachmittag fiel ein großer Schnee und mit ihm senkte sich eine tiefe Stille auf Ebenbrunn hernieder, dessen kleine Häuser rund um die hohe Kirche herum sich jetzt ausnahmen wie in Watte verpackte Spielsachen. Am nächsten Morgen hatte der Turm der nunmehr gräflichen Villa in der Prinzengasse eine Haube aus feinem, weißen Pelzwerk und die ganze Gasse war auf das artigste mit einer weißen Decke überbreitet. Darum dachte auch der rotbackige Mesnerbub auf dem Versehgang, während er hinter dem Kaplan einherging, nur ans Schneeballwerfen und später, als sie über den Marktplatz zum Leichenbestatter schritten, dachte er an das Nämliche. Indessen war er wohlerzogen genug, dabei wenigstens die Augen niederzuschlagen. Dies tat auch der Kaplan, aber er runzelte die Stirn und sah springgiftig aus, als er aus der gräflichen Villa trat. "Er stirbt in seiner Sünden Blüte", sagte er nachher zu der Frau Zechmeister, die er gern hatte wie alle alten Frauen, die brav stricken und sonntags immmer zur Kirche gehen. "Wer stirbt?", fragte die Frau bestürzt. "Der Graf!", antwortete der Priester zornig: "Er hat die letzte Ölung verschmäht. Er stirbt noch nicht, hat er gesagt. Ich aber sage Ihnen, er stirbt, er stirbt noch heute!"

Der Kaplan sprach sehr laut, teils weil er indigniert, teils weil es sein Beruf war, und so mag es sich erklären, dass, als die Frau den Priester hinausbegleitet hatte und ins Zimmer zurückkehrte, der Kranke aufrecht in seinem Bette saß.

"Jessas Marand-Josef!", schrie die Frau, denn sie glaubte nicht anders, als dass es nun mit ihm aus wäre. Aber der Mann winkte sie heran und sagte, nachdem er mehrmals zum Reden angesetzt hatte, mit einer letzten Anstrengung: "Man muss die Vorreiter verständigen."

Worauf er erschöpft in die Kissen zurücksank.

Er hatte die Worte des Priesters gehört und, da er sich als ein guter Katholik in allem und jedem auf die Kirche verließ, so traf er danach seine Dispositionen.

Die Frau, nicht minder gläubig, tat, wie er sie geheißen. Sie schickte zu den Herren hinüber, die mit Vergnügen zusagten. Nur die Billeteure konnten leider nicht, weil übermorgen eine Nachmittagsvorstellung war: "Drei Paar Schuhe". Dieses Zusammentreffen war recht unangenehm.

Nachdem die Frau Zechmeister all das gewissenhaft besorgt hatte, setzte sie sich an das Bett des Mannes und, an den Schafwollsocken, die ihn vor Erkältung bewahren sollten, beflissen weiterstrickend, erwartete sie ruhig und pflichttreu seinen Tod.

Droben in der schönen Villa wälzte sich die Theaterdame in Krämpfen... Aber so gegen fünf, als sich noch immer nichts ändern wollte, unterbrachen sich beide Frauen in ihrer Tätigkeit und tranken, um nicht ganz aus der Ordnung zu kommen, auf alle Fälle ihren Kaffee.

*

Um sieben zischte das gräfliche Automobil durch die Straßen von Ebenbrunn und hielt vor dem Geschäft des Herrn Zechmeister. Der Diener Ferdinand sprang alert zu Boden.

"Ist er tot?", fragte die Frau.

"Vor zwei Stunden", sagte der Diener ärgerlich. "Aber wo ist der Herr? Ich muss mit'm Herrn selber reden."

Die Frau führte ihn ins Zimmer, an das Bett des Sterbenden. "Reden S' mit ihm, wann S' können."

"Herr Zechmeister!", begann der Diener pressiert, und, da ihm keine Antwort ward, nach einer Weile etwas bescheidener: "Herr Zechmeister..."

Der Leichenbestatter röchelte gemütlich weiter.

"Ich werd' warten", sagte der Diener und setzte sich.

Die Frau betrachtete ihn aufmerksam beim Schein der Lampe. Er hatte bereits das offizielle Gesicht, mit dem er morgen die Trauergäste empfangen wird. Aber irgendein privater Kummer war außerdem darin. Die Frau begann sich zu sorgen.

"Ist vielleicht was nicht in Ordnung?", fragte sie.

Ferdinand schwieg. Aber nach einer Weile, als es sich herausstellte, dass der Leichenbestatter für die geschäftliche Unterredung, die der Diener anstrebte, unter keinen Umständen mehr zu haben war, platzte er missmutig heraus: "Sie kriegen die Leich' nicht! Nur die Aufbahrung!"

"Was?", sagte die Frau bestürzt und hörte zu stricken auf.

Der Diener Ferdinand, der wenigstens ein Trinkgeld retten wollte, begann sich umständlich zu entschuldigen. Gleich wie der erste Schmerz vorüber war, sei er hineingegangen und habe mit der Gnädigen geredet, und die Gnädige sei auch einverstanden gewesen, schon weil der Friedhof so bequem zur Villa lag und sie den Sommer immer in Ebenbrunn verbringen wolle...Und sie habe ihn beauftragt, ein schönes

Begräbnis bei Herrn Zechmeister zu bestellen und alles wäre gegangen wie ein Haar aus der Milch, aber da, im letzten Augenblick, sei die Frau dazwischen gekommen.

"Welche Frau?"

"Seine Frau!"

"Das kommt davon?", sagte die Frau Zechmeister bitter.

Der Diener aber begann die nun folgende Szene zwischen den beiden Frauen sehr anschaulich zu schildern.

"Die Fräul'n Sascha hat sie zuerst gar nicht ins Haus hineinlassen wollen, denn, hat sie g'sagt, die Villa g'hört ihr. Aber die Gräfin hat g'sagt, der Graf g'hört ihr, und hat die Tür aufg'rissen. So hat's ang'fangen und so is weitergangen. Die Sascha hat g'sagt, er wird in Ebenbrunn begraben, weil er da glücklich war, und die Gräfin hat g'sagt, nein, in der Stadt, weil es sonst eine Schand' für die ganze Familie wäre. Da hat die Sascha g'sagt, sie gibt ihn nicht her, da hat die Gräfin geschrien, sie wirft sie hinaus, und dabei hat sie die Hand aufgehoben. Jetzt ist ihr die andere ins Gesicht gefahren und hat ihr die falschen Locken unter dem Trauerhut herausgerissen; die Gräfin hat aber gleich darauf einen falschen blonden Zopf in der Hand gehalten. In diesem Augenblick kommt der Notar herein und weist einen Brief vor und sagt den Damen, sie sollen sich beruhigen, der Graf wird nicht in Ebenbrunn begraben werden und nicht in Wien, sondern in Gotha. Es ist sein letzter Wunsch, in Gotha will er bestattet sein."

"In was?", fragte die Frau.

"In Gotha!", wiederholte der Diener. "Verbrennen lasst er sich."

"Verbrennen?"

Verständnislos starrrte ihn die Alte an. Und erst nach einer Weile in tiefem Ekel: "Nein, was die reichen Leut' für Schweinerein haben."

Der Leichenbestatter aber sagte gar nichts, sondern begann nur auf eine merkwürdige Art zu glucksen und dazu mit den Händen auf der Bettdecke Klavier zu spielen, was er doch bei Lebzeiten nie getan hatte. Die Frau schaute den Diener, der aufgestanden war, bedeutsam an. Dann rollte sie den Strickstrumpf zusammen, steckte die Nadel durch, zündete eine Kerze an und begann zu beten. Der Ferdinand aber stahl sich leise hinaus, an den Särgen vorbei ins Freie. Ihm war in dem dunkeln, niederen Raum mit einem Mal ganz angst und bang geworden. Und er verzichtete auf ein Trinkgeld.

Zwei Tage später reiste der Graf im Fourgon über die Grenze; den Herrn Zechmeister aber zogen seine eigenen dicken böhmischen Rappen hinaus, und die Vorreiter, die er für einen anderen bestellt hatte, gaben ihm selbst das Geleite. So sonderbar spielt manchmal das Leben.

Draußen auf dem kleinen Friedhof unweit der Bahn liegt er begraben inmitten seiner Kundschaft. Und wenn es Frühling ist, so steht ein blühender Goldregenstrauch zu seinen Häupten, etwas später singt ein schwermütiger Vogel darin, dann streut der Herbst goldene Blätter über das Grab und schließlich deckt es der Winter mit einer weißen Decke zu – alles wie in der noblen Prinzengasse, in der er so gern spazieren ging. Und Tag und Nacht hasten Eisenbahnzüge daran vorbei, in denen Menschen sitzen, die ehrgeizig sind und dem Gewinn nachjagen wie er selbst getan. Wohl ihnen, wenn sie es so weit bringen wie der Leichenbestatter von Ebenbrunn. Er hat ein normales Geschäft betrieben, das einem wirklichen Bedürfnis diente und unter seinen tüchtigen Händen leidlich gedieh. Er hat Erfolg gehabt in seiner Sphäre, ist alt geworden und, mit dem Begräbnis eines anderen beschäftigt, unversehens selbst gestorben. Das Leben hat wohl auch mit ihm ein bisschen Schindluder getrieben wie mit uns allen und hat ihm nicht immer die Leichen gegönnt, die er sich erträumte. Die schlimmste Enttäuschung blieb ihm jedenfalls erspart: Was Gotha ist, das hat er nie erfahren.

Die Schule der Liebe

Zur Zeit des älteren Cato (1) gab es in der römischen Gesellschaft zwei Parteien, eine konservative, die sich um Cato scharte und die wie ihr Haupt mit starrer Treue an den alten Sitten festhielt, sowie eine freier und natürlicher denkende, deren lebendiger Mittelpunkt Scipio Africanus (2) und sein geistreicher Freund, der Lustspieldichter Terenz (3)waren. Diese andere war die Partei der milden Väter und nachsichtigen Gatten, die ihre Söhne und Töchter nach ihres Herzens Neigung wählen ließen, ihre Frauen nicht gleich umbrachten, wenn sie ausnahmsweise einmal an außerhäuslichen Mysterien und Bacchanalien teilnahmen, und überhaupt von der ihnen verliehenen hausväterlichen Gewalt einen nur sparsamen und bescheidenen Gebrauch machten.

Ein solcher Mann war der verwitwete Weingutsbesitzer Valerius Rufus, der einen einzigen Sohn Tullius besaß und abgöttisch liebte. Aber wie es schon geht, Tullius, der gleich einem namhaften Teil der damaligen Jugend der großväterlichen Catonenpartei um vieles näher stand als derjenigen seines Vaters, wusste diesem nur wenig Dank für seine unrömische Zärtlichkeit. Er verachtete seine milde Weichherzigkeit wie er auch den fröhlichen Terenz geringschätzte, mit dem Herr Rufus freundschaftlich umging, obwohl der Komödienschreiber ein noch recht junger Mann war. Schon dies fand der achtzehnjährige Tullius höchst tadelnswert und anstößig; er hätte es viel lieber gesehen, wenn sein Erzeuger mit würdigen, älteren Herren bei Tisch gesessen wäre statt mit einem so jugendlichen Zechkumpanen, mit dem man ihn immer nur lachen hörte – der beste Beweis, dass Terenz kein ernster Mann war. Ein ernster Mann aber, womöglich mit Silberlocken und einer strengen aufrechten Tugendrunzel über der Nasenwurzel, das war das Ideal des Jünglings Tullius, dem im Leben der ältere Cato haargenau entsprach. Eben erst hatte dieser einen Senator aus dem Senat gejagt, bloß weil ihm nachgewiesen werden konnte, dass er seine Frau im Beisein seiner erwachsenen Kinder geküsst hatte, was Cato als mit den alten Sitten unverträglich fand. Tullius war ganz seiner Meinung und blickte auch bei diesem Anlass voll Bewunderung zu einem Manne auf, dessen tugenhaftem Vorbild er, obwohl ein halbes Jahrhundert jünger als Cato, auf allen seinen Wegen begeistert nachstrebte.

Der gute Herr Rufus sah der Entwicklung dieser jugendlichen Narrheit nicht ohne wesentliche Betrübnis zu. Besonders eine ausgesprochene Frauenfeindschaft des jungen Mannes machte ihm arg zu schaffen und ging ihm ganz und gar wider den Strich, denn sie widersprach durchaus seinem eigenen stadtbekannten Wesen. Auch hätte er viel lieber einen Bruder Lustikus als einen Duckmäuser zum Sohne gehabt, schon um vor seinem Freunde Terenz mit seiner Nachsicht prunken zu können. Allein Tullius bot ihm dazu nicht die geringste Gelegenheit, so dass der Alte schier verzweifeln wollte. Der junge Mensch besuchte alle Schulen, die einem römischen Jüngling aus gutem Hause zugänglich waren; er erwies sich bei den Rhetoren, Philosophen und Juristen als ein durchaus gelehriger Schüler; und nur gerade in die Schule der Liebe – um Terenz' Lieblingsausdruck zu gebrauchen – hatte er sich, wie Herr Rufus wusste, nicht einmal noch einschreiben lassen, geschweige denn dass er in einem der holden Fächer eine Prüfung abgelegt hätte.

Da geschah es eines Tages, dass der strenge Jüngling, auf dem Heimweg von seinem Lehrer, vor dem er mit juristischen Formeln paradiert hatte, einem wunderschönen Mädchen begegnete und eine Zeitlang neben ihr einherging, ohne sie, seiner Gewohnheit nach, auch nur anzusehen. Indessen entstand plötzlich ein Auflauf, so dass sie beide stehenbleiben sich genötigt fanden. Eine Ehebrecherin wurde von Bewaffneten zum Tode geführt, und da sie, mit gesenktem Kopfe und aufgelösten Haaren, große Tränen vor sich hinweinend, vorüberschritt, entstanden, wie in solchen Fällen üblich, zwei Parteien in dem beiderseits zurückweichenden Volke. Die einen bedauerten das hübsche Weib und fanden die Strafe, die Cato über sie verhängt hatte, als zu hart; die anderen lobten die gute alte Sitte, die Rom groß gemacht hatte, auch bei dieser Gelegenheit. Zu diesen gehörte auch das schöne Mädchen, das neben Tullius stehen geblieben war und aus seiner sittlichen Entrüstung so wenig ein Hehl zu machen vermochte, dass sie, als jemand neben ihr "Gnade!" schrie, ganz gegen alle weibliche Art in die lauten Worte ausbrach: "Nein, nicht Gnade! Tod!Tod!Tod! - Tod der Ehebrecherin!" Nun erst wurde Tullius auf sie aufmerksam und ging ihr, von so viel Tugendstrenge angezogen, bis in die Vorstadt nach, um sie schließlich anzusprechen. Sie war eine griechische Hetäre (4), Chrysis mit Namen.

Von da an geschah es immer häufiger, dass Tullius, wenn er tagsüber Rechtsformeln gebüffelt hatte, des Abends keineswegs, wie er sonst zu tun pflegte, eine Schrift des älteren Cato über den Weinbau oder die Kuchenbereitung vornahm, sondern sich schön anzog und nächterlicherweile entwich, in der Richtung zur Vorstadt. Papa Rufus bemerkte es mit Vergnügen. "Er hat sich schon einschreiben lassen", sagte er bei Tische augenzwinkernd zu Terenz.

Terenz, der neugrierig war, wie alle Lustspieldichter, interessierte sich für den Fortgang der Angelegenheit, und um ihn auf dem Laufenden zu halten, vielleicht auch aus eigener Wissbegier, ließ Rufus den Sohn von einem vertrauten Sklaven beobachten. Auf diese Weise erfuhr er den Namen der Hetäre sowie auch, wo sie wohne; auch ihre Geschichte brachte er in Erfahrung, die, nicht eben originell, trotzdem auf einen jungen Menschen Eindruck machen konnte.

Chrysis war vor einigen Jahren mit ihrer Mutter nach Rom gekommen. Eine Zeitlang ernährten sich die beiden Frauen durch Webereien; dann ging die Mutter mit einem jungen Mann auf Reisen und die Tochter nahm, allein weiterwebend, einen älteren Herrn zum Liebhaber. Der alte Herr starb, andere, jüngere, traten an seine Stelle, und Chrysis, die die Gesellschaft liebte, vereinigte oft mehrere zugleich um ihren Abendtisch. Einer von ihnen war in jüngster Zeit auch Tullius.

Von solchen Auskünften mehr gereizt als befriedigt, wollte Terenz, dass sein alter Freund noch etwas mehr aus der Schule der Liebe schwätze. Aber wenn er ihn in seiner schalkhaften Art über Tisch in Bezug auf den jungen Tullius fragte: "Kann er schon konjugieren?" oder "Wie stehts mit der Grammatik des Herrn Sohnes? Nimmt er fleißig Unterricht?", so geriet der Vater in ziemliche Verlegenheit, denn darüber wusste er so gut wie nichts mitzuteilen.

Auch was der treue Sklave zu berichten hatte, klang in dieser Hinsicht wenig erbaulich. Denn es kam wohl vor, dass Tullius bis tief in die Nacht hinein im Hause der schönen Chrysis blieb, aber stets nur in Gesellschaft anderer junger Männer, die er häufig sogar auf seine Kosten traktierte, um ihnen dann, wenn es sich ums Übernachten handelte, bereitwillig das Feld zu räumen.

Bei Tage aber ging Tullius niemals zu seiner Schönen, mit der er solcherart immer nur in Gegenwart dritter Personen beisammen war. Was das heißen sollte, wusste weder Herr Rufus noch der redliche Sklave. Nur Terenz, dessen Beruf es war, den menschlichen Sonderbarkeiten etwas tiefer nachzudenken, mochte der Wahrheit auf der Spur sein, als er eines Tages bei wiederholter Erörterung dieses merkwürdigen Liebesfalles nachdenklich ausrief: "Beim Jupiter! Eine Hätere platonisch zu lieben, das ist eine Verkehrtheit, die recht wohl zu einem Jüngling passt, der sich mit achtzehn Jahren den alten Cato zum Vorbild erwählt hat."

Indessen mochte wohl Tullius die schöne Griechin platonisch anschmachten und es sich genügen lassen, verliebt in ihre aetherblauen Augen zu starren und stundenlang dem munteren Fluss ihrer Rede zu lauschen, sie selbst, Chrysis, war auf eine irdischere Weise in den tugendstolzen Jüngling vernarrt, und gerade weil er so unnahbar und blöde tat, ohne Unterlass bemüht, mit Aufbietung eines ganzen Arsenals weiblicher Gefallsucht in seiner Seele dasjenige zu erzeugen, was der auch ihr wohlbekannte Plato das "Abbild der Liebe" nannte. Aber alle ihre Bemühungen scheiterten an den Grundsätzen des sittenstrengen jungen Mannes, der es, ganz im Sinne des älteren Cato, als eine

Versündigung an seiner zukünftigen, ihm vorderhand allerdings noch gänzlich unbekannten Gattin aufgefasst hätte, wenn er sich mit einer Hetäre eingelassen haben würde.

So ging es eine Zeitlang fort und Rufus sah dem Treiben seines Herrn Sohnes kopfschüttelnd zu, bis ihm auffiel, dass der junge Mann, der in den letzten Wochen besonders viel freie Zeit bei der missbilligten Chrysis verbracht hatte, ganz verstörtt im Hause herumging. Nach dem Grund seiner Betrübnis gefragt, gab er keine Antwort, da er es eines ehrbaren römischen Jünglings für unwürdig erachtete, sich mit seinem eigenen Vater über gewisse Dinge auszusprechen. Also blieb diesem nichts anderes übrig, als sich neuerdings an den treuen Sklaven zu wenden, der denn auch in kurzer Zeit auskundschaftete, dass die Chrysis gefährlich krank war. Bald nachher kam Tullius nach Hause, mit einem Gesicht wie das verkörperte Unglück.

Rufus wurde ernstlich besorgt und vertrat dem Sohne beherzt den Weg, als dieser, kaum dass er heimgekommen, wieder fortzugehen sich anschickte. Aber wiederum blieb Tullius in seinen stummen Schmerz wie eingeriegelt. Erst nach längerem Zureden seufzte er und sagte, offenbar mehr in der Absicht, den Alten loszuwerden: "Lass mich, Vater! Es ist mir jemand gestorben!" Hier aber hakte der Erzeuger allsogleich ein, indem er, ganz im Geiste der nachsichtigen Lustspielväter seines Freundes Terenz, herzlich ausrief: "Lass m i c h, mein Sohn! Denn dieser jemand ist auch mir gestorben!" Und ohne sich um den Widerstand des Jünglings zu kümmern, schloss er sich diesem an, um mit ihm zusammen die Vorbereitungen für das Leichenbegängnis der schönen Griechin zu treffen.

Ja, er nahm tags darauf sogar an der Totenfeier teil und zwar, als ein besonnener Mann, im vollen Gefühl seiner Verantwortung, aus zwei Gründen: einmal um durch diesen neuen Beweis seiner Vorurteilslosigkeit die Catonenpartei zu ärgern, dann aber auch aus kluger, väterlicher Berechnung. Er wünschte nämlich, seinen Tullius über kurz oder lang zu verheiraten, und zwar, trotz aller Vorurteilslosigkeit, möglichst vorteilhaft mit Camilla, der Tochter des ihm befreundeten Lederhändlers Sartorius. Dieser Sartorius aber dachte wie er und hatte oft versichert, dass er sein Kind um keinen Preis einem jungen Mann ohne Liebeserfahrung zum Weibe geben wollte. Indem der liberale Herr Rufus bei dem Begräbnis der Hetäre mitging und dadurch dem Abenteuer seines Sohnes einen weithin sichtbaren Abschluss gab, ließ er deutlich erkennen, dass die Bedingung des Herrn Sartorius erfüllt sei und Tullius, nachdem er die Elementarklassen der Liebe durchgemacht, zum Aufsteigen in den höheren Kreis der Ehe bereits vollkommen reif und würdig wäre.

*

Indessen die Vorsehung verfolgte einen ungleich verwickelteren Lehrplan, wie sie alsbald zeigte.

Zwar das Begräbnis fand am nächsten Morgen in aller Form statt. Rufus begab sich, geleitet von dem ungeduldig um einige Schritte vorauseilenden Jüngling, in die Vorstadt, auf einem Wege, der jenem von unzähligen Besuchen her bekannt war, den er selbst aber zum ersten Male in seinem Leben machte. Im Anfang waren sie zu zweit, doch nicht für lange. Denn alsbald gesellte sich der eine oder andere wohlgekleidete junge Mann zu ihnen, begrüßte den Tullius mit einem verstehenden, stummen Händedruck und maß den bedächtig nachfolgenden älteren Herrn mit Verwunderung. So schritten sie weiter, nachdenklich schweigend und höchstens ein paar verlegene Worte murmelnd, wenn wieder einer, aus einem Mauerpförtchen schlüpfend oder aus einer Seitengasse einbiegend, halb verstohlen zu ihnen stieß und den Zug der Leidtragenden verlängerte. Tullius, der als erster ging, schien sich um die hinter ihm nicht viel zu kümmern, aber Rufus, der seiner Beleibtheit wegen etwas zurückblieb, zählte, trotz der traurigen Veranlassung, mit einem gewissen Behagen die wachsende Zahl der Teilnehmer. Schon waren sie ihrer sieben, schon neun, und als sie bei dem Trauerhause anlangten, war das runde Dutzend untröstlicher junger Männer voll. Erst ganz zuletzt, beim Betreten des Grundstücks, auf welchem das einsam gelegene Haus der jungen Hetäre stand, schloss sich ihnen ein weibliches Wesen, offenbar eine nahe Verwandte der Verstorbenen, an. Sie trat hinter einem Pfeiler, in dessen Schatten sie auf den Zug gewartet haben mochte, hervor und obwohl sie niemand grüßte und sie mit gesenktem Blick bis zur Bahre vorschritt, erregte ihre Erscheinung doch allgemeinste Verwunderung. "Diese Ähnlichkeit!", rief einer der jungen Männer betroffen stehen bleibend: "Es muss ihre Schwester sein!", sagte ein anderer, dicht bei Rufus. Nur der in seine Trauer ganz versunkene Tullius schien sie gar nicht bemerkt zu haben. Er sah sie ebenso wenig an wie er drei Monate vorher ihre Schwester angesehen hatte.

Desto aufmerksamer betrachtete sie der Vater. Denn einmal hatte er auf diese Art Gelegenheit, sich ein Urteil zu bilden über die Geliebte des Sohnes, die er bisher nur aus der Beschreibung des Sklaven gekannt hatte; und dann fand er den Anblick des schönen Mädchens auch an sich äußerst erfreulich. Sie war hochgewachsen, blond und großäugig und Papa Rufus, der ein Kenner war, wusste nicht, was hübscher an ihr wäre, wenn sie, wie dies beim Eintritt in den Zug flüchtig geschah, die blauen Augen herrlich aufschlug oder, mit erhobenem Näschen, die langwimprigen Lider gesenkt hielt, wodurch, bei gleichzeitig hochgespannter Braue, ein wunderbar elegischer, jedes Männerherz entwaffnender Zug in ihr süßes Kindergesicht kam.

Währenddessen näherte sich das Gefolge der Leidtragenden dem vorbereiteten Holzstoß. Die Bahre wurde aufgehoben, die Flamme schlug empor und die Getreuen der Chrysis drängten sich heran, um von dem verhüllten Leichnam in seinem Flammengrabe noch einmal Abschied zu nehmen. Einer der eifrigsten war Tullius, der dicht neben dem jungen Mädchen stand, so dass er als erster bemerkte, wie ihre Chlamys (5) an einer seitwärts lodernden Flamme Feuer fing. Nun erst sah sie Tullius, aber er hatte nicht viel Muße, sich an ihrem schönen Anblick zu weiden, denn schon lief eine Feuerzunge den Saum ihres Gewandes entlang und der Jüngling hatte gerade noch Zeit, sie geistesgegenwärtig in seine Arme zu reißen, um mit seinem eigenen Leibe den Brand zu ersticken. Dies gelang ihm erst nach wiederholten Umarmungen, die sich das zu Tode erschrockene Mädchen widerstandslos gefallen ließ, um ihm, als er endlich fertig und der brennende Zipfel ihres Kleides in den Staub getreten war, mit einer Gebärde holdester Hingabe nun auch ihrerseits um den Hals zu fallen, entweder, um ihm als ihrem Lebensretter zu danken, oder, was wahrscheinlicher schien, um sich an dem nächstbesten Halse gehörig auszuweinen. Dies tat sie dann auch, heftig aufschluchzend, das schöne lichte Haupt über seine Schulter gebeugt, während gleichzeitig sein dunkler Kopf sich über ihren blonden Nacken neigte und die Träne, die ihm auf die Schulter tropfte, im selben Augenblick auch an ihrem Hals niederrann.

Rufus genoss das schöne Bild mit gerührtem Blick. Aber Sartorius, dem man diese familiäre Szene am Grabe der griechischen Hetäre schilderte, hatte bedeutend weniger Verständnis dafür. "Dein Sohn hat ja eine Geliebte", sagte er unwillig zu dem Jugendfreunde, als dieser wegen der Verlobung dringlich wurde. Und vergeblich bemühte sich Herr Rufus, ihm klar zu machen, dass die Umarmte keineswegs die Geliebte, sondern nur die Schwester der Geliebten war. Sartorius wollte das durchaus nicht glauben.

*

Die Schwester der Chrysis hieß Lysis und wohnte, wie sich herausstellte, in einer ganz anderen Vorstadt. Denn sie missbilligte, wie sie Tullius bei seinem ersten Besuch gestand, den Lebenswandel ihrer Schwester von Grund auf und wollte, obwohl sie sie im Tode so herzlich betrauerte, bei Lebzeiten in keiner Weise etwas mit ihr zu schaffen haben. Auch äußerlich unterschied sie sich, bei aller scheinbaren Ähnlichkeit, nicht unwesentlich von der verstorbenen Chrysis. Sie hatte nicht so morgenrote Wangen, nicht so umdunkelte Augen; ihre Wimpern waren nicht schwarz, sondern blond und ihre Locken nicht rotgelb wie die Äpfel der Hesperiden, sondern von einem um vieles lichteren und sanfteren Blond. Was aber das Schönste an ihr in den Augen des catonischen Jünglings war, das waren ihre abgearbeiteten Hände, die, edel geformt, an den Fingerspitzen arg zerstochen und an der Innenfläche mehrfach mit den holdesten Schwielen bedeckt waren. Denn Lysis lebte buchstäblich von ihrer Hände Arbeit. Wann immer Tullius zu ihr kam, saß sie am Webstuhl oder schneiderte vorgebeugt an einem Kleidungsstück für eine vornehme römische Dame.

War die ungeschminkte, arbeitsame Lysis solcherart grundver-schieden von ihrer liederlichen, schönen Schwester, war sie doch in einem Punkte dieser völlig gleich: Sie war ebenso närrisch wie Chrysis in den jungen Tullius verliebt und nicht minder als jene bemüht, es ihm auf jede Weise beizubringen. Aber Tullius merkte wiederum die längste Zeit nichts: einmal, weil er doch in die verstorbene Chrysis verliebt war und dann auch, weil er eine derartige Verliebtheit mit dem strengen Charakter der Lysis, die völlig eingezogen lebte und zu der nie jemand zu Besuch kam, für gänzlich unvereinbar hielt.

Indessen besuchte er selbst sie immer häufiger und blieb immer länger im vertrauten Gespräch bei ihr sitzen. Denn Lysis war eine kluges, in den Künsten der Rede wohlerfahrenes Mädchen und verstand sich, ganz wie ihre verewigte Schwester, sehr wohl darauf, den Faden der Liebe durch das holde Gespinst der Worte zu ziehen und den Mann, den sie fesseln wollte, auch durch ihren Geist zu binden.

Der Unterschied war nur dieser, dass die langwierigen Unterredungen mit der Lysis meist am Nachmittage stattfanden, da Tullius den Ruf des tugendhaften Mädchens durch nächtliche Besuche nicht gefährden wollte. Auch waren sie fast immer allein, welcher Umstand zur Vertiefung ihrer Gespräche gleichfalls nicht wenig beitrug. Lysis lebte zwar mit einer älteren Verwandten, die ihr das Hauswesen besorgte; aber, da die Alte, wie sich einmal bei einer flüchtigen Begegnung ergab, kein Wort Lateinisch sprach und Tullius, ganz im Sonne Catos, die griechische Sprache zu lernen verschmäht hatte, so konnte sie schon aus diesem Grund nicht an dem gelehrten Gespräche teilnehmen. Doch schien sie des jungen Tullius' Sesshaftigkeit nicht zu missbilligen, wie aus dem Lächeln hervorleuchtete, mit dem sie, spitznäsig durchs Zimmer huschend, von der Anwesenheit des jungen Mannes Notiz nahm.

So kam ein neuer Frühling, die Tage und damit auch die Besuche des jungen Tullius bei der schönen Lysis wurden immer wärmer und länger. Schon konnte er kein Ende mehr finden, wenn er, bis tief in den sinkenden Maiabend hinein, bei ihr saß und Gegenstände der

Philosophie, worin sie als die Tochter eines Sophisten besonders stark war, in stundenlangen Erörterungen mit ihr abhandelte. Aber auch in der Sternenkunde war Lysis wohlbewandert, und es war kein Zufall, dass er einmal den bläulich flimmernden Blick ihrer himmlischen Augen mit den Augen der Urania, der Muse der Himmelskunde, verglichen hatte. Lysis dachte oft daran und eines schönen Abends, als über ihren nicht endenwollenden Gesprächen der gestirnte Himmel aufging, hielt sie ihren jungen Freund, der erschrocken über die Verspätung aufbrechen wollte, zurück, um ihm noch rasch ein paar Sternbilder zu erklären. Er blieb, blieb übers Abendessen, und nachdem sie hierauf, im Gärtchen hin und wieder wandelnd, einen Teil der Astronomie erledigt hatten, sprachen sie aufs Neue von der Philosophie, und zwar, einer Lieblingsneigung der schönen Lysis folgend, von der platonischen. An diesem Abend wurde sie seine Geliebte.

Als es geschehen war, machte sich Tullius die bittersten Vorwürfe, so sehr es ihn in gewisser Beziehung auch mit Stolz erfüllte. Denn ein tugendhaftes Mädchen zu verführen war durchaus nicht im Sinne Catos und ein Mädchen ohne Haus und Eltern, ohne Laren, Penaten und häuslichen Herd zu heiraten wäre erst recht nicht in Catos Sinn gewesen. Dennoch trug sich der redliche Jüngling, um sein Unrecht gut zu machen, sogleich mit dieser Absicht, obzwar er sich hütete, davon zu reden. Nur mittelbar kam der Entschluss, mit dem er spielte, zum Vorschein, als er eines Tages, wenige Wochen nach seinem Abenteuer, in der Schule beim Abhören der Rechtsformeln durch den Lehrer auf dessen Frage: "Spondesne?" nicht, wie dies das Vertragsrecht vorschreibt, "Spondeo" antwortete, sondern, in Gedanken schon beim Eherecht, die geheiligte Formel "Ubi tu Gaius, ego Gaia" zur Antwort gab. Ein fröhliches Gelächter der anderen jungen Juristen folgte dieser in ernsthaftem Ton abgegebenen Erklärung und "Tullius geht auf Freiersfüßen!", hieß es seither unter ihnen.

Tullius ärgerte sich im Anfang, fasste sich aber alsbald ein Herz und ging, da es die Leute nun doch schon einmal wussten, entschlossen zu seinem Vater. "Ich habe eine Braut", sagte er, wie vom Widerschein einer Flamme überglüht. "Eine Braut?", erwiderte Herr Rufus mit Wohlwollen: "Das freut mich für dich. Aber was habe ich dabei zu tun?" Da erglühte der Jüngling noch einmal und setzte hinzu: "Du musst sie dir ansehen, Vater!" - "Ich?" - "Ja. Du... Ich bitte Dich darum."

Jeder andere römische Vater hätte seinem Sohn nach solchen Eröffnungen den Kopf gehörig zurechtgesetzt, der seelengute Herr Rufus jedoch, der nur darauf brannte, wieder einmal eine Fleißaufgabe im Punkte Vorurteilslosigkeit zu machen und dem der verliebte Junge außerdem leid tat, machte sich nach kurzer Überlegung erbötig, den

Wunsch des unbesonnenen Jünglings zu erfüllen und seine Lysis am nächsten Tage aufzusuchen.

"Mein Sohn macht bereits Dummheiten", sagte er am Abend, beim Weine sitzend, voll Stolz zu seinem Freund Terenz.

*

Tullius hatte an der Unterredung seines Vaters mit der Geliebten nicht teilgenommen, weil ihm dies im Sinne Catos ungleich anständiger erschien, aber man kann sich vorstellen, mit welcher Ungeduld er der Rückkunft des Alten entgegenharrte, der ziemlich lange ausblieb. Als er schließlich wieder im Hause erschien, verkündigte sein besorgtes Gesicht dem ihm entgegeneilenden Sohn schon von Weitem nichts Gutes, aber nie und nimmer wäre er auf dasjenige gefasst gewesen, was ihm Herr Rufus, sich den Schweiß von der Stirne wischend, gleich darauf eröffnete.

"Du kannst deine Lysis unmöglich heiraten", sagte er liebevoll, aber bestimmt: "Denn sie ist nicht Lysis, sie ist Chrysis."

"Wie?", fragte Tullius entgeistert.

Rufus erklärte ihm schnaufend, was ihm Lysis selbst erst vor einer halben Stunde erklärt hatte: dass sie sich in Tullius verliebt hätte, aber, seine Grundsätze und seinen Charakter kennend, jede Hoffnung hätte aufgeben müssen, als Hetäre seine Geliebte zu werden; dass sie sich infolgedessen entschlossen hätte, als Hetäre zu sterben, um als tugendhafte Schwester weiterzuleben, was sie in der Weise bewerkstelligt hätte, dass sie den von Tüchern verhüllten Leichnam einer Nachbarin verbrennen ließ, während sie selbst, ungeschminkt, mit ungefärbten Haaren und überdies abgezehrt von der überstandenen Krankheit sich selbst das Geleite gegeben hätte und solcherart, mit Tullius abermals bekannt werdend, in die Lage versetzt worden wäre, ein neues Leben anzufangen. Sie wäre mit dem vorläufigen Ergebnis durchaus zufrieden, aber sie wünschte, die Irreführung nicht weiter als notwendig gewesen wäre zu treiben und keinen Unfug in fremden Familien anzurichten. In diesem Sinne ließ sie ihren Freund durch seinen Vater grüßen und ihm sagen, er möge zu ihr kommen, wann er wolle, aber sich keine Verbindlichkeiten einbilden, die man ihresgleichen gegenüber, auch wenn man ein Cato wäre, in keiner Weise hätte und auf deren Erfüllung sie auch ihrerseits keinen Wert legte.

Als Tullius dies vernommen, lief er, ohne seinem Vater auch nur zu antworten, zu Lysis, um sie mit Vorwürfen ihres unerhörten Vorgehens wegen zu überschütten. Denn er kam sich als der rechtschaffene Jüngling, der er war, völlig entehrt, ja geschändet vor dadurch, dass er eine stadtbekannte Courtisane nicht nur geliebt, sondern mit einer so reinen, hohen und idealen Herzensliebe geliebt hatte, wie man sie sonst nur der verkörperten Tugend entgegenzubringen pflegt.

Lysis, die in ihrem Gärtchen saß, emsig mit ihrer Schneiderei beschäftigt, setzte seinem hellauf lodernden Zorne anfänglich nichts entgegen als ein unsäglich holdes und geduldiges Schweigen. Mit gebeugtem Nacken ließ sie die Sturzflut seiner Entrüstung und seiner Vorwürfe über sich hingehen, ohne ihre Arbeit an einem Morgenhäubchen auch nur für eine Sekunde zu unterbrechen.

Und erst als er, nach Art der Zornigen immer zorniger werdend, ganz nah an sie herankam und schließlich, außer sich, sogar die Hand aufhob, um nach ihr zu schlagen, fiel sie ihm in den Arm und sagte, ihn aus ihren Sternenaugen mit entwaffnender Sanftmut anstarrend:

"Schlag mich nicht, Tullius! Du schlägst die Mutter deines Kindes!"

Dieser neuen Prüfung in der Schule der Liebe war der tugendhafte Jüngling nicht mehr gewachsen. Er brach weinend zusammen, Lysis, in der er, durch die Verhältnisse gezwungen, zugleich die Mutter, die Dirne, die Geliebte, und die Braut umarmte, in einem Atem verurteilend und um Verzeihung bittend.

Diese wurde ihm alsbald zuteil und auf den berauschenden Frühling folgte ein köstlicher Sommer, ein heiterer Herbst, ein von unendlichen philosophischen Liebesgesprächen durchsponnener Winter.

Als es wieder Frühling wurde, beschloss der mittlerweile zur Vaterwürde herangereifte Jüngling zum zweiten Mal, sein Mädchen zu heiraten. Denn auch von dem seit einiger Zeit verwitweten Tugendprotzen Cato ging das Gerücht, dass er eine Sklavin, bei der er Liebesfreuden gesucht hatte, demnächst heimführen würde. Wenn man aber eine Sklavin heiraten durfte, warum nicht auch eine Hetäre? Das alte Rom verjüngte sich und wenn Tullius an der Wiege seines Sprösslings stand, glaubte er, eine Zukunft vorauszusehen, in der die Starrheit der antiken Lebensform unter dem warmen Kuss der Menschenliebe hinschmelzen würde zu einer neuen, lieblicheren und kindlicheren Auffassung des Daseins.

Da nun Tullius diese Gedankengänge in längerer Rede, die er in der Schule der Geliebten oft geübt hatte und der man diese Übung anmerkte, vor ihr entwickelte, hörte ihm Lysis, ihren Kleinen säugend, mit einem philosophischen Lächeln zu, um schließlich, das gestillte Kind ihrer alten Verwandten übergebend, zu ihrem Freund zu sagen:

"Das ist alles sehr schön und gut, mein Tullius, und ich sehe vollkommen ein, dass ich dich eigentlich heiraten müsste. Aber ich kann dich nicht heiraten und dies aus einem Grunde, der mit der Moral nicht das Mindeste zu tun hat, sondern nur mit meinem Gefühl. Ich liebe dich nicht mehr."

"Wie?", rief Tullius: "Du liebst mich nicht mehr? Jetzt, wo wir ein Kind miteinander haben und wo ich mich dir in allen Stücken und so sehr angepasst habe, dass ich dir sogar deine Vergangenheit - "

"Ich sehe es ein, o mein Tullius", entgegnete schuldbewusst die Hetäre: " Es ist eine Ungeheurlichkeit. Aber so ist nun einmal meine Natur. Ich liebte dich, weil du anders warst als ich; dein entzückender moralischer Hochmut reizte mich. Jetzt aber, da du mir ähnlich geworden bist, empfinde ich nur noch Sympathie für dich. Was mich anzog, war das Werk, die Aufgabe, aber eine einmal gemachte Aufgabe wieder und immer wieder zu machen ist langweilig. Erschrick nicht, mein guter Tullius, über meine leichtfertige Art zu reden und lass mich meine Gedanken klar ausdrücken bis ans Ende... Als man damals, weißt du es noch, die Ehebrecherin an uns vorbeiführte, und du sie finster anschautest mit zornig gerunzelten Brauen, da wandelte mich die Lust an, dich halbes Kind an der Hand zu nehmen und durch die Schule der Liebe zu führen... Ich hab' es getan und du hast viel und rasch gelernt, o mein Tullius! Du hast gelernt zu lieben und zu verstehen und zu verzeihen. Jetzt bleibt dir nur noch eines zu lernen übrig: zu vergessen! - Versprich es mir, mein Freund, dass du ohne Groll an mich zurückdenken wirst, wenn du einmal beim Wiederkommen das Haus leer finden wirst, in dem dich die Chrysis geliebt hat und du die Lysis liebtest..."

Was die kluge Schöne ihrem Freunde bei dieser Gelegenheit nicht vertraute, war, dass ihr die Alte, die niemand anders war als ihre junge, von ihrer letzten Liebesreise alt heimgekehrte Mutter, bereits vor einigen Wochen einen reichen griechischen Kaufherrn aus Mytilene zugeführt hatte, an dessen Seite Lysis denn auch bald nachher in ihre Heimat zurückkehrte. Tullius, als er sie eines Tages besuchte, fand das Nest leer. Er setzte sich in dem verwaisten Hause nieder und weinte bittere Tränen, in deren Bitternis sich aber doch auch nach einiger Zeit ein süßes Gefühl des Befreitseins mischte. Ein halbes Jahr später heiratete er Camilla, die Tochter des Lederhändlers.

Terenz nickte befriedigt. "Siehst du", sagte er wohlgelaunt gratulierend zu seinem Freund Rufus: "Am Ende sind es ja doch immer die leichtfertigen Frauenzimmer, die einem tugendhaften Mädchen im richtigen Augenblick den richtigen Mann verschaffen."

Melusine und der Schwan

Ein Märchen für die reifere Jugend

Die Jugend-Geschichte der schönen Melusine ist aus alten Märchenbüchern hinlänglich bekannt. Sie saß, als Mädchen, am "Durstbrunnen" im Ardennen-Wald, und als der junge Graf Raimund dahertrabte und um ihre Hand anhielt, sagte sie ohne weitere Umstände Ja, unter einer einzigen, allerdings nicht ganz alltäglichen Bedingung. Graf Raimund musste ihr zusichern, sie jeden Samstag ganz sich selbst zu überlassen, ohne je zu fragen, womit sie diesen ihren freien Tag verbrachte.- Das war nun freilich leichter versprochen als gehalten, und eines Samstags konnte der von seinen Verwandten aufgehetzte, von Neugier geplagte eifersüchtige Graf, ein umgekehrter Lohengrin, sein sträfliches Misstrauen länger nicht bezähmen. Er drang in Melusinens Badeklause ein und sah daselbst sein Gemahl fischschwänzig im Kreise ebensolcher Gespielinnen herumplätschern. Das aber verzieh ihm die schöne Melusine nie. Sie schnürte ihr Feen-Ränzel, und obwohl sie kein Kind mehr war und dem Grafen eine ganze Reihe mannhafter Söhne geboren hatte, ließ sie sich nach zwanzigjähriger Ehe von ihm scheiden. Hierauf kehrte sie in ihre Heimat, den Ardennen-Wald, zurück.

Wie jede Scheidung erregte auch diese im Feen-Reich einiges Aufsehen. Das mit gesellschaftlichen Hinrichtungen befasste Executiv-Komitee des "Sittlichkeits"-Ausschusses trat sofort zusammen und erörterte sachkundig das Vorgefallene. Es ging dabei zu wie in allen ähnlichen Fällen: eine gouvernantenhaft aussehende, spitznäsige und im übrigen kinderlose Ober-Fee erhob die Anklage, eine Fee von zweifelhaftem Ruf mit rotgeschminkten Fingernägeln übernahm die Verteidigung, und die Vorsitzende, eine gütige alte, weißgescheitelte Feen-Dame hörte schweigend zu und strickte ein gleichmäßig wohlwollendes Alt-Frauen-Lächeln in einen immer länger werdenden Wohltätigkeits-Strumpf. Die Debatte der meist gleichzeitig redenden Feen wogte aufgeregt hin und her, obwohl die versammelten Damen zumindest in einem Punkte gleicher Meinung waren. An das Badezimmer-Abenteuer, den Fischschwanz und dass er den Grund der Scheidung gebildet haben sollte, glaubte keine: das erzählte der Mann, und die Frauen lächelten darüber.

Zum Schluss bemächtigte sich die öffentliche Anklägerin des Wortes und führte sachkundig aus: die letzten Gründe einer Scheidung, meine Damen, liegen immer in der Art, wie eine Ehe zustandegekommen ist. Die unsrige ist im Wald zustandegekommen. Melusine, das ist überliefert, saß am Durstbrunnen und redete vorüberreitende junge

Ritter an. Warum auch nicht, was riskierte sie? Sie war keine Geborene (und es gibt sogar Leute im Ardenner Wald, die behaupten, sie wäre jüdischer Abstammung).Unter den Angeredeten befand sich auch der Graf Raimund, und wenn sie zu ihm, was überliefert ist, bereits im zweiten Satz "mein Raimund" sagte – sie gebraucht ja im Verkehr mit Männern immer gleich das besitzanzeigende Fürwort (das ist auch jüdisch) – so mag sie schon vor ihm einigen anderen "mein Geoffroy" oder "mein Lanzelot" gesagt haben. Das wusste der gute Graf Raimund damals noch nicht, aber mit den Jahren kam er darauf. Die Badezimmer-Gewohnheiten deuten auf das gesellige Treiben beim Durstbrunnen zurück – oder nicht? Jung gewohnt, alt getan, meine Damen! Und wenn ein Mann, überraschend eintretend, die Tür zu den geheimen Gemächern seiner Frau in einer Weise zuschlägt, wie dies der gute Raimund tat, der – das lass ich mir nicht nehmen – weiß, warum!

Aber die gütig strickende Vorsitzende nahm die Angeklagte in Schutz. Gegen die Unterstellung der Frau Oberkonsistorialrat Spitznase spräche, sagte sie, dass Melusine ihrem Mann eine ganze Anzahl Kinder geboren hätte, die ihm ausnahmslos ähnlich sähen. Das sei auch ein Tugendbeweis und der einzige, den sie, die Vorsitzende, gelten ließe. Im übrigen wäre sie auch hierin anderer Meinung als die geehrte Vorrednerin, dass es, wenn es gälte, eine Scheidung zu ergründen, genüge, die Vergangenheit zu durchschnüffeln. Im Gegenteil, nur die Zukunft wäre maßgebend und einzig aus der Art, wie eine Frau sich nach der Scheidung benimmt, könne man zurückschließen auf die Gründe, die sie dazu bewogen hätten- die tieferen Gründe nämlich, auf die es ankommt und die das Gericht nicht kennt.

*

Inzwischen saß die noch immer schöne Melusine wieder, wie als Mädchen, am Durstbrunnen und äugelte über Fluss und Straße in eine wieder unbestimmte Weite. Ab und zu kam auch jetzt noch ein Ritter angetrabt, zu Pferde oder zu Fuß, grüßte artig und saß nieder bei ihr für eine Stunde oder zwei und trank Thee aus dem Durstbrunnen. Melusine hätte sich einbilden können, ein Vierteljahrhundert jünger zu sein, so reizend sah sie dann aus und so zärtlich huldigten ihr die Ritter. Nachher aber hatten sie es eilig, und wenn die Sterne aufgingen, in dem fahl gewordenen Abendhimmel und über der grau umwobenen Flusslandschaft, trabten sie unweigerlich weiter und überließen die einsame Frau wieder ihrer Einsamkeit. Sie hatte Zeit, das Rätsel ihres Lebens zu bebrüten.

Darüber waren nun etliche Jahre hingerauscht, und Melusine, die noch immer unerlöst am Durstbrunnen saß, begann angestrengter nachzudenken, ob es denn überhaupt noch einen Sinn hätte, sich schön zu machen für irgendwelche Ritter und das ergrauende Haar mühsam blond zu färben, wozu sie jetzt regelmäßig den Badezimmer-Sonnabend verwendete.

Es war ihr vorläufig letztes Geheimnis vor der Welt, und sie fand, in Schwermut versinkend, dass es die Mühe nicht lohne, deswegen alt zu werden.

Da kam eines schönen Septembertages ein Mann in guten Jahren daher, der, obwohl er ferner als alle anderen an ihr vorüberzog, der Aufblickenden noch einmal Lust machte, etwas zu erleben.

Schon sein Auftreten war ungewöhnlich. Denn er schritt weder, noch ritt er, sondern glitt aufrecht stehend in seiner biegsamen Silberrüstung den Fluss entlang von einem muschelartigen Schifflein getragen, dem ein schöner Schwan an goldener Kette vorgespannt war. Doch merkte man gleich, dass dies nur zu Verschönerungszwecken erfolgt war, und dass Zauberkräfte den Nachen flussaufwärts zogen. Melusine schrieb sie nicht ungern sich selbst zu.

Die Erscheinung, der auch der rötliche Glanz der Abendsonne zustatten kam, erinnerte sie an eine halbvergessene Opern-Vorstellung. War es nicht vor fünfundzwanzig Jahren gewesen, auf ihrer Hochzeitsreise in Venedig? Doch konnte sie sich fürs Erste nicht genau entsinnen, wie der auf sein Schwert gelehnte Schwanen-Ritter hieß, als dieser zum Glück ungefragt den Mund auftat und, wahrscheinlich unter dem Eindruck einer Szene, die sich kurz vorher abgespielt hatte, seine Visitenkarte gedankenlos in die goldene Abendluft trällerte:

"Mein Vater Parzival trägt seine Krone,

Sein Ritter ich – bin Lohengrin genannt."

Richtig, Lohengrin!, besann sich Melusine. Dass ihr so etwas hatte entfallen können.

Und schon rief sie, bewegten Herzens und bewegter Hand, die vorüberschwimmende Erscheinung an, die ihrem Gemüt der vertraute Wasserweg besonders anziehend machte. "Ich find es ziemlich unbescheiden von Euch, mein Lohengrin," hub sie in gewohnter Art vorwurfsvoll an: "Dass Ihr so grußlos an mir vorüberschwimmt..." Wieder gebrauchte sie hierbei das besitzanzeigende Fürwort und sagte gleich: "mein" Lohengrin, nicht anders als sie in früheren Jahren "mein Raimund" gesagt hatte, oder "mein" Geoffroy oder "mein" Lanzelot. Es war dies nun einmal ihre besondere, etwas gewagte Art der Koketterie und man wird ja sehen, wohin sie im gegebenen Falle führte.

Zunächst führte sie scheinbar zu gar nichts. Der Ritter veränderte seine für den Photographen berechnete Stellung nicht, der Schwan trug seinen Kopf auf dem S-förmig gekrümmten Hals märchenhaft hochmütig vor sich hin. Aber schließlich musste Lohengrin doch unter dem beflügelten Silberhelm einen halben Blick zur Seite getan haben, denn plötzlich hörte er auf, von seinem Vater Parcival zu trällern und gleich darauf legte der Schwan den Kopf nach links und begann nach rechts zu drehen. Der Ufersand knirschte und blitzbeinig sprang der geharnischte Silber-Mann ans Land.

Er kam auf Melusine zu, verneigte sich artig und saß bei ihr nieder. Aus dem Durstbrunnen begann sogleich Tee zu fließen wie immer in solchen Fällen, und es entwickelte sich das alte Spiel zwischen zwei wohlerzogenen Weltleuten. Lohengrin tat, als wäre er einzig Melusines wegen die Schelde heraufgeschwommen und Melusine, als hätte sie seit den Tagen ihrer Kindheit ausschließlich auf Lohengrin gewartet. Nun hielten sie einander bei der Hand und das Leben fing neu an.

Melusine tat wie gewöhnlich. Sie sagte "mein" Lohengrin und gab zu verstehen, dass sie einer zweiten Heirat nicht abgeneigt wäre. Lohengrin hörte ihr ruhig zu, nur bei dem Wort Heirat wurde er unruhig, und fragte mit einem Lächeln, das durch seinen Bart huschte, wie ein Vogel durch den Busch: "Wie ist das, Melusine? Du bist doch schon, wenn ich nicht irre, verheiratet gewesen." "Du ja auch, mein Lohengrin!" antwortete sie schlagfertig, die sich nun immer deutlicher an den Text der alten Oper zu erinnern begann: "Hieß sie nicht Elsa? Und hat sie dir nicht die Treue gebrochen?" "Das gerade nicht" erwiderte der aus Brabant kommende Ehemann missvergnügt: "Wenigstens nicht in dem Sinne, in dem Du es meinst, aber vielleicht lief, was sie tat, auf dasselbe hinaus, und jedenfalls gab es ernste Unstimmigkeiten zwischen uns..." "Es ist übrigens merkwürdig", fuhr er nach einiger Zeit, sein goldenes Hüfthorn verlegen betrachtend, nachdenklich fort: "Dass man in solchen Fällen in der Gesellschaft immer nur das Allerbanalste voneinander weiß. So zum Beispiel Du von Elsa, dass sie treulos war und ich von Dir, dass Du einen Fischschwanz hast." "Glaubst Du's?" fragte Melusine und schob ihren linken Fuß unter dem Kleide genäschig vor (so als ob sie sagen wollte: Du kannst Dich ja überzeugen!) Allein es stellte sich heraus, dass Lohengrin es nie geglaubt hatte. Allerdings, meinte er, hätte er den wahren Grund von Melusines Scheidung nie erfahren können, wie oft er auch schon die Schelde auf und ab gereist wäre. Er sagte das aber mehr zu sich und in die Luft, ohne zu fragen. Das war überhaupt so seine Art: er fragte nicht, vielleicht, weil auch er nicht gefragte werden wollte. Melusine aber antwortete grundsätzlich nur ungefragt. Infolgedessen sagte sie zutraulich:

"Mein Mann, musst Du wissen, war ein wirklicher Mann – leider. Das was sie in Amerika einen hundertprozentigen nennen. Und als ein wirklicher Mann wollte er immer wissen, wonach er nie fragte."

"Gerade das Gegenteil von meiner Frau" nickte Lohengrin lebhaft: "Die wollte wieder wissen, wonach ich nicht gefragt sein wollte." Und er verstummte.

"Nie sollst du mich befragen" summte Melusine weltdamenhaft und geübt.

Lohengrin senkte abweisend seinen blonden Opernbart, in den sich, wie sich jetzt zeigte, auch schon ein paar Silberfäden mischten. Und finster vor sich hinstarrend brütete er über die Dummheit der Frauen, während Melusine heiter die der Männer erwog. Dann setzte sie sich näher an ihn heran und sagte, die Hand zärtlich auf seine bewölkte Stirne legend: "Eigentlich wären wir beide ein ideales Paar, mein Lohengrin." "Wir? Wieso?" "Nun, weil es auf der ganzen Welt keine zwei Menschen gibt, die besser zueinander passen." "Wie meinst Du das, Melusine?" "Ich meine" sagte sie noch näher: "Wenn Du beispielsweise als mein Mann zu mir gesagt hättest 'nie sollst Du mich befragen', so hätte ich Dir zur Antwort gegeben: 'Aber bitte, ich hab' ja auch meine Samstag-Nachmittage.' Und alles wäre in schönster Ordnung geblieben. Oder nicht, mein Lohengrin?"

"Kann sein", sagte Lohengrin zögernd und blickte besorgt durch die Dämmerung nach seinem Schwan hinüber. Der aber, besser unterrichtet über die Entwicklung solcher Geschichten als sein Fahrgast, hatte bereits den Kopf unter den Flügel gesteckt. Offenbar bereitete er sich darauf vor, die Nacht hier zu verbringen.

Lohengrin sah die noch immer schöne Melusine unschlüssig von der Seite an. Sie ist wirklich schön, dachte er, und ein feines Wesen. Darum ist sie auch so einsam.

Ein schöner Mann, dachte gleichzeitig auch Melusine: Wenn er sich den Bart abnehmen ließe, wäre er vollkommen. Ich werde seit Raimund keinen ähnlich schönen Mann umarmt haben.

Auch die reiche Rüstung und dass man sie notfalls würde versilbern können, beruhigte sie. Wenn Lohengrin sie abstreifte (und zum Juden trüge), könnte man, berechnete sie, ganz bequem ein paar Jahre lang von dem Erlös leben. Laut sagte sie dann mit ihrer melodischen Melusinenstimme:

"Der Schwan ist müde... leg Deine Rüstung ab, mein Lohengrin. Wir wollen uns das Leben nicht schwer machen mit überflüssigen Erkundigungen und wechselseitigem Misstrauen. Das ist ja auch gar nicht mehr modern. Wozu sich mit der Vergangenheit quälen? Versuchen wir doch lieber, der Gegenwart ein bisschen Glück abzugewinnen. - Was meinst Du, mein Lohengrin?"

Lohengrin, nach seinen Brabant-Erfahrungen, meinte im Grunde das Gleiche. Er verkaufte die romantische Silberrüstung, ließ den Schwan ausstopfen und stellte den ausgestopften in Melusines entzaubertes Badezimmer.

Und dann liebten sie einander, der unerlöste Lohengrin und die zum ersten Mal von ihm erlöste Melusine, viele, viele, viele Jahre lang.

Und wenn sie nicht verheiratet sind, so lieben sie sich noch heute.

Die Novelle

Ein Zwischenspiel

Der Autor

Der Freund

Der Enthusiast

Der Onkel

Die Tante

Die Geliebte

Ort: eine Ecke in einem Wiener Café

Der Autor, zweiundzwanzigjähriger Student, rund und rosig wie eine hübsche Frau, mit einem Kindergesicht und schimmernden Augen, die sich vergeblich bemühen, den Ausdruck blasierter Müdigkeit festzuhalten, den seine Jugend immer wieder besiegt, sitzt beim Fenster vor einem Tischchen, auf dem eine einzige Zeitung liegt, diejenige, in der seine Novelle erschienen ist. Er raucht eine Zigarette und schaut in die Luft, zurückgelehnt, in der Haltung des Künstlers, der ausruht.

Der Freund *(im Winterrocke, den Hut auf dem Kopf)* : Servus Paul!

Der Autor: Ah! Servus! *(befangen)* Willst Du nicht Platz nehmen, bitte?

Der Freund *(ironisch lächelnd)* : Danke. Einen Augenblick; *(zum Kellner)* - den Rakett tragen Sie mir ins Spielzimmer. Ich komme gleich nach. *(zum Autor ironisch)* Nun?

Der Autor: Nun – Wie geht's?

Der Freund: Warum fragst Du? Das ist Dir doch jetzt absolut gleichgültig. Dich interessiert jetzt doch nur eins...

Der Autor: Ich wüsste wirklich nicht...

Der Freund *(ironsch)* : Wirklich nicht? Tu' doch nicht so. Ich bin doch Dein Freund, ich kenne Dich! Vom ersten Augenblicke an wartest Du darauf, dass ich davon zu sprechen anfangen werde.

Der Autor: Davon! Wovon?

Der Freund *(schelmisch)* : Du weißt schon.

Der Autor: Ah! Du meinst!

Der Freund: Allerdings.

Der Autor: Nun ja. Allerdings. Da Du mein Freund bist, interessiert es mich gewiss, Dein Urteil zu hören.

Der Freund: Ich werde es Dir geben - als Freund. Also, ich gratuliere Dir... Die Novelle ist zwar ein Schund, aber – ich spreche als Freund...

Der Autor *(beherrscht)* : Bitte. Also, die Novelle ist ein Schund. Wozu gratulierst mir dann?

Der Freund: Zu dem Blatte. Die "Post" ist doch ein allererstes Blatt. Du hast ein schamloses Schwein gehabt, die Sache dort anzubringen.

Der Autor *(pikiert)* : Anzubringen!

Der Freund *(entschuldigend)* : Ich spreche als Freund!

Der Autor: ... Was missfällt Dir an meiner Novelle?

Der Freund: Was? Alles. Keine Zeile gefällt mir. Zunächst der Titel. "Letzter Abend". Und nun erst der Schluss! Ich spreche als Freund...

Der Autor: Das merkte ich bereits.

Der Freund: Nun gut. Der Schluss ist einfach kläglich. Welche Geschmacklosigkeit, dieser Walzer, den die beiden auf der Wiese tanzen, zu der aus der Ferne herüberklingenden Brauhausmusik. Diese beiden, die eben übereingekommen sind, dass sie sich auf der Stadtbahnstation Meidling Hauptstraße auf ewig Lebewohl sagen werden, indem er die Gürtellinie nimmt, während sie einer freudlosen Zukunft auf der Wientallinie entgegengeht – diese beiden, die...

Der Autor *(ungeduldig)* : Diese beiden, die sich Adieu sagen, tanzen vorher noch einen letzten Walzer auf der dampfenden   Wiese... Ich find das sehr fein, sehr wienerisch.

Der Freund *(zieht die Schultern hoch)* : Ich find' es blöd. *(rasch)* Ich spreche als Feund... aber im übrigen gratuliere ich Dir von ganzem Herzen. Ich freue mich aufrichtig mit deinem Erfolg. Ich kann es. Ich gehöre zu jenen ganz seltenen Menschen, die sich neidlos mit den Erfolgen ihrer Freunde freuen   können.

Der Autor *(ironisch)* : Ich danke Dir. Nun, da ich Dein wertvolles Urteil besitze, kann ich Dir ja verraten, dass es mir vollständig gleichgültig ist. Genauso gleichgültig, wie die anderen   Urteile. Ich habe meine Novelle nicht veröffentlicht, um dergleichen zu hören. Nein, wenn ich als Schriftsteller debütierte, so geschah es einzig und allein meinem Mädel zuliebe, dem ich zeigen wollte, dass ich doch auch noch etwas anderes kann, als spazieren gehen und den Hof machen... Denn auf die Weiber, weißt Du, macht es doch einen riesigen Eindruck, wenn man in einer Tageszeitung gedruckt wird.

Der Freund *(verächtlich)* : Feminist!

Der Autor: Und dann, ich sag' es ganz offen, ich brauche Geld. Die Gustel wünscht sich eine Federboa... Schreiben kann ich, also warum nicht?... Ich habe einfach so einen Ausflug beschrieben, wie ich ihn schon unzählige Male mit der Gustel gemacht hab' – erfunden ist nur der Schluss, das Lebewohl sagen. Alles andere ist echt. Es wird sie freuen, die Gustel,   aus zwei Gründen, wegen der Ehre und...

Der Freund: Wegen der Boa. Da Du es um eine Boa getan hast, sei Dir verziehen. Anders, wenn Du aus literarischem Ehrgeiz gefehlt hättest. Dann wäre es meine Pflicht als Freund, der es gut mit Dir meint, Dir zu sagen: Gib's auf! Denn Du hast keinen Funken Talent. Ich bin glücklich, dass ich D i r das nicht sagen muss. Servus! *(er zieht sich zurück)*.

Der Autor: Ich werd' ihn nächstens ja noch hinauswerfen. *(die Uhr ziehend)* Es ist vier Uhr vorüber. Merkwürdig, sie ist   sonst so pünktlich. - Ah! -

Der Enthusiast *(kommt mit ausgestreckten Händen an den Tisch des Autors)* : Ich gratuliere Ihnen. Ihre Novelle ist ein Meisterwerk. Nur schade, dass sie in d e m Blatt steht!

Der Autor: Was soll man machen.

Der Enthusiast: Ganz richtig. Übrigens, Ihre Arbeit adelt das Blatt. Sie ist *(entschlossen)* entzückend.

Der Autor *(so bescheiden)* : Es freut mich wirklich, wenn die Kleinigkeit Sie amüsiert hat.

Der Enthusiast: Amüsiert? Ich kenne überhaupt Weniges, was mich so hingerissen hätte. Am Anfang habe ich vor Lachen geschrien und am Ende hab' ich bitterlich geweint.

Der Autor *(drückt ihm die Hand)* : Lieb von Ihnen!

Der Enthusiast: Ich bin überhaupt ganz närrisch, seitdem die Sache erschienen ist. Ich habe sie bereits sieben Mal vorgelesen – Ihre Novelle, und habe die Zeitung in einem Dutzend Exemplaren gekauft. Allen meinen Verwandten schicke ich die Sache, und ich habe sehr viele Verwandte. In Deutschland, in Russland, sogar in Amerika...

Der Autor: In Amerika? Wahrscheinlich ein Onkel.

Der Enthusiast: Hoha! Geistreich! Das war wieder eine Ihrer Bemerkungen. Sie haben bereits eine Note. Überhaupt, Sie sind ein merkwürdiges Talent. Sie haben Witz, Grazie, Gemüt, Leidenschaft... Manchmal denkt man an d'Annunzio (1) und dann wieder an Bauernfeld (2). Auch ein Schuss Maupassant (3) ist in Ihnen – ein starker Schuss!

Der Autor *(freundlich)* : Um Gottes Willen! Sie entwerfen ja ein ganzes Bild meiner literarischen Persönlichkeit – nach einer kleinen Novelle!

Der Enthusiast: O! Nach einer kleinen Novelle kann man einen Dichter schon beurteilen, überhaupt wenn man selber Novellen schreibt.

Der Autor *(unangenehm berührt)* : Wie, Sie schreiben selber – Novellen?...

Der Enthusiast: Aber natürlich! Seit Jahren. In deutschen Blättern. Die österreichischen zahlen zu schlecht. Haben Sie denn noch nie etwas von mir gelesen? Nein? Aber da muss ich Ihnen etwas schicken, da muss ich Ihnen ja unbedingt etwas schicken. A propos, weil wir g'rad davon reden: Wer ist der Macher bei der "Post"?

Der Autor: Remmscheit.

Der Enthusiast: So? Na, dann geben Sie ihm doch die Sachen, wenn sie Ihren Beifall finden. Sind auch so kleine Geschichten – in Ihrem Genre.

Der Autor: Ah!

Der Enthusiast: Ja... Sehr gute Einfälle sind drin. Na, Sie werden ja sehen. *(der Autor nickt gönnerhaft)* Aber jetzt muss ich laufen – zu meiner Cousine. Ich will ihr Ihre Novelle   vorlesen. Meine Cousine interessiert sich nämlich riesig für die Moderne.

Der Autor: Grüßen Sie Ihre Cousine!

Der Enthusiast: Danke, danke... *(im Abgehen)* Arroganter Kerl! Aber man kann ihn brauchen.

Der Autor *(ruft einen vorübergehenden beleibten, älteren Herrn an)* : Guten Tag, Onkel!

Der Onkel: Servus, Paul! *(Händedruck)*

Der Autor: Na, was sagst Du?

Der Onkel: Zu Deinem Feuilleton? Ganz gut... So ein Abend zu zweien in Hütteldorf ist gar nicht bitter. Ich hab' das auch ausgekostet. Wenn die Wiesen in Hütteldorf erzählen könnten, mein lieber Paul... *(melancholisch)* Das ist jetzt eine Affaire von dreißig Jahren.

Der Autor: Setz' Dich, Onkel.

Der Onkel: Einen Augenblick.

Der Autor: Na, und wie hat Dir eigentlich der Schluss gefallen?

Der Onkel: Der Schluss ist auch gut. Die Donauwellen sind ein sehr hübscher Walzer. Unsere Klara spielt ihn manchmal nach dem Nachtmahl. Es wird einem dabei so, ich weiß nicht, wie soll   ich sagen, quisiquasi...

Der Autor *(mit einem Blicke auf den Bauch des Onkels)* : Elfenhaft!

Der Onkel: Geradezu poetisch... Übrigens, ich hab' Dich etwas fragen wollen. Was trägt das, so ein Feuilleton?

Der Autor: Na, dreißig Gulden dürft es tragen.

Der Onkel: Na, ist ganz gut bezahlt. Und überhaupt, wenn Du einmal
eingeführt sein wirst, wird man Dir ja vielleicht vierzig zahlen.

Der Autor *(fein)* : Wird man mir vielleicht vierzig zahlen.

Der Onkel *(phantasiert)* : Oder fünfzig! Wenn Du jede Woche so etwas
schreibst, sind das zweitausend Gulden im Jahre. Mehr verdient
sich der Karl mit der Seidenagentur auch nicht.

Der Autor: Ja, aber Onkel, die Sache ist nämlich die: So etwas
kann man nicht jede Woche schreiben.

Der Onkel: Möcht' wissen! So etwas schreibt man doch in zwei,   drei
Stunden.

Der Autor: Ja, aber man geht vielleicht zwei, drei Jahre herum, bevor es
einem einfällt.

Der Onkel: Und dann kriegt man dreißig Gulden dafür?

Der Autor: Das ist es ja!

Der Onkel: Was hat es dann für einen Sinn zu schreiben?

Der Autor: Du hättest mit diesem Ausrufe recht, lieber Onkel, wenn
man des Erwerbes wegen schriebe. Aber das ist ja nicht der   Fall.
Man schreibt der inneren Befriedigung wegen, man steht   im
Dienste der Kunst. Die Kunst, lieber Onkel...

Der Onkel: Entschuldige, lieber Paul, der Herr dort wartet auf mich...
Übrigens, die Tant' ist auch da, komm' doch an unseren Tisch.

Der Autor: Ich warte hier auf jemanden, Onkel.

Der Onkel: Gut, ich schick' Dir die Tante her. Grüß Gott! *(ab)*

Der Autor *(zieht die Uhr)* : Halb Fünf und noch immer nicht...Verrücktes
Mädel! ...Küss' die Hand, Tante!

Die Tante: Paul!Paul! *(sie umarmt ihn)*

Der Autor: Aber Tante – im Caféhause!

Die Tante: Lass' gut sein, man sieht mir an, dass ich nicht Deine Braut
bin... Mein Kind, mein gutes Kind! Ich kann Dir nicht sagen,   was
wir empfunden haben, als wir Dich   heute früh in der
Zeitung fanden. "Letzter Abend" von Paul Kleewein... Nie war
ich so stolz auf den Namen meines Bruders als in diesem
Augenblicke. Ich hätte die Zeitung küssen mögen vor

Vergnügen. Mit unserer Klara ist übrigens heut' gar nichts zu reden, so stolz ist sie auf ihren berühmten Cousin.

Der Autor: Wie hat Dir die Novelle gefallen?

Die Tante: Du kannst Dir denken. Schon die Idee, nach Hütteldorf zu fahren, das ist doch großartig...

Der Autor: Na -

Die Tante: Weißt Du überhaupt, was die Klara behauptet?

Der Autor: Was behauptet die Klara?

Die Tante: Sie sagt, sie möchte wetten, dass Du nicht allein in Hütteldorf warst, dass Du wirklich – Aber ich hab' ihr gesagt: Nein, das tut unser Paul nicht. Unser Paul fährt nicht mit irgendeinem Frauenzimmer nach Hütteldorf.

Der Autor: Mit irgendeinem Frauenzimmer gewiss nicht!

Die Tante: ...Dazu ist er viel zu sparsam und ordentlich... Ich lege meine Hand ins Feuer dafür, dass die ganze Geschichte erfunden ist...

Der Autor *(sieht die erhobene Hand der Tante mitleidig an; ablenkend):* Wie hat Dir übrigens der Schluss gefallen, Tante?

Die Tante: Der Schluss, den hab' ich noch gar nicht gelesen. Du glaubst nicht, diese Dienstboten, man kommt rein zu gar nichts... Du kannst Deiner Mama übrigens sagen, die Rosa kann sie jetzt haben. Sie tut kein gut bei mir... *(aufstehend)* Leb' wohl, mein guter Paul! Hoffentlich machst Du uns bald wieder die Freude, Dich gedruckt zu lesen. Gedruckt, ach!... Grüß' Deine Mama und vergiss nicht wegen der Rosa ... Nein! *(die Hände zusammenschlagend)* Wenn ich denke, dass ich Dich im Deckerl gesehen hab', und jetzt bist Du Schriftsteller.

Der Autor: Das ist das Leben, liebe Tante!

Die Tante: Ja, ja, das Leben... Ich freu' mich schon auf den Schluss!... Du, sag' Deiner Mama, sie soll der Rosa ja nicht mehr als zwölf Gulden geben, man verwöhnt die Leute und hat keinen Dank dafür... Vergiss nicht! Heut Abend les' ich den Schluss. *(ab)*

Der Autor: Küss' die Hand, Tante! *(traurig)* Die Tante, der Onkel, der Freund... für wen schreibt man eigentlich? Wer versteht einen? Und sie, die einzige, die einen versteht, sie kommt nicht... Ah, da ist sie schon!

Die Geliebte *(mit einem wütenden Gesicht, geht rasch auf den Autor los)*

Der Autor: Endlich! *(er steht auf, will sie begrüßen)* Warum so spät, liebes Herz?

Die Geliebte *(ohne die Hände aus dem Muff zu nehmen)* : Es ist ein Wunder, dass ich überhaupt komme.

Der Autor: Ein Wunder?

Die Geliebte: Denn ich war fest entschlossen, n i c h t zu kommen.

Der Autor: Was hast Du?

Die Geliebte: Nichts.

Der Autor: Legst Du nicht ab?

Die Geliebte: Nein.

Der Autor: Was willst Du: Einen Kaffee, ein Eis?

Die Geliebte: Nichts.

Der Autor: So nimm doch wenigstens Platz.

Die Geliebte: Nein. Wir sind gleich fertig. Ich habe Dir im ganzen drei Worte zu sagen: Es ist aus.

Der Autor *(auffahrend)* : Was heißt das?

Die Geliebte: Das heißt, dass es aus ist, einfach aus. Ich b i n mit Dir gegangen. Ich wollte Dich nur ersuchen, mir meine Bilder und Briefe zurückzuschicken, und zwar heute noch! Sofort!

Der Autor: Ja, was ist denn geschehen?

Die Geliebte *(bestimmt)* : Nichts.

Der Autor: Du, ich schwöre Dir, die Blondine gestern Abends war meine Schwester.

Die Geliebte: Ist mir ganz gleichgültig. Übrigens war ich nie eifersüchtig, D i c h nimmt mir niemand weg.

Der Autor: Also dann ist es wahrscheinlich, weil ich Dich Mittag nicht aus dem Bureau abgeholt hab'! Aber Du weißt doch, dass wir um diese Zeit zu Mittag essen. Du kannst doch nicht verlangen, dass ich zur Jausen mittagmahl', weil ich das Glück hab', Dir zu gefallen.

Die Geliebte: Ich habe von jeher m i t   V e r g n ü g e n auf Deine Begleitung verzichtet.

Der Autor: Also dann hat mich die Mizzi bei Dir vertrascht. Ich sage Dir, die Mizzi ist ein ganz miserables Geschöpf, ich habe sie unlängst in einer Lage gesehen...

Die Geliebte: Ich hab' die Mizzi seit drei Tagen nicht gesprochen.

Der Autor: Also was denn hast Du?

Die Geliebte: Nichts. - Du weißt's ganz gut.

Der Autor: Aber ich habe keine Ahnung.

Die Geliebte: Deine Novelle...

Der Autor: Die Novelle? Deshalb willst Du brechen – das kann Dein Ernst nicht sein!

Die Geliebte: Mein heiliger Ernst. Was denn glaubst Du? Ich soll mich kompromittieren lassen? Das ganze Bureau lacht über   mich. Um elf Uhr haben die Telephonistinnen eine Deputation zusammengestellt und sind mir gratulieren   gekommen – zu meinem berühmten Freund, wie sie   gesagt haben. Das Fräulein Huber ist an der Spitze   marschiert, Du weißt, die hab' ich von jeher gern. Aber   das war noch gar nichts... Um zwölf Uhr kommt der Kontrollor herunter und sagt mir vor allen Kolleginnen: "O, Fräulein Gustel, jetzt weiß ich, warum Sie neulich zwei Tag' verkühlt waren, Sie haben jedenfalls am   Abend vorher in Hütteldorf auf der Wiesen getanzt...   Wenn S' das wieder tun, so zieh'n S' sich doch wenigstens   Galoschen an"... In so eine Verlegenheit bringst Du mich. Ich   bin kompromittiert, in ganz Wien weiß man, dass wir zusammen getanzt   haben... Was geht das die Leut' an, das ist   doch eine Privatangelegenheit... Aber, natürlich, wenn   man ein Dichter ist! Du, wenn ich g'wusst hätt', dass   Du ein Dichter bist, da hätt' ich Dich schön abblitzen   lassen, damals bei der Oper... Aber, Gott sei Dank, jetzt   weiß ich's ja. Jetzt kommst mir nicht mehr in die Näh'!   Dichter! Literatur! Ich hab' noch vom Peter Altenberg (4) genug.

Der Autor: Was? Du hast mit dem Peter Altenberg - ? Aber das wusst' ich ja gar nicht...

Die Geliebte: Er hat mich verehrt.

Der Autor: Und das erfahre ich erst heute!

Die Geliebte: Gerade im richtigen Augenblick. Es kann Dir bereits gleichgültig sein... Von nun an seid Ihr Kollegen, Du und der Altenberg: Ich grüß euch alle beide nicht. - Adieu!

Der Autor: Gustel, ich bitte Dich!...

Die Geliebte: Adieu!

Der Autor: Ich bin ja gar kein Dichter, Gustel, ich will keiner sein – Ich verspreche Dir, dass ich nie mehr ...

Die Geliebte: Zu spät... Übrigens würdest Du Dein Versprechen ja doch nicht halten. Wenn einer einmal schreibt, das ist g'rad so, wie wenn einer zum Trinken anfangt, oder beim Totalisateur (5) zu setzen. Man muss ihn rein erschlagen, anders hört er nicht auf...

Der Autor: Gustel, wenn ich Dir schwöre...

Die Geliebte: Schwör'! Ich geh' weg. Deine Briefe sind bereits bei Dir. Die meinigen erwarte ich heute Abend im Bureau.   Adieu! Es ist aus! *(bestimmt)* Adieu! *(sie geht ab)*

DACHAU

Eine Reisebekanntschaft

Der Privatdozent (1) hatte es nicht leicht. Wenn er einen großen Stein aufgriff und ihn laufend auf die Schulter hob, so stellte sich, gleichgültig ob es die rechte oder die linke Achsel war, der alte Schmerz wieder ein, der von den wundgescheuerten Stellen kam; nahm er aber statt des einen großen vier oder fünf kleinere Steinbrocken, was auch statthaft war, vorausgesetzt, daß ihr Gesamtgewicht demjenigen eines größeren Blocks gleichkam, so fielen die gegen den Bauch geklemmten Stücke ihm nur allzu leicht aus den ungeübten Gelehrtenhänden, die in den ersten vierzig Jahren seines Erdenwandels die Gelegenheit zum Steinetragen weder gesucht noch gefunden hatten. Auch war da die ständige Schwierigkeit mit der Gewichtsbestimmung. Der Blockführer, an dem man, die Steine vor sich hertragend, vorbeimarschieren musste, fasste diejenigen, die sie nicht auf der Schulter trugen, umso schärfer ins Auge und gab einem, wenn ihn die Last zu geringfügig dünkte, mit seitlichem Schwung des turnerisch gelösten Beins einen Stiefeltritt, wobei dann die Trümmer gewöhnlich zu Boden stürzten, so dass man sie unter seinen gefährlich wilden Blicken wieder aufnehmen oder gar zurücktragen musste. All das war unangenehm, nicht so sehr des Tritts wegen, der so mitging und meistens ohne Folgen blieb, sondern weil man "auffiel". Jeder, der aus irgendeinem Grunde aus der blaugraugestreiften Menge der Schutzhaft-Gefangenen in Dachau hervorstach, lief umso größere Gefahr, aufgeschrieben zu werden und "an den Baum" zu kommen. Was Wagner in den zehn Wochen seines bisherigen Aufenthalts im Konzentrationslager zu vermeiden immer noch geglückt war.

Auch heute ging ein paar Stunden lang alles glatt. Wagner tat seine ihm zugemutete Pflicht wie alle anderen rechts und links von ihm, vor und hinter ihm, Hunderte, ein halbes Tausend vielleicht, das heute zu diesem Dienst des Steineschleppens wimmelnd ausersehen war. Die Zumutung hatte für den Gelehrten etwas so Abenteuerliches, ja sogar Märchenhaftes, dass man ob ihrer Unwahrscheinlichkeit zeitweise sogar ihre Unmenschlichkeit vergessen konnte. Man musste, in Viererreihen, die Steine ungefähr vierhundert Schritt weit befördern, und wie man sie von einem Haufen genommen hatte, auch wiederum zu einem Haufen schichten. All das in fliegender Hast; zumal der Rückweg mit leeren

Händen musste jeweils umso eiliger im Laufschritt zurückgelegt werden, darauf hielt der von Zeit zu Zeit die Reihen der Gefangenen entlang tobende Sturmführer, der heute die Aufsicht führte, mit gewissenhaftester Strenge.

Wagner lief, sprang, schleppte, wie es einem unfreien Manne eben zukommt. Nur seine Gedanken waren frei und konnten hinter der Stirn ins Weite schweifen, was ihm in seiner namenlosen Erniedrigung eine gewisse Genugtuung bereitete. Er vermochte beim Anblick des hin und her wogenden Sklavenhaufens an die in Granit verewigten Gefangenenzüge an der Innenmauer des altägyptischen Karnak zu denken oder den Pyramidenbau der Pharaonen im Geiste zu beschwören. (2) Wagner war Geschichtsforscher und eben darum war er hier. Er hatte zuviel, zu frei geforscht. Auch war er Mitglied fremdsprachiger (3), gelehrter Akademien und Gesellschaften gewesen, hatte im Ausland Vorträge gehalten, eine Einladung nach Amerika (4) lag auf seinem Schreibtisch, als die Schergen bei ihm eindrangen. Sein (5) Internationalismus war immer schon in (6) Kollegenkreisen scheel angesehen worden, der Verdacht weltbürgerlicher, vielleicht sogar pazifistischer Gesinnung ergab sich dabei von selbst, zumal wenn, wie bei ihm, der Stammbaum nicht ganz in Ordnung war. Zwar war der Vater unzweifelhafter Arier gewesen, aber die Mutter leider nur Christin. Das war zu wenig für einen Historiker im Dritten Reich, der noch dazu den Mut gehabt hatte, die, Parteizwecken dienende, Behauptung, Poppea, die Frau des Nero, sei jüdischer Abstammung gewesen, nicht nur in seiner Schrift "Flavius Josephus" scharfsinnig zu widerlegen, sondern geradezu lächerlich zu machen. Auch Professoren sind zuweilen rachsüchtig, besonders wenn sie talentlos sind, und gar in politisch so bewegten Zeitläuften. Sein Dekan, der jene verkehrte Ansicht in Bezug auf Poppea vertreten hatte, lieferte ihn nach der Machtergreifung in Österreich durch ein zweideutiges Wort ans Messer.

Unter solchen, leider zurückschauenden Gedanken war es nach dreistündiger atemloser Arbeit neun Uhr früh geworden, was der Dozent freilich nicht feststellen konnte, weil die große Lageruhr über der Torwache, an der man allemal vorbeikam, wieder einmal nicht ging. Doch ließ es sich allenfalls ermessen nach dem Stand der Sonne, die heißer auf die entblößten Scheitel und indianerroten Nacken der Gefangenen herunter zu brennen begann. Den Schweiß abzuwischen war verboten, man ließ ihn am besten die Brust herunterlaufen. Die Hitze, dachte Wagner, beim Zurückspringen flüchtig zum gnadenlos blauen Himmel aufblickend, wird heute wieder arg sein. Aber zugleich tröstete ihn der Gedanke, daß es ja bald - in zwei Stunden - elf war. Dann kam die Mittagspause und dann war wieder ein halber Tag vorbei...

In diesem Augenblick - der Altertumsforscher griff eben nach einem tüchtigen Brocken Muschelkalk, der den Vorzug hatte, groß und dabei verhältnismäßig leicht zu sein - hieß es, auf allen Arbeitsplätzen zugleich: Werkzeug niederlegen und antreten! Die eins handhaben, ließen ihr Gerät fallen, wie diejenigen, die Steine schleppten, die Blöcke zu Boden warfen, die einfach an Ort und Stelle liegen blieben (7). Und wenige Minuten später marschierten die endlosen Züge der Graublauen (8) an der braunen Torwache vorbei ins Gelände hinaus, um sich außerhalb des eigentlichen (9) Lagers beim Straßen- und Kanalbau weiter zu betätigen (10). Was war geschehen? Der Historiker war ratlos. Aber der neben ihm marschierende junge Monteur, (11) ein hochaufgeschossener, blonder Jüngling mit einem neugierig langen Hals, wie ein Wasservogel, der immer schon um fünf Uhr früh anzugeben wusste, was sie drüben in der riesigen Lagerküche zu Mittag kochten, war auch diesmal um eine Auskunft nicht verlegen. Eine "Besichtigung" (12) sei überraschend telephonisch angesagt worden, und da bei der schönen Witterung sich annehmen ließ, daß auch ausländische Journalisten aus der nahegelegenen Hauptstadt mit herüber kommen würden, ließ der Kommandant das Lager räumen und die Gefangenen verschwinden. Die Herren von der Presse wurden dann wie gewöhnlich zwischen den leeren Baracken herumgeführt und bewunderten die Spitalseinrichtungen, von weiß gekleideten jungen Doktoren weise geführt, und die Bethunien. Dass an den Blumenbeeten vorbei zuweilen auch Steine geschleppt wurden, brauchte das neugierige Ausland nicht zu erfahren und erfuhr es auch nicht.

Eine Stunde später, am Rande der Lagerstraße (13) karrend, sah Dozent Wagner ein schönes junges Weib dicht an sich vorüberreiten (14). Sie ritt im Herrensattel auf einem blankgestriegelten, wohlgehaltenen Gaul, wie er in den SS Stallungen den höheren Kommanden jederzeit zur Verfügung stand, und neben einem repräsentativ aussehenden alten Herrn, der im Vorüberreiten vom Lagerkommandanten als General angeredet wurde.

Da die Pferde Schritt gingen, hatte die Dame Muße, nach rechts und links zu äugen, was sie in einer Weise tat, als wünschte sie sich jedes einzelne der hier aufgereihten Elendsgesichter fürs Leben einzupressen (16). Auch Wagner bekam einen Blick ab und erwiderte ihn, nicht anders, als ob er ein Mensch, ja sogar ein Mann wäre, noch dazu einer, der seit Monaten keine Frau gesehen hatte. Seine aufgerissenen blauen Augen brannten flammend in zwei nachtschwarze.

68

In derselben Sekunde erhielt er einen Fauststoß von hinten, der kunstgerecht in einer Weise verabfolgt wurde, dass man es von vorn nicht sehen konnte. Er wandte erschrocken den Kopf und sah sich der breiten Brust eines ihn hoch überragenden SA-Mannes gegenüber, der, das Gewehr im Arm, den Revolver im Gürtel, mit drohend vorgeschobenem Kinn ihn anherrschte:

"Was gibt's da zu schauen?"

"Melde gehorsamst, Herr..."

"Nichts, melde gehorsamst!" brüllte der Blockführer, der an dieser verjährten soldatischen Wendung den Österreicher erkannt hatte, was seine Wut beträchtlich zu vermehren schien. Er hängte entschlossen das Gewehr an, zog seinen Dienstblock hervor und donnerte: "Sie heißen?"

"Schutzhaft-Gefangener Wagner!"

"Wie?" Tödlicher Blick auf das gelbe Abzeichen an der Brust des Gefangenen.

"Schutzhaftgefangener J u d e Wagner!"

"Ah so!- Jetzt ja!- Dreimal wiederholen!"

Wagner tat es. Der Blockführer nickte befriedigt; dann: "Gefangenen-Nummer!"

"13.765!"

Der Blockführer verglich vorsichtshalber die angegebene Zahl mit der auf dem rechten Hosenbein (17) ersichtlich gemachten. Dann trug er sie in sein Buch ein und sagte, in dem Gefühle redlich erfüllter Soldatenpflicht, so als ob er nicht zwar dem Gefangenen, aber sich selbst eine Erklärung schuldig sei:

"Dreckiger Hammel, dreckiger! Ich werd' dir zeigen, den Weibern nachschauen! Lüstern nachschauen! Wart!"

"Lüstern, Herr Blockführer-?"

"Maul halten! Lüsterner Jude, lüsterner - !"

Der Braunrock wollte noch mehr sagen, als sein Gesichtsausdruck sich jählings veränderte und er, genauso unterwürfig, wie er eben noch hochfahrend gewesen war, an Wagner vorbei nach vorne stürzte, um dem General seinen Bleistift aufs Pferd hinaufzureichen, den dieser an die herüberlangende Hand der jungen Frau abgab. Sie hatte ihren Gaul angehalten und den ganzen unter ihren Augen sich entwickelnden Auftritt beobachtet; nun notierte sie sich die Nummer des Gefangenen auf ihrer Manschette. Wagner, der schon wieder seinen Karren füllte, sah es deutlich; und es war ihm wie ein Gruß von oben.

*

Zwischen einer "Meldung" und einer Bestrafung, die sie nach sich zog, vergingen gewöhnlich ein paar Tage, innerhalb welchen Zeitraumes der Übeltäter Gelegenheit hatte, sein Gewissen zu prüfen. Wagner war mit dem seinigen im Reinen; er hatte nicht lüstern geschaut, sondern andächtig, hingerissen von der ungewöhnlichen Schönheit des jungen Weibes. Es war eine eher romantische Schönheit, fand er: Den schwarzen Augen entsprachen schwarze Locken und ein kühn geschwungenes Adlernäschen. Man hätte fast vermuten können... aber diese Vermutung ging völlig fehl, wie der vogelhalsige junge Monteur, der alles wusste, bei einem Fünf-Minuten-Spaziergang in der Lagerstraße am nächsten Sonntag neugierig zu berichten wusste.

"Sie ist eine Römerin", sagte er.

"Römerin? Wie kommt sie denn hierher?", verwunderte sich der Privatdozent.

"Hast du noch nie etwas von der Achse gehört?"

"Ah so!"

"Außerdem ist sie die Nichte des Generals."

"Welchen Generals?" (18)

" (19) Nach dem der Platz draußen vor dem Lager genannt ist. Ich glaub', er ist einer seiner Begründer (21), altes bayerisches Rittergeschlecht."

"Und hat italienische Nichten?"

"Angeheiratete Nichte... Tochter eines Fascistenhäuptlings!"

"Gott sei Dank. Alles hängt zusammen."

"Ja", sagte der Monteur und, ergänzend: "Sie ist eine Schriftstellerin und hat ein Buch über Mussolini geschrieben."

"Wer hat kein Buch über Mussolini geschrieben?"

"Begeistertes Parteimitglied!"

"Ich bin vollkommen beruhigt!"

"Und nebstbei eine Witwe!"

"Warum nebstbei?"

"Weil es vielleicht ihre Neugier für männliche Konzentrationslager gesteigert hat. Sie macht Studien..."

"So sieht sie nicht aus."

"... für ein neues Buch!"

"Ah so!"

"Und heißt Lauretta! Lauretta Boldini!"

"Was du alles weißt!", wunderte sich der Gelehrte.

"Ich weiß noch mehr. Zum Beispiel, daß wir morgen Mittag Walfischgulasch kriegen. (21) "

Und er entsprang, sich die Lippen leckend, um einem vorüberhastenden (22) Konzertagenten eine halbe Zigarette herauszulocken, was vielleicht nicht ganz aussichtslos war, wenn er ihm (23) zuvor eine in der Frankfurter Zeitung aufgelesene Neuigkeit über Toscanini mitteilte.

Eine Römerin! sagte Wagner, der weitergegangen war, vor den Blumen (24) am Ende der Lagerstraße haltmachend, von denen noch nie eine sich in die Hand oder auf den Tisch eines Gefangenen verirrt hatte. Und er nahm sich vor, sie in Gedanken nur noch "Poppea" zu nennen. Obwohl sie ja, ihrem Alter nach, eher Poppeas Tochter hätte sein können.

*

Lauretta war mit einem italienischen Flieger verheiratet gewesen, dessen verkohlte Reste man ihr eines Tages nach Hause brachte, als er bei einem Rundflug über den Apennin infolge eines Motordefekts abgestürzt war.

Da der Motor italienisches Erzeugnis war, durfte es nicht in die Zeitung kommen und die Witwe nicht einmal Trauer tragen.

Die junge Witwe fügte sich widerspruchslos in die Staatsnotwendigkeit. Mario war ein begeisterter Fascist gewesen, sie war es gleichfalls, zuerst aus Pietät und später auch, weil sie ein Buch über den Duce schrieb.

Was die kinderlose junge Frau an der neuen Heilslehre entzückte, war vor allem das Schönheitsideal der Renaissance, das in den Augen der italienischen Jugend sichtbar dahinter stand. Gefährlich leben! Welche herrliche Parole im Gegensatz zu der ängstlich in Halstücher und Flanelleibchen eingehüllten älteren Generation, die sie hasste, wie jede Jugend die vorangehenden, zahm gewordenen alten Leute hasst. Aber die neue Bewegung brachte diesen Hass in eine stahlfunkelnde Form und nannte ihn Anti-Liberalismus.

Als sie dann, nach der Annexion Österreichs, in der sie nichts sehen konnte als die Erfüllung eines nationalen Traumes, zu ihrem Onkel, dem verwitweten General, nach München fuhr, begegnete ihr Jubel auf allen festlich geschmückten Stationen. Der General zwar, der um die Hälfte größer war als die italienischen Männer und mit knarrenden Stiefelsohlen durch die Stube schritt, jubelte nicht. Er knurrte über die schwere Arbeit der Umschulung, die in dem neuerworbenen Landesteil, der "Ostmark", noch zu verrichten war.

"Umschulung?", fragte die Nichte. Der alte Eisenfresser, der an der Seite des Führers den Marsch auf die Feldherrnhalle mitgemacht hatte, erklärte es ihr in seinem orgelnden Bass. Aus widerspenstigen Volksgenossen mußten Arbeiter am deutschen Wiederaufbau gemacht werden, und dazu eben seien die Konzentrationslager da. Ob sie einmal schon etwas von dieser ebenso notwendigen wie von der gesamten Judenpresse der ganzen Welt übel verleumdeten Einrichtung gehört hätte?

Ja, sagte Lauretta, etwas angeekelt, weil, was sie gehört hatte, nicht eben dem Schönheitsideal der Renaissance entsprach; und sie fragte, wer da eigentlich hineinkäme – in diese Lager?

"Verbrecher und Kommunisten!", sagte der General mit einem Gesichtsausdruck, als ob er etwas Giftiges ausspeie.

Nun, dagegen war nichts zu sagen, fand Lauretta: Verbrecher und Kommunisten waren der Abhub der Menschheit (25). Das ging mit ihrem Schönheitsideal der Renaissance recht gut zusammen; und als der General einige Tage später von der bevorstehenden Besichtigung eines solchen, nahegelegenen Lagers sprach, bat sie den alten Knasterbart, der für die schöne Nichte etwas übrig hatte, sie doch mitzunehmen. "Nein!" sagte er: "Da dürfen keine Weiberröcke ran!"

"Und wenn ich Hosen anziehe? Als Amazone?", fragte Lauretta, eingermaßen keck.

Der alte Mann   lachte wie aus einem Bierfass und schaute sie wohlgefällig an. Die hübschen Beine einer jungen Frau vermögen viel (26). Und außerdem war der Führer eben erst aus Italien heimgekehrt, wo er vom Kaiser von Abessinien wie ein regierender Monarch an der Bahn erwartet worden war und das Land im Triumph durchbraust hatte. Die Achse, immer schon von Eisen, war in Stahl umgeschmiedet worden, und die Freundschaft mit dem gewaltigen Südreich stand hoch im Flor.

"Meintewegen!", grunzte der alte Haudegen schließlich: "Aber wenn wir ins Lager hineinreiten, musst du draußen bleiben!"

Es kam gar nicht dazu, weil   das vorzüglich bereitete Mittagessen in dem unter Mitwirkung tausender Gefangener reizend in das Grün der Landschaft gebetteten   "Kasino" in die entgegengesetzte Richtung lockte. Es war ein schöner, wenn auch heißer Tag geworden, und man speiste im Freien, auf dem frischgrünen Rasen, unter den weithin schattenden alten deutschen Bäumen. Auch Eichen waren darunter, wie der General seiner römischen Nichte knarrend bedeutete. Er hieß Aich. (27)

Bei Tisch fragte Lauretta den Onkel, was der Mann mit den übergroßen blauen Augen, der in ihrer Gegenwart aufgeschrieben worden war, denn eigentlich angestellt habe. "Der Schweinekerl!", äußerte sich der Gefragte, den Fettrand vom Schweinebraten sorgfältig abtrennend: "Er wird wahrscheinlich in die Luft geschaut haben, statt zu arbeiten!"

Ob das strafbar sei?

Allgemeines Gelächter; und der General, dem es zustand, als erster zu antworten: "Ihr in Italien glaubt wohl, dass ein Konzentrationslager ein Sanatorium ist?"

Lauretta fand den Ausfall überflüssig; schließlich hatte Italien doch auch seine Liparischen Inseln und brauchte sich vor seinem groß gewordenen Nachbarn nicht zu schämen.

Erst nach einer Weile fragte sie, einen Pfirsich zerteilend: "Wird er gestraft werden?"

"Wahrscheinlich!", antwortete der ihr gegenübersitzende Lagerkommandant, pflichtgemäß hart: "Wir müssen die Disziplin unter allen Umständen aufrechterhalten!" - "Jawohl!", kaute der General auf falschen Zähnen.

Lauretta war blass geworden; was ihm geschehen werde, wollte sie wissen.

"Es wird den Kopf nicht kosten", sagte der Lagerkommandant, der auch jovial sein konnte, besonders in Damengesellschaft: "Höchstens wird man ihn ein bisschen an den Baum hängen!"

Dabei blieb es fürs erste; Einzelheiten mitzuteilen lehnte der Lagerführer ab, ganz im Geiste der ihm erteilten Weisungen.(28)

Am nächsten Tag, bei einem Spaziergang im Englischen Garten, an der Seite des Generals, kam Lauretta darauf zurück. Die aufgerissenen blauen Augen des, wie sie fühlen mochte, ihretwegen abzustrafenden Gefangenen hatten sie bis in den Schlaf verfolgt. Wie sich das abspiele, forschte sie, wenn einer an den Baum käme?

Der Onkel schüttelte unwillig den Kopf. Dann besann er sich:

"Ja so, du bist Schriftstellerin!"

Und er gab ihr (29) die im Reglement vorgesehene Beschreibung. Der Straffällige wurde mit vornübergebeugtem Kopf an den auf den Rücken gebundenen Armen und aneinandergefesselten Füßen an einem Baum derart hochgezogen, dass die Fußspitzen den Erdboden kaum noch berührten und in dieser Lage eine halbe Stunde oder auch etwas länger belassen. Das war alles.

"Es ist nicht wenig!", sagte die abgehärtete Römerin: "Ich habe gehört, dass viele dabei ohnmächtig werden."

"Fast alle. Aber sie kommen später wieder zu sich."

" Und wenn er ein – ein – gebildeter Mensch ist?", erkundigte sie sich nach einer kleinen Weile zaghaft.

"Wir machen keinen Unterschied zwischen gebildeten und ungebildeten Menschen. Wir kennen nur Volksgenossen und solche, die es nicht sind. Die rotten wir aus!" Das war deutlich.

Lauretta war ganz klein geworden. Sie musste sich förmlich zusammennehmen, um, mit unsicherer Stimme, einen Wunsch zu äußern:

" Onkel... ich möchte wissen, wie der Mann heißt."

"Na (30), wenn's weiter nichts ist!", lachte der Alte:

"Das bringt mir der Sturmbannführer Kitt ohne weiteres heraus. Du weißt doch noch seine Gefangenennummer?"

Lauretta wusste sie sogar auswendig.

"13.765", sagte sie so flink, als ob sie selbst eine Gefangene wäre.

∗

Während in dieser Richtung Erkundigungen beim Lagerkommando eingeholt wurden – telephonisch, um die, wie der General verächtlich sagte, "Schreiberei" zu sparen – erfuhr Wagner von dem jungen Monteur eine Stunde früher als von seinem Kapo, dass er zum Rapport bestellt sei. Tatsächlich war das der Fall (31). Der Rapport wurde (32) während der Essenszeit abgehalten, vorne beim Lagertor, man stand erst eine halbe Stunde barhäuptig (33) in der brennenden Mittagssonne, dann erschien der Lagerkommandant, ein schon etwas älterer, feist gewordener Zuchtmeister, und schritt federnd die Reihe ab. Bei Wagner haltmachend, sagte (34) er:

"Weshalb sind Sie gemeldet?"

Wagner gab den Tatbestand bekannt, den der Kommandant bereits zu kennen schien.

"Weshalb haben Sie der Dame nachgeschaut?"

"Ich könnte es nicht sagen."

"So! Sie können nicht! - Nun, dann will ich's Ihnen sagen. - Aus Schweinerei!"

"Nein, Herr Hauptführer!"

"Nein?!" Der als Hauptführer Angeredete schob sein rotes Gummigesicht mit zusammengebissenen Kiefern dem Gefangenen bedrohlich nahe: "Der SA-Mann hat gemeldet, daß Sie der Dame lüstern nachgeblickt haben."

"Das ist gewiss nicht wahr, Herr Hauptführer."

"Nicht wahr? - Wollen Sie damit sagen, dass ein SA-Mann lügt? - Wollen Sie?"

"Nein, Herr Hauptführer. Gewiss nicht. Aber..."

"Wenn er nicht lügt, dann ist es also wahr! Sie haben lüstern geschaut und dabei Ihre Arbeit vernachlässigt. Wissen Sie, was das heißt, wenn ein Schutzhaft-Gefangener seine Arbeit vernachlässigt? Das ist Meuterei!" Und zu dem ihn begleitenden Blockführer gewandt: "An den Baum!"

Der Blockführer machte eine Notiz, was ihn tief zu befriedigen schien. (35)

"Morgen kommst du noch nicht an den Baum!", sagte der junge Monteur zu Wagner, der großäugig, mit einem ständig gewordenen Ausdruck maßlosen Staunens, von dieser "Vernehmung" in die Baracke zurückkam, und er schob ihm die Essschale zu, die er für den abwesenden Kameraden hatte füllen lassen.

"Warum nicht schon morgen?", fragte der Dozent, während er heißhungrig (36) den kaltgewordenen Brei hinunterzuschlingen begann.

"Weil morgen Samstag ist... da wollen sie Kegel schieben oder in die Stadt hineinfahren."

Sie – das war die andere Welt, die Welt der Blockführer und ihrer Vorgesetzten.

Der junge Monteur hatte wieder einmal Recht. Weder Samstag noch Sonntag wurde die Exekution durchgeführt. Sie unterblieb aus den vom Monteur angeführten Gründen, aber auch, weil man nach Lagerbrauch die Abgeurteilten gern ein paar Tage warten ließ. Die Angst vor dem, was ihm bevorstand, verschärfte die Qual des zu Züchtigenden und gehörte ebenso wie der nachfolgende dreitägige Arrest (37) mit zur Strafe.

*

Mittlerweile war am Freitag bereits in der Lagerkanzlei telephonisch angefragt worden. Herr General Aich wünsche zu wissen, wie Nummer 13.765 heiße und was gegen den Schutzhaftgefangenen vorliege.

Der erste Teil der Frage war im Handumdrehen beantwortet: Bertold Wagner hieß der Mann. "Bertold? - Jüdischer Name." - "Nicht gerade, Herr Sturmbannführer. Gibt auch Arier, die so heißen." "Hab' ich nicht gefragt." - "Verzeihung!"

Schwieriger war der zweite Teil der Frage zu erledigen: Was gegen den genannten Schutzhaft-Gefangenen vorlag. Die Lagerkanzlei konnte nur ein paar Schlagworte vertraulich weitergeben: "Hat internationale Beziehungen." - "Liest über Geschichte der Juden" und – unterstrichen -: "Hat als Mitglied der Prüfungskommission für Altertumsforschung arische Studenten durchfallen lassen und dadurch ihr Fortkommen behindert." "Arisch" wieder unterstrichen.

Das war alles, was der General seiner Nichte beim Tee mitteilen konnte. Es genügte ihr nicht. "All das sind doch keine Verbrechen, die eine solche Strafe rechtfertigen!"

"Die Schutzhaft ist keine Strafe", sagte der General, Zucker in den Tee werfend.

"Immerhin... er muss sich doch noch etwas anderes haben zuschulden kommen lassen."

"Sicher!"

Es gab ihr keine Ruhe, nicht beim Abendessen und nicht nach dem Essen; nicht bei Tag und nicht bei Nacht. Hatte der Mann nicht zu ihr aufgeblickt, mit seinem wie bereits verstorbenen Gesicht, in dem nur noch die Augen lebten? Hatte sie nicht, eine halbe Sekunde lang, beim Vorüberreiten, seinen Blick menschlich (38) erwidert? Sie fühlte sich für sein Schicksal verantwortlich; mitverantwortlich, dachte sie einschränkend.

Sie kam in den nächsten vierundzwanzig Stunden dreimal auf den Fall zurück. Mehr! Ob man nicht mehr über seine Schuld erfahren könne? "Über wessen Schuld?" - " Des – des Nummer... des Dozenten Bertold Wagner", sagte sie entschlossen.

"Da musst du dich an die Gestapo wenden!", meinte der Onkel übellaunig. Er gab deutlich zu erkennen, dass ihm diese Geschichte bereits zum Hals herauswachse. Es war ein Hals wie eine Stiefelröhre.

Lauretta gab nicht nach. Sie telephonierte, sie fragte an, sie schrieb Briefe und ließ sie durch Boten bestellen. Sie fand schließlich einen Weg zur Gestapo. Aber wie an den zuständigen Referenten herankommen? Eine Empfehlung? Neue Verlegenheit.

Sturmbannführer Kitt fiel ihr ein. Netter junger Mann von ansprechend bescheidenem Wesen. Sie gefiel ihm, das merkte sie. Er schaute sie an wie ein reisender deutscher Tourist den Mailänder Dom. Sie lächelte über den Vergleich. Wagner fiel ihr ein und sie hörte auf zu lächeln. Warum nicht? sagte sie zu sich selbst, während sie, eine Zigarette nach der andern rauchend, erregt in ihrer Stube auf und ab ging: "Kitt muss helfen."

Sie ließ sich von ihm die Maximilianstraße hinunter und durch die Isaranlagen zu ihrer Freundin begleiten. Sie streifte beim Gehen mehrmals an ihm an; sie stützte sich beim Überqueren der Straße leicht auf seinen Arm, wobei ihre Schulter die seine berührte; sie schaute ihm beim Abschied lieb in die Augen.

Am gleichen Tag noch wusste sie den Namen des Referenten;

ehemaliger Kamerad Kitts, zufälligerweise. Er erwartete Lauretta am nächsten Tag in seinem Amtszimmer.

Sie war um halb zehn Uhr früh bei ihm, wurde an einem Dutzend ängstlich wartender Gesichter vorbei sofort vorgelassen und mit betonter Freundlichkeit empfangen. In der Sache selbst freilich kein Ergebnis. Der junge Mensch, der gut aussah und eine hohe Meinung von seinem Beruf zu haben schien, versprach bereitwilligst, "Erkundigungen" einzuziehen. Das war alles. Immerhin sagte er, sie bis zur Tür geleitend, zum Abschied: Rispetti! auf Italienisch zu ihr. Man spürte die Empfehlung.

*

Auch wenn man sich, wie Lauretta, auf die einzig wirksame Empfehlung eines Parteimitgliedes stützen konnte, ließen die Erledigungen der Gestapo auf sich warten. Der Andrang in die Konzentrationslager war ungeheuer; wer konnte sich in diesen Zehntausenden von Schicksalen, deren jedes ein Studium erforderte, noch zurechtfinden? Auch stellten sich die Lagerleitungen gern auf den Standpunkt, dass niemand ohne Grund in ein Konzentrationslager käme. Sie antworteten kurz, ohne nähere Angaben; die juristische Seite der Angelegenheit war nicht ihre Sache.

Nach drei Tagen wurde Lauretta wieder ins "Amt" bestellt; diesmal für neun Uhr früh, was der Italienerin noch nie im Leben geschehen war. Um ein Uhr wurde sie vorgelassen; vier Stunden lang hatte sie im halbdunklen Vorzimmer gesessen, auf einem in die Ecke gerückten Rohrstühlchen. Draußen auf dem Gang sah sie durch die halb offene Tür einen bauchigen Kapuziner gefasst auf und ab wandeln, an seinem Rosenkranz fingernd. Und gegenüber, am Türstock eines anderen Amtszimmers, lehnte ein bleicher Judenknabe, die Stirn gegen die Mauer gepresst, unbeweglich, vier Stunden lang. Er lehnte noch dort, als Lauretta fortging.

Sie hatte nichts erfahren. Der Sachwalter – es war ein anderer, der Vorige ließ sich entschuldigen – empfing sie mit gemessener Artigkeit, in Gegenwart seiner hübschen und auffallend eleganten Sekretärin, die neugierig zuhorchte. (Auch über den Gang und durch den Vorraum huschte hin und wieder eine solche weibliche Hilfskraft, alle gut angezogen, hübsch und jung.) Aber die Audienz selbst dauerte nur drei Minuten. Der Akt Wagner sei nicht im Lager, er liege in Berlin. Und ohne den Akt lasse sich gar nichts machen. Der Abteilungschef, das war er offenbar, stand auf und begleitete Lauretta nicht ganz bis zur Türe. Auch sagte er, stehenbleibend, keineswegs Rispetti, sondern nickte bloß. Er gab der jungen Frau zu verstehen, dass sie nur eine von Hunderten sei. Und auf ihre Frage, was sie nun machen und wie sie sich den Akt aus Berlin verschaffen solle, zuckte er bloß mit den Schultern: "Ihre Sache, gnädige Frau!" Dann tat er noch ein Übriges, indem er auf militärische Art, aber auffallend müde, die Absätze, sie verabschiedend, zusammenklappte.

Lauretta lud den jungen Sturmbannführer zum Tee ein. Er kam erst abends, weil er den Tag über bis zum Zusammenbrechen beschäftigt gewesen war. Womit? Er konnte es kaum sagen. Appell, Mannschaftsschule, Besprechungen, Dienst... Nun ruhte seine fast mädchenschlanke Gestalt, die eher an einen Tänzer als an einen Krieger denken ließ, in zuchtvoller Haltung, wenngleich müde, in dem breit gebauten Armsessel im Rauchzimmer des Generals. (39)

Lauretta (40) erzählte, was es zu erzählen gab. Der Akt war in Berlin; sie wusste genau wo, auch würde der Referent, der sich eine Notiz gemacht hatte, wohl hinschreiben. Aber bis das erledigt würde?! Sie wage kaum zu denken, was bis dahin geschehen könne. Der unglückliche Mensch könne doch bestraft werden...

"Er ist längst bestraft!", sagte der junge Sturmbannführer, den angebotenen Orangensaft kippend.

"Um Gottes willen!"

Sie legte die Hand über die Augen. (41)

"Und ich bin schuld daran!"

Es war eine auffallend schöne Hand; eine zartgliedrige italienische Frauenhand, Vittoria Colonna mochte keine schönere besessen haben.

Der junge Mann im Armsessel schaute sie aufmerksam an, die Hand zuerst und dann ihr in die Augen. Auch er hatte den gewissen Gestapo-Blick, wie heute Vormittag der Referent und vor drei Tagen der andere, diesen Blick, der durch das Auge des Gegenübers bis zur Netzhaut vorzudringen willens schien.

Aber Lauretta hielt ihm stand; ihr Auge stellte sich dem seinen. Sie wusste, was sie wollte, und übernahm die Verantwortung.

In solchen Fällen, zwischen Mann und Weib, entscheidet ein Augenblick, wer der Stärkere ist.

Der junge Mann schlug zuerst den Blick nieder.

"Ist er Jude?", fragte er knapp.

"Ich glaube nicht. Jedenfalls..."

Wieder schaute er sie lange an, wie sie in ihrem terrakottaroten Abendkleid, mit entblößtem Hals, jetzt herrlich vor ihm stand. Dann sagte der eiserne Mann mit einer unvermutet mädchenhaften Wendung:

"Ich habe einen guten Freund, der Militärflieger ist und morgen mit Depeschen nach Berlin fliegt. Er könnte den Akt mitbringen."

" O, tante grazie!" Aber sie legte mehr hinein als in den abgebrauchten Worten lag.

*

Der Akt kam. Nach drei Tagen bereits lag er auf dem Schreibtisch des Gestapo-Referenten, bei dem sie vorgeladen war. Es war wieder derjenige, bei dem sie zuerst zu tun gehabt hatte, der Rispetti-Mann. Ein wohlerzogener junger Mensch, schwarzhaarig, dunkeläugig, was auch bei Parteimitgliedern vorkommen kann, und von gewandtem Benehmen. (42)

"Und welches Interesse haben Sie für den Mann, Signora?"

"Aber kein anderes als das der Menschlichkeit."

"Menschlichkeit?" Der Blick glühte, nicht eben wohlwollend, auf.

"Sie müssen das doch einsehen, Herr... Herr..."

"... Doktor!", half er nach, doch ohne seinen Namen preiszugeben.

"... Doktor. Er ist durch mich ins Unglück gekommen. Er ist meinetwegen gestraft worden. Und wie gestraft..."

"Sache der Lagerleitung. Da können wir nichts dreinreden."

"Aber wofür?... Wofür ist er gestraft worden... das heißt, in die Lage gekommen, dort gestraft zu werden? Was hat er angestellt? Was liegt gegen ihn vor? Das muss sich doch herausbringen lassen."

Der Referent blätterte gleichmütig im Akt.

"Es liegt ja tatsächlich nicht sehr Schwerwiegendes gegen Wagner vor... Immerhin, der Mann ist Jude!"

"Halb-Jude, bitte! Ich hab' mich genau erkundigt."

"Halb-Jude; allerdings. Aber wir unterscheiden nicht mehr so genau in diesem Punkt. Nach den Erfahrungen, die wir mit Halb-Juden gemacht haben... Sie optieren, innerlich, fast ausschließlich für das Judentum..."

"Spricht das nicht eigentlich für sie, für ihren Charakter?"

"Ein Jude hat keinen Charakter..." Sie wollte etwas entgegnen, doch ließ er sie in diesem Punkt gar nicht zu Wort kommen: "Außerdem hat er über das Judentum gesprochen und geschrieben." Er beugte sich über den Akt: " Flavius Josephus und das römische Weltreich" heißt eines seiner seither (43) unterdrückten Werke."

"Wer war Flavius Josephus?"

"Ein jüdischer Schriftsteller aus dem ersten Jahrhundert unserer Zeitrechnung, dem wir die geschichtliche Darstellung des Untergangs des jüdischen Reiches, vielmehr seiner Aufsaugung durch das römische Weltreich, verdanken."

"Es scheint mir ein wissenschaftliches Thema zu sein. Und ich sehe nicht, was es mit Politik zu tun haben könnte..."

"Doch!" Das Gestapo-Auge flammte: "Alles hat mit Politik zu tun; heutzutage!" Dann sank der Blick wieder in den Akt, aus dem der "Doktor" nun sichtlich herauslas: "Dozent Wagner setzte sich in bewussten Gegensatz zu seinem Dekan, Herrn Professor Grödner – Horst Grödner -, der über dasselbe Thema geschrieben hatte unter dem Titel: Die jüdische Revolution und das römische Weltreich. Er (44) stellt darin unter Beweis, dass – bitte, ich lese Ihnen die Stelle unseres uns maßgebenden Sachverständigen wörtlich vor - : Unter Beweis also, dass die Römer eine Langmut ohnegleichen mit dem Judenvolk bewiesen haben, bevor sie Jerusalem endgültig zerstörten. Was Grödner darauf zurückführt, dass Poppea, die Gemahlin Neros, jüdischer Abstammung war. Übrigens war sie die Geliebte des Flavius Josephus gewesen... Das bestreitet Wagner in seiner Gegenschrift. Und er nimmt diese Meinungsverschiedenheit zwischen ihm und Professor Grödner-"

"Horst Grödner!"

" - zum Anlass, um sich über die Rassengesetze des Dritten Reiches in einer Weise zu äußern, die man zumindest taktlos wird nennen müssen..."

"Taktlos!" (45)

"Er spricht" – der Doktor las wieder aus dem Akt - :"von dem grausamen 'Märchen' der Rassenschande, ja an einer Stelle sogar von dem 'Blut-Unsinn' der Rassengesetze. Also, ich bitte! - All das an einer deutschen Universität! Die arischen Studenten waren empört."

Der Referent machte eine effektvolle Pause; Lauretta schwieg. Dann fragte sie, möglichst unbetont:

"Wie lange ist Wagner bereits im Konzentrationslager?"

"Zweiundeinhalb Monate alles in allem. Er hat nur eben erst hineingerochen...Trotzdem, wir sind keine Unmenschen. Ich glaube, Ihnen versprechen zu können, dass er in absehbarer Zeit entlassen werden wird – unter der Voraussetzung natürlich, dass er auswandert. Wozu er auch" - er blätterte wiederum im Akt – "bereit zu sein scheint."

"In absehbarer Zeit..." wiederholte Lauretta. Dann... stand sie auf:

"Gestatten Sie mir, Herr Doktor, noch heute an Professor Ferrero nach Genf zu schreiben. Professor Ferrero hat in seinem Buch "Römische Frauen" auch über die Kaiserin Poppea geschrieben..."

"Das steht auch in unserem Akt. (46) Ferrero wird als Antifascist gekennzeichnet."

"Es handelt sich um eine wissenschaftliche Feststellung und ich bin Schriftstellerin, Herr Doktor!"

"Ah!", meinte er, indem er sie wiederum, wie das erste Mal, artig zur Tür geleitete. Doch sagte er, dort angelangt, nicht mehr: Rispetti, wie unlängst, sondern entließ sie mit dem flammenden Gestapo-Blick.

*

Als der junge Sturmbannführer Lauretta am Nachmittag zu dem vorgeschlagenen Spaziergang im Englischen Garten abholte, trat ein vor dem Hause herumlungernder, düster gekleideter Mann in mittleren Jahren (47) unauffällig im Torweg zur Seite. Lauretta machte ein paar Schritte; dann sagte sie, mit einem halben Seitenblick auf den Mann (48), der jetzt geflissentlich in die entgegengesetzte Richtung starrte, zu ihrem Begleiter:

"Wir sind beschattet!"

Kitt lachte. "Das ist nicht gefährlich!", sagte er im Weitergehen, ohne die Tatsache in Abrede zu stellen.

Lauretta wartete, bis sie im Park waren und an dem rasch hinschießenden, hellgrünen Bergwasser entlanggingen. Dann erst erzählte sie ihm von dem Vormittagsbesuch und dem Brief an Professor

Ferrero, den sie bereits abgefertigt hatte. Aber das genügte nicht. Sie wollte nach Berlin fahren, um die Sache dort selbst in Ordnung zu bringen. Es war doch unerlaubt, dass man einen sonst anständigen Menschen einer akademischen Meinungsverschiedenheit wegen Monate lang im Konzentrationslager festhielt (49) wie einen Verbrecher.

Das Mäulchen lief wie geschmiert; es klang manchmal wie Schreibmaschinengeklapper, aber die Schnelligkeit der italienischen Redeweise entzückte den jungen Sturmbannführer. Dass sie so kühn sprach, gehörte auch dazu. Sie war eben eine Italienerin, mochte er denken (50). Sein Gesicht, während er ihr bewundernd zuhörte, war ganz aufmerksame Abweisung. (51)

Plötzlich unterbrach sie ihr aufgeregtes Geschnatter und sagte halb zurückblickend und etwas ungnädigen Tones:

"Warum gehen Sie eigentlich immer um einen halben Schritt hinter mir?"

"Erziehungssache", lächelte er: "Von Hunden sagt man, 'bei Fuß dressiert'!"

Die Antwort gefiel ihr. Aber sie antwortete lächelnd: "Die Windspiele auf den schönen Bildern der italienischen Renaissance springen voran!", und schaute herausfordernd in sein spitzkinniges, faltiges Knabengesicht, (52) dieses Gesicht, das nett und entschlossen, aber nicht eigentlich glücklich aussah. Überhaupt wollte ihr scheinen, dass bei allem Glück, das Deutschland in der letzten Zeit hatte, sie eigentlich keine glücklichen Gesichter bisher gesehen hatte. Sie sprach es auch aus. "Wir in Italien...", sagte sie.

"Ja", meinte er: "Ich käm' auch gern einmal für einige Zeit (53) herunter. Was auch gar nicht so unmöglich ist." Und er vertraute sich ihr an. Die Gestapo verstärke neuestens ihren Dienst in Italien. Vielleicht, dass er im Zuge dieser Bemühungen (55) im nächsten Winter dort auch selbst ein Stellchen fände. Er strebe es zumindest an.

"Also seh ich Sie vielleicht eines Tages sogar in Rom!", lachte sie ermutigend und lehnte sich wieder ein bisschen an ihn an. Dann rückte sie mit ihrem Anliegen heraus. Kitt sollte ihr eine Einführung für irgend jemand in der unmittelbaren Umgebung des obersten Chefs der Geheimen Staatspolizei geben, an den sie sich persönlich wenden wollte.

Der Sturmbannführer runzelte, erblassend, zum ersten Mal die Stirn: "Aber warum, um Himmels willen, wollen Sie sich so exponieren?"

"Weil dem Wagner ein himmelschreiendes Unrecht geschieht. Er ist ein Mann der Wissenschaft und kein Politiker, das geht aus dem Akt hervor. Und außerdem bin ich – ich! - an seinem Unglück schuld. (56) Ich fühle mich verantwortlich. Ich hab' ihn hineingebracht, in die Strafe, jetzt muss ich ihn herausbringen aus dem Lager..."

Und dann kam wieder das italienische Staccato, das er so sehr liebte.

Aber der Weg machte eine Wendung, und der General kam ihnen unversehens entgegen. Sein weißborstiges Frostbeulengesicht brachte schon von Weitem zum Ausdruck, dass er das Paar nicht ungern beisammen sah. Näher gekommen sagte er dann ohne weitere Einleitung:

"Dein Herr von der Gestapo hat nachmittags nochmals angerufen... die Entlassung deines Schützlings wird sich leider etwas verzögern. Das Lagerkommando macht in einer Zuschrift aufmerksam, dass das Strafprotokoll Wagners seit voriger Woche eine Lagerstrafe aufweist, was eine Haftverlängerung zur Folge hat. Andernfalls wäre seiner Befreiung ja wohl nichts im Wege gestanden. Aber so wird er sich wohl noch ein halbes Jahr gedulden müssen... Nett von dem Herrn, dass er deswegen gleich anruft!"

Eine Stunde später gab Lauretta ein Telegramm an den italienischen Botschafter in Berlin auf, den sie persönlich zu kennen den Vorzug hatte. Sie kündigte ihm darin einen Brief an, den sie um Mitternacht zu Papier brachte. In der nächsten Nacht befand sie sich bereits im Schlafwagen auf der Fahrt in die Reichshauptstadt, wohin sie sich die Antwort vom Palazzo Chigi erbeten hatte. Sie hatte sich persönlich an die Kanzlei Mussolinis gewandt.

*

Telephon, Telegraph, Radiogramm, Blitzgespräche, Voranmeldungen, Luftpostbriefe mit nachtelegraphiertem Chiffreschlüssel: die Schreibmaschinendamen verwünschten ihr Leben; die Abteilungsleiter brüllten: Ich hab auch noch was andres zu tun!; die Regierungsräte röhrten: Sie soll uns in Ruhe lassen! und der Chef der Geheimen Staatspolizei (57) trat eine Dienstreise im Flugzeug an (58).

Am vierten Tag stand Lauretta trotzdem vor ihm (59).Sie sah ihn gar nicht, so aufgeregt und befangen war sie. (60)

Die Audienz fand um dreiviertel zwölf Uhr nachts statt, weil der Reichsführer tagsüber jeden Augenblick bereits vergeben hatte. Sie dauerte fünfundzwanzig Minuten lang, unerhörter Fall bei einer derartigen Intervention. Aber sie endigte mit dem telegraphischen Befehl an das zuständige Lagerkommando, den Schutzhaftgefangenen Bertold Wagner, Nummer 13.765, unter Nachsicht der erfolgten Lagerstrafe sofort auf freien Fuß zu setzen. Und von da angefangen waren nur noch formale Schwierigkeiten zu überwinden.

*

Lauretta hatte durch Kitt herausgebracht, wann Doktor Wagner auf seiner Fahrt nach Amerika via Genua den Münchner Zentralbahnhof passieren werde. Es war wenige Wochen nach seiner Enthaftung, über deren einzelne Phasen sie, gleichfalls durch Kitt, genau unterrichtet war. Als der junge Sturmbannführer aber an die Bahn kommen wollte, um sich von ihr, die mit dem gleichen Zug in ihre Heimat zurückkehrte, galant zu verabschieden, verbat sie sich das mit italienischer Höflichkeit und italienischer Entschiedenheit:

"Wir sehen uns in Rom!", sagte sie.

Nun ging sie neben ihrem Onkel, dem sie gar nichts gesagt hatte, und der von nichts wusste, auf dem Bahnsteig auf und ab in Erwartung des Wiener Schnellzuges (61). Er hielt noch nicht, als sie schon, mit der eiligen Begründung, noch rasch eine italienische Zeitung kaufen zu wollen, die Wiener Wagen ablief; sie konnte ihn aber nirgends entdecken, weder in der zweiten noch in der dritten Klasse, und enttäuscht kehrte sie in ihr Abteil erster Klasse zurück, wo der General ihr Gepäck mittlerweile über einem Fensterplatz verstaut hatte. Gleich darauf rieb er, Abschied nehmend, zum letzten Male die weiße Zahnbürste seines alten Militärschnurrbarts gegen ihre erglühte Wange.

Zwei Stunden später, im Speisewagen, blieb plötzlich die Gabel, die sie handhabte, in der Luft stecken. Grau und schattenhaft inmitten der bunt gewürfelten Tischgesellschaft saß ihr Wagner einsam an einem andern Tische gegenüber. Kein Zweifel, es waren seine Augen und, leider, auch seine Hände. Rot und gedunsen, Schwerarbeiterhände, schlotterten sie an den (62) Gelenken des Gelehrten. Schuldbewusst warf sie auch einen Blick auf diese Ankläger. (63)

Jetzt (64) geschah etwas höchst Merkwürdiges. Zum ersten Mal in ihrem Leben beklagte die abgehärtete Freundin der Renaissance sich über Zugluft. Es wehe durch das geschlossene Fenster herein, behauptete sie, belästigt, dem Kellner gegenüber. Der Kellner schwor wiederholt, dass das Fenster luftdicht geschlossen sei und ließ sie probieren. Trotzdem beharrte sie darauf, dass es ziehe; und sie fragte, absichtlich laut, ob sie sich denn nicht schräg gegenüber auf dem leeren Platz am Nebentisch niederlassen könne? Aber selbstverständlich! Warum nicht? S'il vous plaît, Madame! S'accomodi, Signora! Der Herr werde gewiss nichts dagegen haben.

Wagner, der sie vollkommen ahnungslos angeblickt hatte, hatte nichts dagegen, aber offenbar auch nichts dafür. Er schaute weiter geflissentlich zum Fenster hinaus, an dem jetzt bereits die Tiroler Landschaft im Mittagslicht des Sommertages vorbeizog. Lauretta betrachtete ihn angstvoll. Wie verwüstet solch ein Gesicht nach drei Monaten doch aussieht, stellte sie bei sich fest: Es ist, als ob es sich über nichts mehr wundern könne, vor nichts mehr erschrecken; nur die Augen leben... Dann bat sie ihn, gefasst, ihr das Salz zu reichen. Er tat es, etwas überrascht; und sie dankte übertrieben lächelnd. Etwas später wollte sie dann auch noch wissen, wie die Stadt mit den grünen Barock-Turmhauben heiße, an der man eben vorbeikam?

"Hall", sagte er; "Hall in Tirol... Eines unserer hübschesten alten Städtchen. Eine Art Rothenburg... Aber doch auch wieder ganz anders... Österreichischer!"

Und er schaute schon wieder zum Fenster hinaus.

"Sie sind Österreicher?", fragte sie artig.

Pause. Dann: "Ich war es..."

Er brach ab und beschäftigte sich wieder mit der Aussicht.

Die (65) Frau war schön, elegant, das sah sogar ein Altertumsforscher; und das dunkelviolette Reisekleid mit dem gutgewählten (66) kleinen Hut stand ihr herrlich. Aber in der Lage, in der er sich befand, hatte er nicht die geringste Lust, eine Reisebekanntschaft zu machen. Außerdem, man konnte nicht vorsichtig genug sein in diesen Tagen; Gefahr, Verrat, Verleumdung lauerte bei jedem Schritt auf einen. Noch war die italienische Grenze nicht überschritten. (67)

Die Dame wollte jetzt Feuer haben.

"Bitte!" Er wandte sich von den entfliehenden Türmen der Stadt Hall wieder ab und reichte ihr ein brennendes Zündholz hinüber:

"Ich habe mir das Rauchen zwar abgewöhnt... aber die Zündhölzchen..."

Er lächelte.

"Ah, Sie haben sich das Rauchen abgewöhnt?"

"Ja... in den letzten Monaten..."

Die fremde Dame war entschieden etwas zu gesprächig; er versenkte sich, niederblickend, in seinen schwarzen Kaffee.

"Nun, vielleicht machen Sie eine Ausnahme", sagte sie.

"Eine Ausnahme?"

"Eine Zigarette?" Und sie hielt ihm bittend ihre goldene Dose hin.

"Danke... zu liebenswürdig!"

"Bitte! Es raucht sich besser zu zweit!"

Und schon brannte, von ihr angefeuert, das Zündholz in ihrer Hand; in ihrer schönen Hand, fand er, es übernehmend.

Das Gespräch floss weiter, floss jetzt, wohin sie es lenkte.

Nach einer Weile sagte sie:

"Sie kommen mir irgenwie bekannt vor. Sind Sie mir nicht schon einmal irgendwo über den Weg gelaufen?"

"Das sollte mich wundern", äußerte er, ohne auf diesen Ton einzugehen: "Ich lebe seit vielen Jahren in Wien, wo ich geboren bin und von wo ich dauernd nie wegkam. (68) "

"Nun, vielleicht sind wir einander auch in Wien begegnet?"

"Ich wüßte nicht wo."

"Zum Beispiel auf der Italienischen Gesandtschaft?", mutmaßte sie auf gut Glück.

"Das wäre möglich", gestand er ihr bereitwillig zu: "Ich war ein paar Mal eingeladen. Zu Vorträgen und akademischen Empfängen."

"Sie sind Akademiker?"

"Historiker. Auch ein bisschen Archäologe. Was Sie gerade wollen und brauchen!", sagte er, ohne seinen Namen zu nennen.

"Professor?"

"Dozent... Im Frühjahr wär' ich wohl Professor geworden. (69) "

Unangenehme Pause.

Ob er nicht auch Bücher geschrieben habe, und unter welchem Namen?

Er nannte ihn.

"Kommt mir bekannt vor", behauptete sie neuerdings.

"Die Römische Geschichte ist keine Damenwissenschaft", lächelte er ablehnend.

"Kommt auf die Dame an!", versetzte sie: "Wir Italienerinnen... Ich kenne sogar die Schriften von Ferrero."

"Die Dichter Roms?"

"Nein. - Die Frauen Roms."

So kam sie auf ihren Josephus Flavius und die Kaiserin Poppea. Lauretta legte überraschende Kenntnisse an den Tag; er hörte ihr staunend zu; sie redete wie eine Seminaristin. Nur in Bezug auf die Abstammung Poppeas schien sie etwas unsicher und wünschte, sich in diesem Punkte von "Professor" Wagner, wie sie ihn jetzt hartnäckig betitelte, belehren zu lassen. Ob das wahr sei, das mit der – jüdischen Abstammung der Kaiserin?

"Es ist unsicher", sagte Wagner vorsichtig.

"Ja, aber Professor Ferrero bestreitet es."

"Andere behaupten es", erwiderte er milde ausweichend, da er sich offenbar, so nah der Brennergrenze, auf nichts einlassen wollte. (70)

"Wer zum Beispiel?", beharrte sie: "Wer behauptet das?"

"Professor Grödner zum Beispiel." Er sagte es aber ohne jede Bitterkeit, was sie anbetungswürdig fand. Doch nickte sie bloß:

"Horst Grödner!"

Wagner schaute überrascht auf, die Frau wusste aber auch wirklich alles. Doch erhob er sich gleich darauf und verabschiedete sich, gegen alle Regeln des Anstands, als der Erste von seiner redelustigen Reisegefährtin.

"Große Passrevision!", entschuldigte er sich.

"Sie fahren auch nach Italien?"

"Ja. Bis Genua."

"Ich nur bis Verona. Wie sehen uns noch, Herr Professor!"

"Wird mich freuen."

Es klang nicht gerade ermutigend.

Trotzdem stand sie, zu seinem Befremden, an der Grenze, eine Zigarette nach der andern anzündend, die längste Zeit dicht vor seinem Dritte-Klasse-Wagen und ging, etwas später, neben ihm durch die Sperre, als es die Schar hochgereckter Braunröcke zu durchqueren galt. Sie rissen sich seinen Pass wechselseitig aus den Händen, musterten ihn und stellten peinliche Fragen, von deren Beantwortung alles abzuhängen schien. (71) Aber wenn er ratlos zur Seite blickte, sah er Lauretta, einmal rechts und einmal links, stets in seiner unmittelbaren Nähe, ob zwar um einen halben Schritt hinter sich. "Bei Fuß!", würde Kitt es nennen, dachte sie lächelnd. Da, ein lautes Wort, und, schon wieder ernst, wiederholte sie in Gedanken für alle Fälle rasch das Telegramm, das sie bei einer etwa entstehenden Schwierigkeit sofort nach Rom abzusenden willens war und sich im Kopfe bereits zurecht gelegt hatte. So kamen sie, so brachte sie ihn über die Grenze.

Wagners Befremden stieg noch (72), als sie einige Stunden später, vor Verona, entgegen ihrer mittags geäußerten Absicht, keinerlei Anstalt traf, umzusteigen. Wieder saß sie ihm im Speisewagen gegenüber, gespannt feststellend, dass er, bei allem Misstrauen, noch immer keine Ahnung hatte, wer sie war und welch ein Schicksal sie beide miteinander verband. Wie auch sollte er? Er hatte sie ein einziges Mal flüchtig gesehen, zu Pferd, im Reitkleid, mit Mütze. Konnte er sie da, ohne ihr Zutun, erkennen? Indessen hütete sie sich, etwas hinzuzutun. Vielmehr genoss sie die einzigartige Situation, mit aufgestütztem Ellbogen zu ihm hinüber rauchend. Es war wie auf einer Redoute, wo man sich voreinander verheimlicht (73). Freilich eine etwas makabre Redoute wie alles heutzutage.

Bei aller Zurückhaltung ging er, seitdem sie die Grenze überschritten hatten, doch etwas freier aus sich heraus. Ein ungeheurer Druck schien von ihm genommen. Seine Gestalt straffte sich, seine gefurchten Züge belebten sich, bewegten sich wieder. Zwei stumme Ankläger flammten die übergroß gewordenen Augen in dem abgemagerten Gesicht. Hinter Trient stellte er dann auch die erste Frage, seitdem sie miteinander ins Gespräch gekommen waren. Wie sie Deutschland gefunden habe, wollte er wissen.

"Ich war etwas enttäuscht", gestand sie.

"Oh! Waren Sie!" Nur sie merkte die Ironie.

"Und Sie?", fragte sie nach einer Weile.

"Oh!...Ich! - Ich wandre aus... nach Amerika."

"Über Genua?"

Er nickte:

"Morgen Mittag. Mit dem Conte di Savoia."

"Ein schönes Schiff."

"Alles ist schön jetzt!" Er sah sie sogar an dabei.

"Schade...", sagte sie, die Asche von der Zigarette streifend: "Schade, dass Sie schon morgen reisen müssen. Ich hätte Sie in Genua gern ein bisschen herumgeführt."

Er lächelte mit akademischer Verbindlichkeit, wenn auch etwas ungläubig und erstaunt: "Sehr freundlich... aber wenn Sie in Verona bleiben?"

Es stellte sich heraus, dass sie sich's überlegt hatte. Sie besaß Verwandte in Genua, Schwestern ihres verstorbenen Mannes, die allerdings noch nichts von ihrem Kommen wussten. Es passte ihr aber sogar besser so, Sie würde im Hotel übernachten und erst am Morgen bei ihnen anrufen.

Der aus der Haft Erlöste schaute über das für ihn immer noch märchenhaft weiße Tischtuch (74) hinüber der Fahrgenossin, nicht zum ersten Mal, etwas tiefer und wie prüfend in die Augen. Ein blasser Lichtschein, von ihrem schönen Glanz entzündet, vielleicht auch durch die vorherige Nennung Poppeas hervorgerufen, wanderte flüchtig durch sein Denken, rasch wieder abgeblendet. Der Preis, den er für jenen Frauenblick hatte entrichten müssen, war zu hoch (75) gewesen, als dass er bei jener Erinnerung hätte verweilen mögen. Er verdrängte sie, noch bevor sie sich entwickeln konnte.

Von seinem Schweigen eingeschüchtert und ohne den Mut, auszusprechen, was sie bewegte: ein Gefühl tiefster Dankbarkeit und reumütiger Verschuldung, begann sie jetzt wieder, etwas krampfhaft, von Flavius Josephus zu sprechen, der sie zu interessieren schien, und von dem auch Wagner zugeben musste, dass er eine gewisse Rolle in seinem Leben gespielt habe.

Wenn wirklich Poppea, wie Professor Grödner behaupte, Jüdin gewesen wäre, was würde daraus folgen, wollte Lauretta wiessen.

"Zumindest, dass sie sich keiner Rassenschande schuldig machen konnte, indem sie sich mit ihm einließ – wenn sie sich mit ihm einließ", meinte der mit wissenschaftlichem Ernst Befragte wiederum in einem Ton halber (76) Verwunderung, der deutlich zum Ausdruck brachte, dass dies ein etwas merkwürdiges Eisenbahngespräch war.

Laurettea ließ nicht locker.

"Flavius Josephus war Jude?", fragte sie im zeitgemäßen Tonfall.

"Er rühmt sich dessen", sagte Wagner: "In seinem Lebensbericht. Immerhin, seinem Wesen nach, war er mehr ein Christ. Was ihm Professor Grödner am meisten übel nimmt."

"Woran merkt man, was er war?"

"Woran man derlei bei einem Schriftsteller merkt: an seinen Schriften", erwiderte Wagner vollkommen einfach und berief sich auf mehrere Stellen, in denen der Geschichtsschreiber des Jüdischen Krieges Versöhnlichkeit, Toleranz und eine Nächstenliebe predigt, die sich fast bis zur Feindesliebe steigert. "So urteilt christliches Denken", schloss Wagner, als säße er in seinem Seminar.

Sie hörte ihm andächtig und bewundernd zu, obwohl sie lieber von anderen Dingen mit ihm gesprochen hätte. Doch fand sie nicht den Mut, dies ohne rechten Übergang, ohne Einleitung, ohne Anlauf, unvermuteter Weise jetzt und hier zu tun. So ließ auch sie zunächst noch abgedunkelt, was er aus irgenwelchen Gründen vor ihr geheim hielt. Das Unendliche, was sie ihm abzubitten, er ihr zu danken hatte, blieb im Flusse des Gesprächs beiderseits unerwähnt; es bildete keine Insel. Und alles, was er ihr schließlich von seinem Schicksal anvertraute, war seine erste amerikanische Adresse.

Indessen näherte sich der Zug Genua, (77) das, ein anderer Sternenhimmel, durch die schwarzsamtene italienische Sommernacht traumhaft heraufglänzte. Und wieder war er es, der sich als Erster erhob. Doch hatte sie wenigstens die Genugtuung, bei sich selbst festzustellen, dass sein armes, ausgelaugtes Gesicht mit dem schattenhaften Sträflingsschnurrbart jetzt, um Mitternacht, um zehn Jahre jünger aussah, als mittags, da sie ihn angeredet hatte.

"Ich werde mich jetzt wohl verabschieden müssen, gnädige Frau."

Anstatt ihm die Hand zu geben, fragte sie:

"Wo werden Sie wohnen – in Genua?"

"Christoforo Colombo wurde mir empfohlen", erwiderte er, ziemlich ratlos.

"Das ist auch mein Hotel. Wir können zusammen hinfahren. Erwarten Sie mich beim Bahnhofsausgang." Und noch immer Aug in Aug ihm gegenüber, gab sie ihm noch immer nicht die Hand. Es hing augenscheinlich nur von ihm ab, den Augenblick des Abschieds noch hinauszuzögern.

Er schaute noch einmal tief in das feurige Schwarz ihrer Augen, unter deren Oberflächenglanz noch etwas anderes lag, etwas Tiefergebettetes, Unerlöstes, das nach Erlösung begehrte - wie in den Augen jeder Frau. Dann schloss er die seinen, als wollte er ein schönes Bild darin verschließen, und antwortete, scheinbar völlig unberührt:

"Gerne, gnädige Frau. Aber unter der Bedingung, dass ich etwas früher aussteigen darf. (78) Ich bin nicht ganz sicher, ob ich die Verantwortung dafür übernehmen darf, mit Ihnen zudsammen am Hotel vorzufahren. Sie könnten Unannehmlichkeiten haben."

Er sprach von Verantwortung, er von Unannehmlichkeit! Sollte sie ihm nicht alles sagen, was sie wusste und er nicht ahnte, und was er auf der ganzen Welt nur von ihr erfahren konnte? Aber sie hätte es ihm auf den Knien sagen müssen und vielleicht wäre es sogar dann taktlos gewesen. Auch war keine Zeit mehr, im Zug so weit auszuholen. Und dann, wer weiß, vielleicht wollte er sie nicht erkennen? Vielleicht erwartete ihn eine Frau in Genua?

Es war nicht der Fall und sie fuhren zusammen, in einem hochbepackten Wägelchen, wie ein Paar, durch die südlich klare, nach Meer und Ferne bitter duftende Sommernacht zum Hotel. Sie schwiegen beide, wie diejenigen zu schweigen pflegen, die ein nahes Schicksal dunkel überwölbt. Auch waren sie im Nu in der Nähe des bezeichneten Gasthofs angelangt, wo Wagner, wie verabredet, vorher ausstieg. "A rivederci!", sagte die Italienerin in einem fast mühsam gesellschaftlichen Ton. Er nahm stumm ihre Hand, die in der seinen glühte, und hob sie ganz nah an seine Lippen, als ob er sie küssen wollte. Dann aber besann er sich wieder und drückte sie bloß für die Dauer eines Herzschlags wortlos an seine Brust. Und, sein Gepäck übernehmend, entschwand er still im Dunkel.

In ihrem Hotelzimmer angelangt, schrieb sie ihm, anstatt sich schlafen zu legen, einen langen Brief. Als er fertig war, zerriss sie den Brief und trat, die Papierstückchen noch in der Hand, ans Telephon, doch ohne den Hörer, den sie in der Hand hielt, abzuheben. Sie ging dann noch eine halbe Stunde lang, immer noch in ihrem Reise (79) -mantel, im

Zimmer auf und ab. Aber es war längst Mitternacht vorbei, und so wählte sie schließlich, von Müdigkeit überwältigt, den frauenhaften Ausweg , alles auf morgen zu vertagen.

Allein am nächsten Morgen, als sie den allzu Eiligen durch das sonore Gewühl der (80) hochsommerlich regen Stadt ans Schiff begleitete, um, wie sie lächelnd sagte, diese italienische (81) Sehenswürdigkeit doch auch selbst einmal zu besichtigen, sah sie sich zu ihrem Verdruss an der Sperre von einem Uniformierten höchst unfreundlich zurückgewiesen. Sie zeigte ihren Pass vor, den sie für alle Fälle mitgenommen hatte; umsonst. "Nur Familienmitglieder mit Spezialerlaubnis", hieß es, "dürfen mit den Auswanderern das Schiff betreten." - "Das ist neu!", fuhr Lauretta den Mann wütend an, "dass eine Italienerin ein italienisches Schiff nicht..." - "Ist neu!", sagte der Italiener schroff (82) und brachte mimisch zum Ausdruck, dass die Signora gut daran täte, sich über diese Neuigkeit nicht allzu sehr zu wundern. Und schon sah sie sich vergeblich um nach ihrem Begleiter, den der Strom der Auswanderer fortgerissen hatte.

Lauretta stürzte ans Telefon, (83) um ihre Verwandten zu Hilfe zu rufen. Allein es blieb dabei. Und erst zwei Stunden später, als das herrliche Schiff sich zögernd vom heimatlichen Ufer löste, durfte sie mit der zurückgestauten Menge Wartender auf den Pier vorstürmen. Sie erfocht sich einen Platz auf der äußersten Spitze des Molos, wo sie sich's nicht nehmen ließ, zwischen Müttern und Bräuten nachwinkend stehen zu bleiben, bis (84) der "Conte di Savoia", ein weißes Pünktchen nur noch, im Blauen versank. Oder war es eine Träne, die ihn schließlich auftrank? Achtlos mit dem feuchten Taschentuch über ihre nachgezogenen Renaissance-Brauen hinwischend, wunderte sie sich, mit zusammengebissenen Zähnen, dass eine Fascistin so sentimental werden konnte. (85)

(86) Lauretta blieb zu ihrer eigenen Verwunderung zwei Wochen lang bei ihren Verwandten in Genua. Sie konnte die Eindrücke der letzten Tage nicht so rasch verarbeiten. Erst als sie in der Zeitung gelesen hatte, dass der "Conte di Savoia" fahrplanmäßig in New York angekommen sei, entschloss sie sich zur Weiterreise. Was auch erwartete sie in Rom?

Es erwartete sie ein Telegramm von Kitt, der seine unmittelbar bevorstehende Ankunft anzeigte. Noch am Tage seiner Ankunft besuchte er sie, sichtlich erfreut darüber, wieder bei ihr zu sitzen.

Aber der spitzkinnige Knabe, den ganz ernstzunehmen sie sich immer noch nicht entschließen konnte, hatte auch ein anderes, weniger gefälliges und unschuldiges Gesicht. Es enthüllte sich ihr unversehens, als sie ihn eines Tages fragte, welche Aufgabe für Rom ihm denn eigentlich zugewiesen worden sei. "Eure Buchhandlungen durchkämmen!", sagte er. "Durchkämmen?", fragte sie. "Die Kataloge und Bibliotheken müssen von Judennamen gesäubert werden!" - "Und das wird Sie monatelang hier festhalten?", fragte sie, nicht ohne Besorgnis, die schon wieder schön verlängerten Renaissance-Brauen finster zusammenrückend.

"Und tun Sie das gerne?"

"Dienst!", sagte er ernst: "Und dann, es war die einzige Möglichkeit, Sie in Rom wiederzusehen, Lauretta!" Wieder blickte er zu ihr auf wie zum Mailänder Dom und wollte ihre Hand fassen.

Sie entzog sie ihm.

*

Einige Tage später ging ihr erster Brief an Wagners amerikanische Adresse ab. Sie habe die Absicht, im Italienisch-Deutschen Kulturbund einen Vortrag über Josephus Flavius im Sinne ihres Gesprächs von neulich zu halten; ob er ihr nicht etwas Material angeben und vielleicht auch etwas von ihm selbst Verfasstes beilegen könne? Nachschrift: "Ich hoffe, Sie sind gut gereist und glücklich angelangt."

Erst Ende September, knapp vor den schicksalshaften Abmachungen von München, traf die Antwort ein. Sie bestand in einem sogenannten Quellennachweis und einer beigelegten Visitenkarte "mit besten Empfehlungen" . Das Selbstverfasste fehlte, ohne weitere Entschuldigung.

Plötzlich tauchte Kitt wieder in Rom auf und schlürfte bei Lauretta den landesüblichen Cinzano. Er erwies sich als anpassungsfähig.

"Was führt Sie her?", fragte Lauretta, eine Zigarette anbrennend, nachdem das aufwartende Mädchen den Raum verlassen hatte. Kitt stand auf und überzeugte sich, an der Tür herumspürend, dass sie nicht belauscht wurden. Dann vertraute er sich ihr an: Der oberste Chef der Geheimen Staatspolizei werde demnächst in Rom eintreffen. "Ich bin ihm zur persönlichen Dienstleistung zugewiesen!", sagte Kitt erglühend, und da Lauretta kalt blieb: "Sie kennen ihn ja sogar!"

"Sogar!", sagte die Italienerin.

Er schaute sie verwundert und mißbilligend an, von einem Blick ihrer schwarzen Römeraugen rasch wieder gebändigt.

Indessen hatte sich Lauretta an ihren nächtlichen Besuch beim Chef der Geheimen Staatspolizei erinnert, und in einem natürlichen Zusammenhang kam sie, zum ersten Mal seit Kitts plötzlichem Auftauchen in Rom, auf ihre Rückreise von München zu sprechen.

"Wissen Sie, in wessen Gesellschaft ich damals über den Brenner fuhr?", fragte sie ihren Gast.

"Keine Ahnung!"

Sie nannte Wagner beim Namen.

Kitt fuhr zusammen:

"Was?! Mit dem Juden haben Sie sich öffentlich gezeigt?"

"Öffentlich!", nickte Lauretta: "Ich habe sogar in Genua im selben Hotel übernachtet und..."

"Was?"

"... und habe ihm am nächsten Tag am Pier Lebewohl gesagt und - langmächtig nachgewinkt!"

Kitt ließ das zweite Glas Cinzano, das sie ihm eingegossen hatte, unberührt stehen und verzog sich. Doch er kam am nächsten Tag versöhnt und sogar freudig bewegt wieder:

"Der Herr Reichsführer wird in der Villa Madama wohnen", erzählte er: "Der schönste Punkt Roms!"

"Natürlich! Wo sonst?", sagte die Römerin; indessen er jetzt ganz nah an sie herantrat und ihr in einem Tone, als hätte er die Festung damit sturmreif gemacht, eröffnete:

"Es ist mir gelungen, Ihnen eine Eintrittskarte zum Empfang zu verschaffen, der anlässlich des Eintreffens des Herrn "Reichsführers" stattfinden wird. Na, Lauretta, was sagen Sie jetzt?"

Lauretta lehnte ab. Was den Sturmbannführer in ein derartiges Erstaunen versetzte, dass er noch eine halbe Stunde später das eckige Köpfchen waagrecht hin und her bewegte. Auch reiste er bald darauf für längere Zeit ab.

Gleich nach seiner Wegfahrt richtete sie einen zweiten Brief an die amerikanische Adresse, worin sie Wagner mitteilte, dass ihr Vortrag in der Italienisch-Deutschen Kulturgesellschaft ohne Angabe von Gründen abgesagt worden sei, dass sie ihn aber "irgendwo im Ausland" vielleicht doch halten werde.

Nachschrift: Wie er sich denn eigentlich als Europäer "drüben" fühle und ob sich ihm ein Betätigungsfeld bereits eröffnet habe?

Keine Antwort.

Sie nahm es auf wie eine Buße.

*

Der Verleger drängte und Lauretta brachte ihre deutschen Reiseeindrücke zu Papier, wobei immer wieder, auch wenn sie über ganz andere Dinge schrieb, der graue Schatten eines Mannes im Sträflingskittel am Grabenrande stand. Schließlich war sie fertig und gab ihre Papiere im Verlagshaus ab. Nach einer Woche kamen sie zurück: Politische Rücksichten verböten die Veröffentlichung.

Zur selben Zeit reiste Kitt nach vorläufiger Abwicklung seines Geschäfts und Erhalt eines Ehrenzeichens der Fascistischen Partei in seine nordische Heimat zurück:

"Im Frühjahr komm ich wieder!", sagte er, Abschied nehmend, in heldischer Haltung zu Lauretta; und sagte es bereits auf Italienisch.

Es war um die Weihnachtszeit und sie richtete einen dritten Brief an den "lieben Freund" nach Boston. Sie denke daran, in der Dante-Alighieri-Gesellschaft in New York ein paar Vorträge zu halten und dann auch, im Auftrag ihres Verlags, Amerika zu bereisen. Doch machte sie ihre Entscheidung, obwohl eine Renaissance-Natur, davon abhängig, ob ihr Wagner zu- oder abrate. Auch erbete sie sich eine Mitteilung, ob er in Boston bleibe oder wo sonst sie ihn finden würde? Nachschrift: Ich weiß schon, wo wir uns zum ersten Mal gesehen haben, aber das kann ich Ihnen nur mündlich sagen, Herr Professor!"

Nach drei Wochen kam ein Kabel:

"Kann nicht abraten."

Ohne Unterschrift.

Sie nahm es auf sich wie eine Buße.

*

So geschah es, dass Wagner eines Tages im Februar seine Beteiligung an dem wöchentlichen Abendempfang in der Bostoner Historischen Gesellschaft absagen musste. Er entschuldigte sich persönlich beim

Vorsitzenden, Professor Clark, den er seit Jahren kannte und der nun seine ersten Schritte auf amerikanischem Boden leitete: Jemand, der mit einem italienischen Schiff herüberkomme, wolle von ihm am Pier in New York erwartet sein.

Der weißhaarige, alte Clark, dem, obwohl er nur ein Paläontologe war, nichts Menschliches fremd war, zwinkerte kurzsichtig, als ob es einen verwischten babylonischen Text zu entziffern gälte:

"Ich wusste nicht, dass Sie noch Verwandte in Italien haben", sagte er, scheinbar ganz arglos. Von Verwandten könne keine Rede sein, meinte Wagner etwas verlegen, es handle sich um eine Dame – eine – "Reisebekanntschaft!", sagte er plötzlich entschlossen und unverhältnismäßig laut.

Der Paläontologe lächelte etwas schärfer.

"Ich hoffe, sie wird nicht gleich wieder abreisen!", sagte er.

"Ich fürchte, sie wird!", versetzte Wagner.

Aber Lauretta reiste nicht nach Italien zurück, vielleicht weil der Krieg ausbrach, vielleicht aus anderen Gründen. Der wichtigste war wohl, dass sie an einem Frühlingsabend im Bostoner Stadtpark, neben Wagner unter einer mächtigen uralten Ulme sitzend, plötzlich sich ein Herz gefasst hatte und ganz unvorbereitet fragte: "Wissen Sie, dass es jetzt fast ein Jahr ist, seit wir einander begegnet sind? Es war aber nicht in der Bahn!"... Und wieder blieb ihr Wagner die Antwort schuldig. Doch an der Art, wie er gleich darauf, sich zu ihr hinüberbeugend, ihren Mund mit seinen Lippen verschloss, merkte sie deutlicher, als sie es je an Worten hätte merken können, dass er wusste, vielleicht sogar von allem Anfang an gewusst hatte, obgleich er nicht darüber reden wollte. Aber auch dies noch empfand Lauretta jetzt als ein Glück. Denn so würde es sich wohl nie ganz entscheiden, wer von beiden dem anderen mehr verdankte auf ihrer Lebensreise und was mehr ausgemacht hatte: Dass sie ihm das Leben gerettet hatte oder er ihre Seele – nie! Und dieses Nie war ein Immer.

Mark Twain und die Gestapo

Das Leben macht manchmal Witze, als ob es ein Humorist von Beruf wäre. Das ging mir durch den Kopf, als ich im Herbst 1938, meinen Passierschein in der Hand, an finster blickenden Wachtposten vorbei, die Treppe des Wiener "Hotel Metropole" (1), wo derzeit die Gestapo untergebracht war, ohne Übereilung hinanstieg. Und obwohl niemandem, der hier zu tun hatte, lächerlich zumute sein konnte, kam mich doch fast ein Lächeln an, wenn ich mir vorstellte, dass in eben diesem Hause vierzig Jahre vorher, nämlich im Herbst 1897 bis zum Frühjahr 1898, Mark Twain gewohnt hatte. Ich wusste es durch Zufall, weil es ein Zeitgenosse des großen Mannes, jetzt längst schon tot, mir gegenüber einmal erwähnt hatte. Die beiläufige Mitteilung, die im Hinaufsteigen über eine Treppe, von der ich nicht genau wusste, ob ich sie wieder hinuntergehen würde, plötzlich bedeutend wurde, hatte mir damals, als ich sie empfing, keinen großen Eindruck gemacht und höchstens ein Gefühl leichter Beschämung hinterlassen. Denn eigentlich hatte ich, der ich zur Zeit des Wiener Besuches Mark Twains bereits zwanzig Jahre alt und in Wien aufgewachsen war, das wissen müssen, was der alte Herr mir mitteilsam erzählte. Aber vielleicht war, dass ich in Wien aufgewachsen war, meine Entschuldigung. War ich doch, nach damaligen, in meiner Heimat geltenden Begriffen viel zu jung und sicherlich viel zu unbedeutend gewesenm als dass ich den Anspruch hätte erheben dürfen, mich einer solchen Berühmtheit verehrend zu hähern. Die Wiener Jugend jener Tage hatte wenig Rechte, aber dafür dauerte sie lange: Bis in die Mitte der Mannesjahre war es ihre einzige Aufgabe, dabeizusitzen und stumm zuzuhören. Alte Männer, um den immer noch etwas älteren Kaiser geschart, regierten das damalige Österreich und das nachwachsende Geschlecht war von der Urteilsbildung der öffentlichen Meinung so gut wie ausgeschlossen. Die jungen Leute durften nur reden, wenn sie gefragt wurden, und sie wurden um ihre immer nur unverbindliche Ansicht befragt, um den Grad ihrer geistigen Bereitschaft festzustellen. So kann ich mich aus jener Zeit bloß erinnern, gehört zu haben, dass Mark Twain in Wien war. Auch las ich einmal in der Zeitung etwas über einen witzigen Trinkspruch, den er in dem damals maßgebenden Wiener Schriftsteller-Verein gehalten hatte. Ein Verwandter von mir, ein von Ruhm umleuchteter Schriftsteller jener Tage, den nachzuahmen und dem womöglich nachzugeraten dazumal mein höchster Ehrgeiz war, hatte dem Bankett beigewohnt, und es ist auch möglich, dass ich aus seinem Munde zum ersten Mal erfuhr und später wieder vergaß, wo Mark Twain abgestiegen war. Aber das Hotel Metropole war so hochberühmt und teuer, es war in den Augen eines Studenten, der ich damals war, von einem solchen Nimbus der Unerschwinglichkeit umgeben, dass es mir auch nicht im Schlafe eingefallen wäre, dort einmal zu Abend zu essen, um mir den großen Mann, wenn auch nur vom Nebentische, anzusehen und "seines Geistes einen Hauch zu spüren". Geschweige denn dass ich den Mut aufgebracht hätte, einen Brief an die Adresse des Hotel Metropole zu richten, um seinem weltberühmten Gast zu sagen, dass und wie sehr nicht nur die alten Herren, Zeitungsherausgeber und kunstsinnigen Palastdamen, sondern auch die grüne Jugend Wiens für ihn schwärmte.

Mark Twain liebte wie jeder Humorist die Antithese. Er stellte dem Prinzen gern den Bettler gegenüber, der Weisheit die Dummheit und dem aufgeblasenen Dogma seinen mörderischen Witz. Aber eine solche Antithese wie diejenige, dass er und die Geheime Staatspolizei sozusagen unter einem Dache hausen würden, wenn auch in einem zeitlichen Abstand von ein paar Jahrzehnten, hätte nicht einmal sein kühner Geist zu ersinnen vermocht. Sein eigenes Verhältnis zur Polizei war ein ziemlich respektloses, wie unter anderem aus einer Anekdote hervorgeht, die ich, wie das meiste, was ich über Mark Twains äußere Umstände weiß, Bigelows Lebensbeschreibung verdanke. Als junger Journalist in San Francisco hätte der unermüdliche Bekämpfer der Korruption, der Mark Twain zeitlebens war, einmal fürs Leben gern einen Artikel über einen Polizeioffizier geschrieben, den er auf seiner Trommel schlafend angetroffen hatte. Doch war er bereits welterfahren genug, um vorauszusehen, dass sein Herausgeber das Thema ablehnen würde. Also wählte der verhinderte Artikelschreiber einen anderen Ausweg, um seinen satirischen Gelüsten Luft zu machen. Er bemächtigte sich an einem Gemüsestand eines riesigen Kohlblattes, mit dem in der Hand er, über sein Opfer gebeugt, den uniformierten Schläfer so liebevoll nachdrücklich fächelte, bis ihn das Gelächter der ganzen Stadt erweckte. Und außerdem kam es, als Lokalbericht, tags darauf nun doch in die Zeitung... Nun, das hätte Mark Twain im Sommer 1938 in Wien versuchen sollen. Er wäre noch heute in Dachau.

Von dort kam ich eben, als ich in jenen Spätsommertagen zum ersten Mal in meinem Leben die Treppen des Hotel Metropole hinanstieg. Das Hotel stammt aus einer Zeit, in der es noch keinen elektrischen Fahrstuhl gab, und dementsprechend ist die Treppenanlage weiträumig und palastartig, wie es auch dem üppigen Baustil der in Wien sogenannten "Makartzeit" entsprach. Jetzt freilich stiegen über die sanfte Folge breitbemessener Stufen und Absätze keine amerikanischen Ehrengäste und Besuch machenden Botschafter auf und nieder, und der einzige halbwegs reich gebliebene Österreicher aus jener Zeit, der sich in der letzten Zeit hinaufgehend auf dieses Treppengeländer gestützt haben mochte, dürfte der Baron Rothschild gewesen sein, auch er bereits ausgeraubt und als Gefangener der Gestapo. Als solcher freilich durfte er noch etwas länger als sein Vorgänger Mark Twain, fast ein Jahr lang, den vierten Stock des veralteten Gebäudes bewohnen, dessen oben rasch vergitterte Fenster nach der deutschen Machtergreifung die Bestimmung dieser Räumlichkeiten auch nach außen hin nur allzu deutlich verrieten. Rothschilds Wandnachbar, und wie er auf zwei kleine Kammern beschränkt, war Schuschnigg, der noch immer dort festgehalten wird, zur Strafe für sein Verbrechen, an die österreichische Unabhängigkeit geglaubt und sie für möglich gehalten zu haben. Alle übrigen Stockwerke und Zimmer des weitläufigen Gebäudes dienen jetzt Bürozwecken der Geheimen Staatspolizei. Ich hatte im dritten Stock zu tun, auf Nummer 320. Mehr als dreihundert derartige Amtszimmer mit mehr als sechshundert Schreibtischen, denn in jedem saß auch eine meistens hübsche und immer gut angezogene Sekretärin, waren vonnöten, um die gefesselte und gedemütigte Stadt Wien niederzuhalten. Merkwürdig, da doch, wie männiglich bekannt und immer wieder hervorgehoben, Österreich nicht erobert, sondern erlöst worden und ohne alle Gewaltanwendung dem allerdings mit motorisierten Einheiten einrückenden Befreier wie ein Brautgeschenk zugefallen war.

Schuschnigg und Rothschild, der Regierungschef und der Großbankier: Zu Mark Twains Zeiten waren sie in anderer Gestalt und mit teilweise verändertem Namen im Hotel Metropole gleichfalls vertreten, wenn auch zu unverbindlicheren Zwecken. Der Vater des zuletzt hier eingesperrt gewesenen Baron Louis Rothschild, ein kunstsinniger und geistig lebhaft interessierter Mann, befand sich sicherlich auch unter den Gästen des großen amerikanischen Schriftstellers. "The second embassy" nannte die Wiener Gesellschaft die von ihm und seiner Frau behausten Räume. Bigelow-Paine (2) zählt die berühmtesten Künstlernamen jener Epoche auf: Der russische Maler Wereschagin, Leschetitzky, Dvorak, Lenbach und die rumänische Königin, als Dichterin unter dem Namen Carmen Sylva bekannt, reichten einander die Klinke. Rechnen wir dazu eine Auslese des gesamten Adels Österreichs, der seit den Tagen Metternichs für die liberalen ausländischen Literaten schwärmte, teils weil sie ankamen, teils weil sie wieder abreisten. Mit einem Wort: Ganz Wien, alles was hier Rang und Namen hatte, drängte sich in diesem Hauptquartier des Geistes, jetzt Hauptquartier der Gestapo. Man musste schon aus so gutem Holz geschnitten sein wie Mark Twain es war, um derartigen gesellschaftlichen Versuchungen standzuhalten und die Pflichten gegen das eigene Talent darüber nicht außer Acht zu lassen. Mark Twain war auch hierin ein Muster. Er hat in Wien eine Menge geschrieben, unter anderem seine berühmte Meistererzählung "The man that corrupted Hadleyburg" und eine Reihe glänzender Essays über Wiener Politik und Theater, die in Wien von altersher in vertrauter Nachbarschaft lebten. Da liest man etwa im Vorbeigehen über die Österreich-Ungarische Monarchie das ebenso blitzgescheite wie witzige Urteil, "disunion" sei es, die ihre neun Nationen seit fünf Jahrhunderten zusammenhalte, die "Zweitracht verbinde sie", oder über das Burgtheater, dass es das geschmackvoll schönste, beste und kostbarste Theater der Welt sei, an dessen Repertoire selbst New York sich ein Beispiel nehmen könne – was für das wunde Gemüt des von der Gestapo ins Ausland verwiesenen Österreichers noch heute einen Tropfen Balsam bedeutet. Und wie viele mag erst ein anderer Aufsatz Mark Twains getröstet haben, der gleichfalls in Wien entstanden ist und den verfänglichen Titel "Concerning the Jews" (Die Juden betreffend) führt? In diesem meisterhaften Essay über die Judenfrage, den man immer wieder übersetzen und lesen müsste, rühmt der Verfasser mit lauter Stimme die Vorzüge der Juden, ohne ihre Schwächen und Fehler voreingenommen zu übersehen: ihren Wohltätigkeitssinn, der über denjenigen der Arier weit hinausginge; ihre kaufmännische Anständigkeit; ihr Familienleben; ihre ethische Empfindlichkeit – "es gibt keine jüdischen Blutsverbrecher, wie es auch keine jüdischen Straßenbettler gibt" – und vor allem ihre hohe Intelligenz, die ihnen, obwohl sie zahlenmäßig kaum ein Hundertstel der gesamten Menschheit ausmachen, doch überall die Vorderplätze auf jedem Gebiet sichert. Welch ein Trost, dass dieser gerechte, gütige und wahrhaft evangelische Aufsatz in eben demselben Hause zu Papier gebracht wurde, in dem seit einem Jahre Wagenladungen von Papier vollgeschrieben werden, um die Verfolgung und Bestrafung zehntausender österreichischer Bürger zu rechtfertigen, die nichts anderes sich haben zuschulden kommen lassen, als Juden zu sein und trotzdem einen Vorderplatz im öffentlichen Leben einzunehmen. Judentum ist Verbrechertum, dekretiert die Gestapo, um mit dieser einleuchtenden Begründung den Juden Geld und Ehre nehmen zu können. Der Jude ist ein guter Bürger jeden Landes, anerkennt und beweist Mark Twain. Und um die Frage, ob der Christ dem Juden trauen dürfe, zu beantworten, erzählt er uns eine seiner hübschen Anekdoten, deren er immer einen ganzen Sack bei sich trug: Wie der Kurfürst von Hessen, der seine Untertanen nach England verkaufte, die dann gegen George Washington fochten, in seinen späteren Jahren unter dem Einfluss der französischen Revolution Hals über Kopf sein Land verlassen musste, weil, wie Mark Twain sich ausdrückt, der Thron ihm zu warm wurde, und in dieser Notlage sein gesamtes Vermögen in der Höhe von neun Millionen Dollar dem ersten besten, von dessen Ehrenhaftigkeit er persönlich überzeugt war, ohne Bestätigung anvertraute. Als dann der flüchtige Landesfürst dreißig Jahre später wieder heimkehrte, als ob nichts gewesen wäre, händigte ihm der Verwahrer, ein kleiner Geldagent in Frankfurt, den gleichen Betrag samt den in der Zwischenzeit aufgelaufenen Zinsen, gewissenhaft wieder aus. Der Mann hieß Rothschild.

AMERIKA

Best-Seller-Geschichte

Nicht einmal die glücklichen Urheber vielbeneideter Bestseller sind immer glücklich, und Fortunat Monroe Smyth war es leider ganz und gar nicht trotz seinem von einem Schweizer Vorfahren ererbten verpflichtenden Vornamen. Fortunat hatte Bataan mitgemacht und dann im Lazarett von Honolulu seinen Roman "Das Auge des Dschungels" geschrieben, durch den er ein Book-of-the-month Club-Autor und als solcher berühmt wurde. Die Einnahmen aus dem Buche, von Monat zu Monat wachsend, ließen nichts zu wünschen übrig, aber sein Herzleiden, das er sich im Kriege zugezogen hatte, umso mehr. Um es auszukurieren, reiste der zum Captain Beförderte und zugleich Beurlaubte seit Monaten in Kalifornien umher, ohne dabei seines Lebens froh zu werden. Es schien ihm das Leben eines alten Mannes trotz seinen fünfunddreißig Jahren. War ein überdehnter Herzmuskel wirklich alles, was ihm das Schicksal noch zu bieten hatte, fragte er sich manchmal, und fand keine Antwort. Dabei drängte sein Agent, Mister Goldstone, auf einen neuen Roman, worauf Fortunat bedrückt erwiderte, um ein neues Buch zu schreiben, benötige er vor allem einen Glücks-Vorschuss. "Wie jeder erfolgreiche Autor!" sagte, als er diese briefliche Äußerung in New York las, Herr Goldstone, der an das Wort "Vorschuss" gewöhnt war; und ohne auf die verstiegene Forderung näher einzugehen, ließ er ihm durch seine Sekretärin antworten, er möge ihm noch einige seiner neuen Lichtbilder einschicken mit dem "Hollywooder Schnurrbärtchen", das Fortunat im Spital herangepflegt hatte und das der Buchklub populär gemacht hatte. Fortunat tat ihm den Gefallen; aber gleichzeitig, da er ein paar weiße Haare darin entdeckt hatte, ließ er sich das galante Bärtchen angewidert wieder abnehmen. Bataan war nicht auszulöschen.

In dieser Stimmung in "Gods own country" von Stadt zu Stadt reisend, die er alle gleich schön gebettet und gleich langweilig fand, entdeckte er eines Tages in der Zeitung die ihn überraschende Nachricht, dass er am nächsten Nachmittag im Nachbarstädtchen über sein eigenes Buch öffentlich sprechen würde.

Das kam natürlich gar nicht in Frage, schon aus dem Grunde nicht, weil der Arzt das öffentliche Sprechen seinem Patienten der damit verbundenen Aufregung wegen streng verboten hatte. Andererseits konnte eine derartige bindende Zusage nur von seinem Agenten ausgegangen sein, dessen erfahrene Hand Fortunat darin nicht zum erstenmale zu erkennen glaubte. Herr Goldstone nahm nämlich jede derartige Einladung für seinen Schützling grundsätzlich an unter der Bedingung, dass ein anderer die lecture über das Buch hielt und der leidende Autor erst beim nachfolgenden dinner sprechen würde. Dann kam, womöglich während des Vortrags über das "Auge des Dschungels", eine Depesche des untröstlichen Herrn Goldstone, worin dieser das Fernbleiben des invaliden Vaterlands-Verteidigers entschuldigte. Patriotischer Applaus erhöhte dann regelmäßig den Absatz des in Rede stehenden Buches.

Der gelangweilte Fortunat, nachdem er solcherart die Schliche seines Sachwalters mit einem leisen Zucken seiner nun wieder nackten Oberlippe durchschaut hatte, fühlte sich plötzlich von der Lust angewandelt, dieser lecture über sein eigenes Buch incognito beizuwohnen, was er umso unbedenklicher wagen konnte, weil er, in New York zu Hause, in Kalifornien, und noch dazu glattrasiert, völlig unbekannt war. Und da er, trotz Benzinmangels, einen Wagen immer noch zur Verfügung hatte, fuhr er am nächsten Morgen durch die grüngoldene Landschaft mit dem Blick auf die sich nähernden traumblauen Berge der Sierra in das von goldgrünen Orangenhainen eingeschlossene Städtchen hinüber, um dort vor einem in südlich kokettem Stil gehaltenen Gasthof, schon wieder gelangweilt, Halt zu machen.

Er kam gerade zurecht, um in einer Ecke der von Mückengittern und venezianischen Rollvorhängen angenehm verdunkelten Halle bescheiden Platz zu nehmen. Der ihn betreffende Vortrag hatte eben begonnen und die Vortragende, Mrs. Dolores Alvaredo – der spanische Name passte zu der spanischen Bauart des Hotels – bereits das Wort ergriffen. Sie war eine liebliche Matrone in einem babyblauen Kleid mit ebenso blauen Haaren und einem Hütchen, das aus einer einzigen Mohnblüte bestand. So angetan und nicht ohne die Versicherung, dass es ein "privilege" für sie wäre, deutete sie vor dem sie umringenden bunten Damenflor vor allem den Inhalt des in Rede stehenden Romans an, den sie, höchst anziehend, als eine "Liebesgeschichte in heroischer Gewandung" kennzeichnete. Sie umriss mit, wie sie sagte, wenig Worten die Ausgangssituation, worin Pat, der amerikanische Farmerssohn aus Idahoe, in der von Feuerfliegen nur schwach beleuchteten malayischen Dschungelnacht plötzlich ein schwarzes Auge brennend auf sich gerichtet sieht. Es ist das Auge einer namenlos schönen Engländerin – Joy ihr Name - , der Tocher eines "gegürteten

Earl", die sich auf der Flucht von Singapore befindet, wo ihr Bräutigam, unmittelbar nach der Kriegstrauung, von einer Bombe zerrissen worden war. Nichts natürlicher, sagte Mrs. Alvarado, als dass diese beiden jungen Menschen, der demokratische Farmerssohn mit dem Lungenschuss und die hocharistokratische Britin unter dem eintönigen Klageruf des "Fiebervogels" in der japanischen Schreckensnacht zueinander finden. Seit Hemingway und Somerset Maugham, behauptete sie – und Fortunat glaubte es ihr - wäre eine derartige Liebesnacht nicht ähnlich eindrucksvoll beschrieben worden. Aber, fuhr sie fort, das ist nicht alles! Da war auch noch die sich aus sich selbst heraus im Fluge erneuernde Robot-Bombe, die Pat, Farmerssohn aber auch Ingenieur, erfunden hatte – eine in der Tat "weittragende" Erfindung, wie Mrs. Alvarado mit einem schnöden New Yorker Witz, den Fortunat bereits aus einer dortigen Besprechung seines Buchs kannte, versicherte. Sie werde künftige Kriege ein für allemal vereiteln, diese Bombe, erklärte die Dame im babyblauen Kleid, ihre kritische Inhaltsangabe zu einem auch ansonsten happy end weiterspinnend, das nach 387 mit den abenteuerlichsten Zeitinhalten erfüllten Seiten die Liebenden auf Joys sechshundertjährigem schottischen Schloss vereinigt. Aber Fortunat wartete nicht so lange; er war schon vorher eingeschlafen, woran die erschreckende Banalität seiner Erfindung, sein geschwächtes Herz und die südlich überheizte Hotelhalle zu gleichen Teilen schuld haben mochten.

Als ihn dann ein an das Maschinengewehrfeuer um Bataan erinnernder Applaus aufschreckte, wurde das Telegramm des Agenten bereits verlesen. Ein Freudentaumel schien die Damenversammlung zu befallen, die unter miauenden Katzenlauten und vogelstimmenartigem Gezwitscher geräuschvoll zum Speisesaal hinüberwogte. Nur eine einzige Dame, außerhalb des eigentlichen Versammlungsraumes, blieb einsam sitzen, die aber Fortunat auch aus anderen Gründen auffiel. Denn erstens war sie jung und hübsch und zweitens weinte sie.

*

Eine Viertelstunde später war er mit ihr bekannt. Es hatte sich so gefügt, dass sie aufstehend ein Buch hinter sich hatte liegen lassen, das er ihr nachtragen konnte. Noch dazu war es sein eigenes, was zu erwähnen er jedoch taktvoll unterließ. Auch trug er sich gleich darauf als "Captain Smith aus Riverside" – seinem letzten kalifornischen Aufenthalt – im Fremdenbuch des Hotels ein, in dem über Nacht zu bleiben er beschlossen hatte.

Am selben Abend, als die unbekannte Dame, etwas spät, in den bereits entleerten Speisesaal herunter stieg, wechselte er ein paar Worte mit ihr, und am nächsten Morgen, nach dem Frühstück wurde ein etwas längeres Gespräch daraus. Ein kleiner Spaziergang in dem angrenzenden Orangenhain schloss sich an. Doch ergab sich im Weiterwandern, dass der Hain, in andere Haine übergehend, bis zum Rande des schneebedeckten Gebirgszugs hinüberreichte. Die ganze Talsohle war nichts anderes als ein zugleich blühender und fruchtender Orangenwald mit ein bisschen Stadt darin.

Erfrischt von der besonnten Würzigkeit einer paradiesischen Landschaft, beglückt von der Nähe einer schönen Begleiterin, schien Fortunat die gestrige Veranstaltung völlig vergessen zu haben. Nicht so die Dame, die wiederholt darauf zurückkam, um schließlich, stehenbleibend und nach einer goldenen Frucht ihr zu Häupten greifend, was ihm die erwünschte Gelegenheit gab, ihren hohen schlanken Wuchs zu bewundern, geradezu die Frage an ihn zu richten: "Was haben Sie sich eigentlich gedacht, Herr − Herr − Unbekannt, als Sie mich in meiner Ecke weinen sahen?"

Nun gab es kein Entrinnen mehr und : "Mein Name ist Smith", sagte er, ohne auf die an ihn gerichtete Frage näher einzugehen. Aber die Dame ließ nicht locker: "Ich habe aus Ärger geweint!", sagte sie mit einer Art Trotz.

"Aus Ärger?", fragte er etwas unsicher.

"Aus Wut! Ich bin nicht hierher gekommen, um Mrs. Dolores Alvarado sprechen zu hören, sondern um den von ihr besprochenen Autor zu sprechen. Nur seinetwegen hab ich die weite Reise angetreten."

"Von wo?", fragte der Bestseller- Autor gespannt.

"Von New York", erwiderte sie mit einem Anflug von Trauer, aber vollkommen gelassen, als wäre es die natürlichste Sache, dreitausend Meilen weit einem Literaturvortrag nachzureisen.

Fortunat war stehen geblieben. "Sie kennen den Autor wohl aus seinen Schriften?", bemerkte er etwas verwundert.

"Nicht nur aus seinen Schriften", versetzte sie mit hochgezogenen Brauen: "Auch persönlich!"

"Oh, ist das so?", sagt ein wohlerzogener Amerikaner in solchem Falle. Fortunat sagte es.

Dann, im Weiterschlendern, betrachtete er seine Begleiterin aufmerksam von der Seite. Sie trug ein andres Kleid als gestern, ein schneeig weißes, mit scharlachrotem Gürtelband und einem ebensolchen Band im rabenschwarzen Haar. Ihre Lippen waren nicht übermäßig rot, die Augenbrauen nicht künstlich verlängert, ihre Haltung war durchaus damenhaft. Wer war sie? Sicher war er ihr nie begegnet. Er hätte es nicht vergessen.

Woher sie den großen Schriftsteller kenne, erkundigte er sich jetzt, nicht ohne statthafte Ironie. Von einer Cocktail-Party in New York, warf sie nachlässig hin.

"Das muss ein Irrtum sein!", verwies er sie milde.

"Irrtum?" Die Dame erhitzte sich: "Was wollen Sie damit sagen?"

"Dass sich wahrscheinlich ein anderer für ihn ausgegeben hat. Es gibt so viele Smith in der Welt – mit i oder y. Sind Sie sicher, dass er e r war?"

"Dumme Frage", zürnte sie: "Glauben Sie vielleicht, dass ich nicht unterscheiden kann zwischen Fortunat Monroe Smith und irgendeinem anderen Smith – mit i oder y?"

Fortunat glaubte es nicht. Aber die Frage entstand, wer sich diesen practical joke mit ihm erlaubt haben konnte. Einer seiner Berufskollegen vermutlich. Er kannte mehr als einen, dem er es nach dem zweiten Highball, vielleicht sogar nach dem ersten, wohl zutraute.

"Sie scheinen das Opfer einer Mystifikation", gab er bescheiden zu bedenken: "E r war im letzten Jahr gar nicht in New York. Er ist im Felde."

"Er w a r es", verbesserte sie ihn scharf: "Aber nach seiner Verwundung wurde er beurlaubt – bekanntlich!"

Fortunat verneigte sich geschmeichelt. "Trotzdem", beharrte er, "wenn er nach New York zurückgekehrt wäre, i c h müsste es wissen."

"Sie? Warum gerade Sie?"

"Weil – weil er mein Freund ist."

Diese Behauptung schien sie zu unterhalten. Sie lachte ungläubig und ohne ihren Verdacht, dass vielleicht er der Mystifizierte sein könnte, unhöflich auszusprechen, gab sie doch deutlich zu verstehen, was sie meinte, indem sie wissen wollte: "Ihr Freund, sagen Sie! Wie sieht er eigentlich aus, Ihr Freund? Beschreiben Sie ihn!"

Fortunat, auf diese Frage vorbereitet, gab eine etwas verlegene Beschreibung: "Etwas kleiner als ich, aber sonst ganz normal, wenn auch nicht gerade brillant..."

"Dann ist es nicht Fortunat Monroe Smith", rief sie mit ihn beglückender Bestimmtheit. "Denn der sieht ganz anders aus..."

"Wie? Beschreiben Sie ihn!"

"Mindestens einen halben Kopf größer als Sie – elegant – sehr gut angezogen, mit einem reizenden kleinen Schnurrbart und einem noch reizenderen Lächeln darunter - "

"Dem gewissen faden Bestseller-Lächeln", unterbrach er sie gehässig, "das den Damen so gut gefällt!"

"Wie ungerecht Männer über einander urteilen", rief sie: "Fast wie Frauen, wenn sie auf eine Rivalin eifersüchtig sind!"

Und mit einem mitleidigen Blick auf ihn: "Sie sind wohl eifersüchtig?"

"Ich bin's!", gestand er lachend.

Darüber waren sie bei der Drehtüre des Hotels schon wieder angelangt, wo sie ihn, etwas unfreundlich, mit den Worten verabschiedete: "Good bye, Mister Smith! M e i n Name ist Mrs. Tailor. Mit i, nicht y."

*

Fortunat fand es höchst verdrießlich, dass Joy – sie hieß Joy wie die Heldin seines Romans und Witwe war sie auch – ihre Geschäftsreise noch am selben Nachmittag fortsetzen musste. Sie war nämlich Modezeichnerin, wie sie ihm beim Lunch anvertraute, und wurde vom Direktor der Zweigniederlassung ihrer Firma in Los Angeles erwartet.

Sie waren bereits beim schwarzen Kaffee, den ihm der Arzt verboten hatte, den er aber trotzdem trank – "ausnahmsweise", wie er ihr mit anzüglichem Lächeln gestand - , als Fortunat, auf die beiseite gelegte Zeitung deutend, einen Einfall hatte. "Wenn Sie wirklich", sagte er, "so erpicht sind, unseren großen Freund öffentlich sprechen zu hören," warum versuchen Sie es nicht übermorgen in Santa Barbara nochmals?"

"Woher wissen Sie, dass er übermorgen in Santa Barbara spricht?"

"Aus der Zeitung. Sein Agent scheint für ihn eine ganze Tournee arrangiert zu haben."

Sie griff nach der Zeitung. Während sie las, fügte er noch hinzu:

"Ich könnte Sie in meinem Wagen hinüber fahren."

"Das ist ausgeschlossen", erklärte sie, das Blatt weit von sich schiebend: "Aber auf der Rückreise von Los Angeles in Santa Barbara die Fahrt zu unterbrechen, das wäre vielleicht möglich. Ich würde ihn so gern wiedersehen."

"Ich auch", sagte Fortunat, der sich in der von ihm angesponnenen Geschichte sichtlich wohl zu fühlen begann.

"Helloh", begrüßte sie ihn achtundvierzig Stunden später im schönsten Hotel von Santa Barbara, dieser lieblichsten Perle im "Rosenkranz des Pater Serra", wie die Kalifornier mit blumiger Zärtlichkeit die kostbare Schnur aneinander gereihter Seebäder nennen. Und mit einem zielsicheren Frauenblick auf seinen seit Tagen nicht mehr abrasierten, schattenhaften Schnurrbartanflug: "Sie haben sich sichtlich erholt. Der verbotene Kaffee scheint Ihnen gut getan zu haben."

"Es scheint", schmunzelte er, eine Cigarette anbrennend, was der Arzt gleichfalls verboten hatte.

Etwas später, in dem kleinen Vortragssaal, der sich langsam zu füllen begann, neben ihm Platz nehmend, fragte sie: "Glauben Sie, wird Ihr Freund wieder absagen?"

"Sicher nicht!", erwiderte er, im vollen Vertrauen auf seinen Agenten.

Es war aber wieder ganz dasselbe. Die Feuerfliegen, der Fiebervogel und der New Yorker Witz von der "weittragenden" Erfindung, alles kehrte wieder, mit dem einzigen Unterschied, dass Fortunat diesmal nicht einschlief. Mag sein, dass ihn die ins Ohr geflüsterten Bemerkungen seiner reizenden Nachbarin wach erhielten. Auch Mrs. Tailor, als die Vorsitzende zum Schluss das Absage-Telegramm des berühmten Autors vorlas, brach diesmal nicht in Tränen aus. "Hab mir's ja gleich gedacht!", flüsterte die Modezeichnerin: " Nach allem, was er mitgemacht hat!"

Trotzdem nahm sie Fortunats Einladung an, ihr Glück drei Tage später noch einmal zu versuchen. Sie trafen sich in Karmel, einer wieder anderen Perle im Rosenkranz, einer mehr bläulichen diesmal unter schwarzwolkigen Monterey-Föhren, und wohnten diesmal so weit voneinander, dass es fast schon demonstrativ war: Fortunat in dem luxuriösen Lodge und Joy in einem Stadthotel, in dem der auch hier anberaumte Vortrag stattfand. Fortunat hatte die Karten besorgt. Aber Joy, die Absage seines "großen Freundes" vorwegnehmend, bat ihn, sie zurückzugeben und lud sich gleichzeitig zu einem Konzert ein, das am selben Abend in seinem, ungleich eleganteren, Hotel stattfand. Sie hätte sich auf der Durchreise in Los Angeles ein Abendkleid gekauft, das sie bei dieser festlichen Gelegenheit ausprobieren wolle, deutete sie an, um ihm Lust zu machen.

Es war ein atemberaubendes Abendkleid und auch sonst ein erstrangiger Konzertabend. Ein europäischer Pianist, seit drei Jahren auf einer Lustreise in Amerika, spielte den Klavierpart in Beethovens Klavierkonzert und ein weltberühmter Geigenkünstler das Violinkonzert von Johann Sebastian Bach. Das "Perpetuum Mobile" von Paganini folgte als Draufgabe. "Fünf Sekunden schneller als Kreisler" stellte Mrs. Tailor, die auf die Uhr gesehen hatte, sachkundig fest. Obwohl nur Modezeichnerin, schien sie auch von Musik viel zu verstehen, aus ihren geflüsterten Bemerkungen zu schließen.

"Ich wollt, ich wär ein Geigenkünstler!", rief Fortunat aufgeräumt, als er sie klatschen sah.

"Sie? Warum?", verwunderte sie sich, mit Klatschen innehaltend: "Was sind Sie eigentlich?"

"Zahnarzt!", log er geschwind. Aber eigentlich war es nur eine halbe Lüge, denn das war er in seiner unberühmten Zeit gewesen, wenngleich für gewöhnlich keiner seiner Lobredner, am wenigsten er selbst, sich dran erinnerte.

Es war Samstag Abend und in einem künstlich verfinsterten Ballsaal des Lodge drehten sich bereits zu den Klängen einer brünstig winselnden Musik die Paare: meist Urlauber in Uniform und ihre Abendbräute. Durch die offene Eingangstüre sah man sie, Wange an Wange, im zwielichten Dunkel vorüberschleifen, von einem höllischen Lichtschein überspielt, der seitlich aus den Säulenschäften brach.

"Wie wär's mit einem Tanz?", fragte Fortunat seine schöne Begleiterin unternehmend.

Sie schien durchaus nicht abgeneigt. Aber im letzten Augenblick, an der Schwelle angelangt, machte sie zaudernd Halt. "Nein", sagte sie beinahe zärtlich, ihren entblößten Arm in den seinen schmiegend: " Ihr Arzt wäre dagegen".

Von diesem Augenblick angefangen liebte er Joy.

*

Leider schien ihm die Liebe ziemlich aussichtslos, denn zwei Tage später, in San Francisco, wo sie sich noch einmal trafen, erklärte Joy plötzlich, ihr Urlaub wäre zu Ende, sie müsse zurück ins Geschäft. Auch verbat sie sich seine Begleitung. Augenscheinlich wurde sie von irgendjemand erwartet. Aber von wem? Wahrscheinlich von seinem Doppelgänger, der sich den unziemlichen Scherz mit ihr erlaubt hatte, dem Highball-Mann. Aber auch das beruhigte ihn nicht, als er nachts mit klopfendem Herzen wach lag. Er hätte doch keinen schwarzen Kaffee trinken sollen, sagte er sich.

Alles, was ihr vor der Abfahrt noch abzunötigen war, war ein Spaziergang durchs Chinesenviertel von San Francisco, bei welcher Gelegenheit sie einen herrlichen silberblauen Kimono kaufte "fürs Geschäft", wie sie ihm beim Hinausgehen aus dem süßlich duftenden Laden schon wieder flüsternd anvertraute. Der sie zur Tür begleitende Chinese lächelte zu dieser Mitteilung chinesisch.

Auf dem Rückweg, in der chinesisch-katholischen Kirche, in die Joy ihn hineinzog, dachte er in diesem schon wieder anderen Halbdunkel, das sie umgab, flüchtig daran, den Schwindel aufzudecken und sich ihr unter seinem wahren Namen zu erkennen zu geben. Er unterließ es schließlich aus zwei Gründen. Erstens, weil er als Geschichten-Erzähler von Beruf abgeneigt war, den Gang einer Story durch Vorwegnahme der Pointe zu verderben. Und dann, weil sie auf der Fahrt zum Bahnhof plötzlich von ihrem ersten Mann zu sprechen begann, einem armlosen Kriegsinvaliden, den sie '"aus purem Mitleid", wie sie sagte, geheiratet hatte. Fortunat fand das rührend; aber die neben ihm sitzende blühende Frau sich neben einem armlosen Krüppel vorzustellen, verursachte ihm ein deutliches Unbehagen, das allerdings, musste er sich gestehen, um nichts geringer gewesen wäre, hätte sein Vorgänger Arme gehabt.

Schließlich siegte der Schriftsteller in ihm und er fragte sie, im Wartesaal, was sie eigentlich von der "Schreiberei" ihres "großen Freundes", den sie ja sicher in New York wiedersehen werde, halte? "Viel", erwiderte sie mit Augenaufschlag. Es stellte sich heraus, dass sie fast alles von ihm gelesen hatte, aber keineswegs alles kritiklos bewunderte. Die militärische Erfindung im "Auge", beispielsweise, fand sie kindisch, die Liebesszene in der Tropennacht hingegen wundervoll. Fortunat hörte ihr widerspruchslos zu. Alles in allem, stellte er, wie es seine Art war, schweigend für sich selber fest, spricht sie genau so, wie eine Frau, die einem Schriftsteller nahe steht, von seinen Werken sprechen sollte: unerbittlich gegen alles Beiläufige, aber mit liebevollem Verständnis für das Wesentliche.

Beim Abschied, unter ihrem durch die noch offene Waggontüre lustig zu ihm herunter fragenden Blick, schlug er beherzt vor, sich über eine Woche, zur gleichen Stunde, im New Yorker Metropolitan Museum noch einmal zu treffen: "Vor dem Bildnis des Cardinals Nino Guevara von Greco", fügte er, augenscheinlich nicht ganz unvorbereitet, hinzu.

"Des bärtigen Kardinals mit den Brillen?" schnappte sie bereitwillig ein: Und, während der Negerschaffner bereits die Türen schloss: " Der alles von einem weiß, bevor man ihm noch irgendetwas gesagt hat?"

Also Kunstgeschichte verstand sie auch.

*

Sie traten fast gleichzeitig in das Kabinett des Kardinals: beide in Uniform diesmal, Joy als himmelblaue Armeeschwester mit weißer Kappe, Fortunat als khakibrauner Captain mit starkem Schnurrbartanflug. Seine Mitteilung, dass er sich zur Armee zurück gemeldet habe, trug ihm einen anerkennenden Blick und die gelassene Antwort ein, dass es auch ihr dienstfreier Tag wäre. Immerhin, sie sagte Tag.

"Er kommt auch", hatte er sich vorgenommen, ihr zu sagen und sagte es jetzt, während sie in dem fast menschenleeren Museum die gelichteten Wände entlang strichen.

"Kommt nicht!", gab sie prompt zurück: "Ist 'out of town' sagt sein Agent."

Das zu sagen, war der Agent ein für allemal angewiesen, wenn unberufene Verehrerinnen anriefen, aber: "Woher kannten Sie den Namen des Agenten?" fragte der misstrauische Autor.

"Woher?", meinte sie geringschätzig: " Von i h m natürlich. Jeder Autor erzählt Ihnen , wer sein Agent ist."

Auch das stimmte, aber die Frage blieb offen, was sie veranlasst haben mochte, sich nach den kalifornischen Tagen, deren Nachglanz auch sie zu genießen schien, gleich wieder mit dem rätselhaften Highball-Mann in Verbindung zu setzen. Ihr auf den Grund zu kommen, schien Fortunat in dem unerbittlich klaren Tageslicht New Yorks, das, keine Zweideutigkeit duldend, alles Unwirkliche auf seine Wirklichkeit zurückführt, viel unabweislicher noch als im Zauberlicht Kaliforniens, das alles Wirkliche ins Unwirkliche auflöst.

Doch Joy war vergnügt und augenscheinlich nicht gelaunt, auf eine gründliche Analyse ihrer kurzen Beziehung einzugehen. Sie hatten luncheon zusammen und dinner und in der Zwischenzeit saßen sie in einem schönen Moviepalast bei "Now voyager", wo dem hoffnungslos Liebenden am Ende nichts anderes übrig bleibt, als eine Reise anzutreten. "Mein Schicksal!", seufzte Fortunat, im Dunkeln näher an Joy heranrückend. Doch blieb die anzügliche Bemerkung ohne Widerhall und nur ihr kleiner Finger erwiderte den Fünffingerdruck seiner Hand.

Das Schlimmste war, dass er nicht einmal ihre Adresse kannte. Erst spät abends flüsterte sie sie dem Chauffeur zu, während er bereits im Taxi saß, um sie heimzubegleiten.

Das gab den Ausschlag und: "Joy- ich muss Ihnen ein Geständnis machen!", sagte er, kaum dass sie sich zurechtgesetzt hatte.

"Ich bin kein Zahnarzt", setzte er fort: "Ich bin Fortunat Monroe Smyth. Mit Ypsilon."

"Ich habe nie daran gezweifelt", kam es durch die New Yorker blackout Nacht, die nur hin und wieder ein grünes oder rotes Signallicht unsicher erhellte, vollkommen gleichmütig zu ihm zurück: "Auch ohne Schnurrbart!"

Fortunat war, nicht zum erstenmal in seinem Leben, erstaunt über die Grade weiblicher Verstellungskunst. "Aber sie erzählten mir doch selbst in Kalifornien - "

"Was erzählt man nicht alles in Kalifornien, Lieber!"

Und dann erst hellte sie, immer in demselben gleichmütigen Tonfall, den Tatbestand auf: " Die Tränen bei der lecture – die Cocktailparty in New York – der armlose Kriegsinvalide – alles Schwindel. Auch der Name Joy und die Modezeichnerin und die Witwe. Ich bin keine Witwe, nur geschieden. Und ich heiße Jenny. Aber Sie können mir ebenso gut Joy sagen, wenn Ihnen das lieber ist... Alles, alles Schwindel... Nur eins ist wahr", und ihre Stimme nahm eine dunklere Färbung an im Dunkel:

"Dass Sie – dass ich – dass wir..." Den Rest des Satzes trank er von ihren Lippen.

Der Wagen hielt. Es war ihr Haus, aber merkwürdiger Weise auch das seine – eins jener fünfzigstöckigen New Yorker Apartmenthäuser, in denen die Bevölkerungszahl einer kleinen Stadt beieinander wohnt ohne einander zu kennen.

"Wie ist das?", rief er blinzelnd in die erleuchtete und auch ihn erleuchtende Halle der ungeheuren Wohnkathedrale tretend: "Wir wohnen im selben Hause?"

"Seit drei Jahren", erwiderte sie vergnügt, im Hineingehen seinen Arm nehmend:

"Und genau so lange wünsch ich mir mit meinem berühmten Hausgenossen bekannt zu werden. Zu welchem Zwecke ich freilich nach Kalifornien reisen musste. In New York hatten Sie für mich keinen Blick übrig. Wahrscheinlich weil Sie im neunundvierzigsten Stock wohnen und ich nur im zwanzigsten. Und weil", fügte sie mit reizender Bosheit hinzu, "Bestseller-Autoren sich den unteren Stockwerken der sozialen Pyramide leicht entfremden".

Eine Viertelstunde später stand sie lachend vor ihm, aber nicht mehr in ihrer stumpfblauen Armee-Schwester-Tracht sondern in dem Silber und Lapis Lazuli blauen Kimono, dessen Ankauf "fürs Geschäft" sich jetzt vollkommen rechtfertigte, und überreichte ihm sein eigenes Buch mit der Bitte, ihr "womöglich" etwas Freundliches hineinzuschreiben.

Und in diesem Augenblick wurde dem von seinem Spleen geheilten Fortunat klar, dass diese Frau von ihnen beiden der bessere bestseller wäre. "Und darum", pflegt er seine Geschichte zu schließen, "hab ich Joy geheiratet. Aber warum sie mich geheiratet hat, kann ich nicht sagen. Sicher nicht, weil ich der Verfasser eines Bestseller war, da sie mich schon vorher erwählt hat."

Das freilich dürfte schwer zu beweisen sein. Aber Mrs. Fortunat Monroe Smyth kann vielleicht auch das beweisen – ihrem Mann.

Der Pferdejunge

Der Marquis von Malcontreux lebte bis zu seinem zweiundvierzigsten Jahre in den allerglücklichsten Umständen. Er besaß ein Schloss in der Normandie, unweit von Rouen, im schönsten, frömmsten und französischsten Teile Frankreichs. Auf felsiger Höhe gelegen, aus Stein gebaut, schien es mit seinen klafterdicken Mauern der Ewigkeit trotzen zu wollen. Ein reiches Gut gehörte zu der Waldluft atmenden wohnlichen Feste; Waldungen, Felder, Meierhöfe und Dörfer bildeten seine Schleppe, die von der hohen Burg weit herniederhing und deren Saum die Meeresküste war. Der Marquis war verheiratet und hatte zwei kindlich aufblühende Töchter, Aurore und Hortense mit Namen. Seine Frau, Marie Genièvе, war wegen ihrer Schönheit berühmt und eine geborene Guise. Aber auch das Geschlecht der Malcontreux ging bis auf die Zeit der Kreuzzüge zurück, wenngleich es unter Kennern der Noblesse, die aus der Abstammung ein Studium machen, sich mit den Guise nicht messen konnte. Der verletzte Herzog von Guise hatte einmal gesagt: " Wir waren schon Ritter, als die Malcontreux noch Pferdejungen waren". Die Marquise kannte das hochmütige Wort, ebenso wie ihr Mann es kannte. Doch war es in einer dreizehnjährigen Ehe niemals zwischen ihnen erwähnt worden. Sie war eine Guise, er ein Malcontreux und beide dünkten sich einander wert.

Aber der Teufel schläft nicht, wie man sagt, und eines Tages geschah etwas, was das Glück des Marquis in seinen Grundfesten wanken machte. Ein berittener Bote vom Marschallamt in Rouen erschien auf der Burg, band sein Pferd beim Brunnen an und überreichte ein mehrfach gestempeltes, vielfach versiegeltes Schreiben: eine Klage. Aus der Klage ging hervor, dass der Marquis von Malcontreux kein Marquis von Malcontreux war.

Der Sachverhalt war verwickelt und in seiner Ausgefallenheit und pikanten Zubereitung ein wahres Festessen für naschhafte Juristen.

Der Marquis Philippe von Malcontreux, Vater des unsrigen, der Dieudonné hieß, hatte, um seine Verwandten zu ärgern, im Alter von achtundsechzig Jahren noch einmal geheiratet, ein zweiundzwanzigjähriges Fräulein Diane von Saint Simon, Großnichte des bekannten Memoirenschreibers, die ihn durch ihren Geist fesselte. Die erste Ehe des Marquis Philippe war kinderlos gewesen und die zweite war es gleichfalls. Aber neun Monate nach dem Ableben des Marquis, der es nur auf siebzig Jahre brachte, gebar ihm seine Witwe

Diane de Malcontreux, einen gesunden Knaben, der vom Burgpfarrer auf den Namen Dieudonné getauft wurde und dessen Schicksal wir zu betrachten haben.

Um ganz wahr zu sein, und der Marquis war ganz wahr: Das mit neun Monaten war eine etwas beiläufige Angabe. Denn in Wahrheit waren bereits neun Monate und zehn Tage vergangen, als das Kind der Witwe um elf Uhr nachts zur Welt kam. Der Burgpfarrer machte sich seine Gedanken über den immerhin merkwürdigen Fall einer so späten Geburt und fragte nach der Taufe beim Marschallamte an. Nach einigem Hin und Her und einem entsprechenden Austausch versiegelter Schriftstücke wurde ihm die Rechtsbelehrung zuteil, dass nach dem übereinstimmenden Urteil hervorragender Juristen, seit den Zeiten des Kaisers Justinian bis auf den heutigen Tag, das Kind eines Verstorbenen als ehelich anzusehen wäre, wenn es innerhalb einer Frist von neun Monaten und zehn Tagen das Licht der Welt erblickte. Und dies gelte sowohl nach Römischem Recht wie nach Landrecht, was auch der große französische Rechtslehrer Mornac ausdrücklich bezeuge.

Diesen Bescheid seiner für ihn maßgebenden Oberbehörde legte der brave Pfarrer gewissenhaft ins Kirchenarchiv, woselbst er liegen blieb, ohne dass der Burgherr von Malcontreux oder sonst jemand etwas davon erfahren hätte.

Aber zu gleicher Zeit gab es auch noch ein anderes verstecktes Schriftstück in dieser mehr als merkwürdigen Rechtssache, das nun überraschend ans Licht tauchte: Es war ein Dokument, das ein sicherer Monsieur Lafère, kürzlich verstorbener ehemaliger Stallmeister des Marquis Philippe von Malcontreux, bei einem Notar in Rouen hinterlegt hatte. Eine gewisse Madame Caverne, ihres Zeichens Wehmutter und Zeugin der Geburt des Marquis Dieudonné, bestätigte darin mit einer etwas zittrigen Unterschrift, dass sie die Uhr im Zimmer der Wöchnerin unmittelbar vor Eintreffen des Arztes um eine Stunde zurückgestellt hatte; es war nicht elf, sondern halb eins nachts gewesen, als das unpünktliche Knäblein schließlich zur Welt kam: Nicht am zehnten, sondern am elften Tage des zehnten Monats also war es geboren worden. Warum Madame Caverne, eine der frömmsten und gewissenhaftesten ihres Gewerbes, mit dieser schwerwiegenden Mitteilung so lange gezögert hatte, war unerfindlich. Doch ließ sich annehmen, dass auch sie in ihrer Herzenseinfalt schon etwas von Justinian und Mornac gehört hatte.

Auf diesen beiden unbestreitbaren Zeugnissen ruhte der Prozess, den die Seitenlinie der Malcontreux, vertreten durch einen gewissen Guy de

Malcentreux, gegen den Marquis als Beklagten anstrengte. Dieudonné war der letzte seines Stammes; wäre er nicht geboren worden oder war er nicht ehelich geboren, so wäre der gesamte Besitz des Marquisates, samt Kastell und aller Liegenschaften, einschließlich sieben Dörfern und neununddreissig Meierhöfen, an die Seitenlinie gefallen, obwohl diese nicht Marquis waren und sich auch bezeichnenderweise nicht Malcontreux, sondern Malcentreux - mit e - schrieben. Aber o oder e, der Vetter Guy verlangte, dass ihm der Vetter Dieudonné Platz mache, und zwar sofort. Er forderte vom "Sohn des Stallmeisters", wie er unverschämt genug war sich auszudrücken, dass dieser ihm nicht nur die Burg und die Meierhöfe abtrete, sondern überdies eine Geldentschädigung für zweiundzwanzig Jahre widerrechtlichen Besitzes leiste. Er war ein ziemlich zweideutiges Subjekt, dieser Guy, ein Schriftsteller und bei solchen Leuten muss man bekanntlich auf allerhand   gefasst   sein.

Dieudonné vertraute sich seiner Frau an. "Gar nicht antworten! Überhaupt nicht antworten", sagte die geborene Guise, nachdem sie den Zusammenhang erfasst hatte. Sie las die Klage, für deren Beantwortung eine vierwöchige Frist gesetzt war, durch die Lorgnette flüchtig durch, das Schriftstück weit von sich weghaltend, und sprach von unverschämter Verleumdung und der zunehmenden Frechheit des kleinen Adels, der ehrvergessen genug wäre, das Geschäft des dritten Standes zu besorgen, wie dies auch Herr von Voltaire, dieser Windbeutel, getan hätte. Übrigens wäre er nicht einmal von, nämlich Voltaire! Aber ein schlechter Katholik wäre er!

"Er war ein Freund und Gönner unseres Guy!", unterbrach sie der Marquis, mit einer gewissen, ihm eigenen sarkastischen Laune.

"Das auch noch!", sagte die geborene Guise und ließ die Klage aus der Hand und zu Boden fallen, weil sie nicht einmal der Mühe wert war, sie auch nur wegzulegen.

An den folgenden Tagen, auf ihren Spaziergängen mit Dieudonné, kam sie mit keinem Sterbenswörtchen auf den Fall zurück. Allein der Marquis sprach mehrmals davon und mit wachsender Besorgnis; man merkte wohl, wie nah ihm die Sache ging, nicht der Burg und des Marquisates, sondern seiner innigst geliebten Mutter wegen, vor deren Bild in der Ahnengalerie er jetzt des öfteren verweilte, als ob er sie fragen wollte. Und er redete auch gefasst, von der juristischen Seite des kuriosen Handels. Wenn die beiden eidesstattlichen Zeugnisse, auf die sich die Klage berief, zu Recht bestanden, und offenbar taten sie das, so war der Prozess gegen Guy nicht zu gewinnen. Das einzige, was dabei herauskommen könnte, war die Besudelung des Andenkens der hochseligen Marquise durch einen sozusagen gerichtsordnungsmäßig erbrachten Beweis ihres Fehltritts.

"Also zum Glück lebt ja der Pferdejunge nicht mehr!", sagte die Marquise, ihre schöne Nase noch etwas höher schraubend.

"Pferdejunge?", sagte der Marquis und blieb stehen. "Lafère war Stallmeister!"

"Nun das ist ja ungefähr dasselbe!", versetzte die Marquise rasch, zu rasch. Und mit einem unsicheren, halben Blick zum ihm hinüber nahm sie rasch den Arm ihres Gatten, um ihn den "Pferdejungen" vergessen zu machen. Aber Dieudonné, ob er es gleich nicht äußerte, hatte wohl gemerkt, dass sie dabei an den Ausspruch ihres Onkels, des Herzogs von Guise, gedacht hatte, und dass der angemaßte Standesunterschied in ihr zu arbeiten begann.

Er redete kein Wort, doch er handelte. Und was er in schlaflosen Nächten zu tun beschlossen hatte, kam in einem Brief zum Ausdruck, den er, ohne seine Frau zu fragen, an seinen Vetter Guy richtete. Er schrieb:

Lieber Vetter!

Es ist ganz ausgeschlossen, dass meine hochselige Mutter, die Frau Marquise Diane de Malcontreux, einen Fehltritt begangen haben könnte und auch nur einen Fingerbreit vom Pfade der strengsten Tugend, den ihr ihr Christentum zur Pflicht machte, abgewichen wäre. Jeden, der es wagen sollte, das Gegenteil zu behaupten, und wenn er selbst ein naher Verwandter von mir wäre, müsste ich vor die Spitze meines Degens fordern, der Zeit meines Lebens immer der Degen eines Ehrenmannes war.

Aber eine Stelle in Ihrem Schreiben – denn nur als einen Brief fasse ich Ihre Klage auf, die ich als Klage gar nicht zur Kenntnis nehme – eine Stelle, sage ich, hat mir Eindruck gemacht. Es ist der Absatz, wo Sie von Ihrer übergroßen Armut reden und dass diese Sie verhindert habe, als Schriftsteller die Meisterwerke zu schaffen, die hervorzubringen Sie sich berufen und befähigt fühlen. Säßen Sie auf einem Schloss wie ich, so sagen Sie, wären Sie wohl imstande, es dem Herrn von Voltaire, Ihrem verehrten, leider schon verstorbenen Freunde gleichzutun. So aber hätten Sie in einem fast fünfzigjährigen Leben Nahrungssorgen und die traurige Misere des Alltages daran gehindert, Ihr Talent voll zu entwickeln und der Mitwelt zu geben, was Sie dem Zeitalter schuldig sind. Nun wohl, ich halte Sie beim Wort, mein Lieber: An dem Schloss soll es nicht fehlen! Ich trete es   Ihnen ab, samt den sieben Dörfern und den neununddreißig Meierhöfen, die dazu gehören (auf die Rückerstattung des zweiundvierzigjährigen   Fruchtgenusses werden Sie wohl verzichten) und dies unter zwei Bedingungen:

1. dass mir innerhalb eines Zeitraumes von zehn Jahren das Rückkaufsrecht vor allen anderen Käufern zusteht und

2. dass Sie für die Marquise, mich und unsere zwei Töchter   Aurore und Hortense die Überfahrt nach Amerika bezahlen,   wo ein neues Leben zu beginnen ich mich entschieden   habe.

Im Falle Ihres Einverständnisses mit meinem Vorschlag um   zwei Zeilen Ihrer von zwei Zeugen mitzuunterfertigenden Zustimmung bittend – lange Briefe zwischen uns sind wohl überflüssig – bin ich, mein lieber Guy, und verbleibe, so mir Gott helfe!

Ihr treuer Vetter

Der Marquis Dieudonné von Malcontreux (mit o)

Erst nachdem er diesen Brief abgelassen hatte, zeigte er den zurückgehaltenen Entwurf des Schreibens seiner Frau, die ihn mit zunehmender Bestürzung und zuletzt fassungslos überlas. "Was ist dir eingefallen?", rief sie außer sich: "Dein schönes Schloss, unseren Besitz an einen Windbeutel zu verschwenden. Dich deines Namens, deine Kinder ihres Erbgutes zu berauben, von mir, deiner Frau gar nicht zu reden! Und das alles, um ein neues Leben anzufangen! Ein neues Leben in einer neuen Welt! Du hast wie ein Narr gehandelt!"

"Ich habe wie ein Pferdejunge gehandelt!", rief der Marquis und wurde rot vor Zorn.

Ihre Stirne senkte sich zusehends unter dem Flammenblick seiner Augen. Und mit einem stolzen Lächeln auf ihn zutretend schloss sie ihn stumm in die Arme.

Dass der Marquis verrückt geworden sei, war beiläufig auch die Meinung seiner Nachbarn, als das Gerücht umlief, dass er sein Schloss verschenkt habe und nach Amerika gehe. Schließlich aber einigte man sich dahin, dass er drüben reiche Verwandte habe, was auch zutraf, und dass es sich um die Laune eines großen Herrn handle, der, des müßigen Lebens satt, sich nach einer Abwechslung sehne und seine

Reiseneugier befriedigen wolle. Dieudonné ließ die Wohlwollenden wie die Übelwollenden bei ihrer Vermutung. Er vermied es, eine Erklärung abzugeben, und verschwand ohne Abschied spurlos, als es soweit war.

Aber vorher machte er noch einen Besuch in Rouen, wo der Adel der Provinz eben seine jährliche Zusammenkunft abhielt. Dieudonné trat mitten in die Versammlung und auf den Sitzungspräsidenten zu. Er war in großer Gala und hatte seinen langen Degen an der Seite. Aber bevor er zu reden anhub, löste er diesen aus dem Gehänge und indem er die ritterliche Waffe vor sich hin auf den Tisch des Vorsitzenden legte, eröffnete er sich dem Kapitel mit den folgenden Worten: Er sähe sich durch Familienverhältnisse genötigt, eine längere Auslandsreise anzutreten und wisse nicht, wann und ob er jemals wieder zurückkehren werde. Auch ginge er arm in die neue Welt hinüber; er werde von seiner Arbeit leben, ja vielleicht sogar Geschäfte machen müssen, der Degen werde ihm dabei nur im Wege sein. Also wünsche er von einer alten Verordnung Gebrauch zu machen und das Abzeichen seines Rittertums im Archiv des Marschallamtes für solang zu hinterlegen, bis es ihm, mit Gottes Hilfe, wieder möglich sein werde, es sich neuerlich umzugürten. Bis dahin aber begebe er sich in aller Form seines Marquisates und sei nur noch Monsieur und binnen kurzem wohl sogar Mister.

Nicht ohne sichtliche Bewegung betrachtete der Präsident, ein alter Mann unter wallender Perücke, das schöne, schlanke Schwert, dessen Gefäß mit kostbaren Edelsteinen besetzt war. "Franz der Erste", sagte Dieudonné, seinem fragenden Blick begegnend, "hat es meinem Urahn nach der Schlacht bei Pavia verehrt und seither trägt es der jeweilige Chef unseres Hauses, der zu sein ich vorläufig noch die Ehre habe."

Er machte den Herren eine leichte Verbeugung und schritt erhobenen Hauptes, wie er gekommen war, an den Reihen seiner Standesgenossen vorüber zur getäfelten Tür hinaus ins Freie.

*

Um ganz wahr zu sein, wie der Marquis es war, so muss man sagen, dass er nicht völlig mittellos die Fahrt über das große Wasser antrat. Der Vetter Guy, dem über Nacht eines der schönsten Schlösser und Fideikommissgüter in den Schoß gefallen war, ließ sich nicht spotten; er bezahlte die Reise auf der "Hermione", einem stattlichen Segelschiff, das einen Raumgehalt von gut dreihundert Tonnen und sogar Kajüten hatte. Es war, sagte der Eigentümer, der zugleich Kapitän war, eine Lust, auf einem solchen Schiff nach Amerika zu reisen. Außerdem befand sich unter den Besitztümern, die der Marquis verschenkt hatte, nicht der Schmuck der Marquise. Sie nahm ihn mit und stellte ihn Dieudonné zur Verfügung. Eine Perlenkette reichte gerade hin, um eine kleine Farm bei Albany zu kaufen und die Kosten der ersten Einrichtung zu bestreiten.

Es war richtig, dass Malcontreux entfernte Verwandte von einer leider hugenottischen Nebenlinie in Amerika besass. Sie hatten zwei ausgedehnte Pflanzungen am Potomac und, gemessen nach allem, was man hörte, ein ziemliches Ansehen unter den Standesgenossen und Nachbarn. Doch hütete sich der Marquis vorerst noch, ihnen nachzugehen, und hierin war er richtig beraten. Denn reiche Verwandte in einem fremden Land wissen an einem ärmeren Angehörigen ihrer Familie nichts höher zu schätzen, als dass er aus eigener Kraft seinen Weg macht.

Das wusste der Marquis und sogar Marie Geniève verstand es, obwohl sie eine geborene Guise war. Anstatt Briefe zu schreiben und Besuche zu machen, begann sie mit aller Entschlossenheit auf ihrer Farm zu arbeiten. Sie stand mit der Sonne auf und ging mit der Sonne zu Bett. Sie molk die Kühe; sie streute den Hühnern Futter; sie fuhr Heu ein und hielt einmal sogar den Hinterfuß eines Pferde, während es beschlagen wurde. Zuweilen schien es, als ob sie sich für ihren Stolz absichtlich demütigen wollte; aber dabei wurde sie nur immer stolzer.

Eine ihrer ersten und wie sich herausstellte erfolgreichsten Unternehmungen war, dass sie die arg vernachlässigte Obstkultur auf dem kleinen Gute rationeller ausgestaltete. Die Bäume waren da, aber sie trugen wenig. Marie Geniéve besah sich den Fall. Dann ließ sie um jeden Baum, nach französischem Muster, eine sogenannte "Fa#c#on" machen. Das Erdreich wurde aufgelockert und tellerförmig um den Stamm herumgehäuft, so dass es mehr vom Regen auffing und ihn auch länger behielt. Vom zweiten Jahre angefangen trugen die also behandelten Äpfel- und Birnbäume doppelt so viel und doppelt so schön. Im dritten Sommer kamen dann auch schon die neugepflanzten Pfirsich- und Kirschbäumchen dazu und der Obsthandel blühte.

Eines Tages erschien ein seltsamer Besucher auf der Farm. Ein alter Indianer kam würdig aus dem Wald herausgeschritten, drei Hühnereier auf der ausgestreckten flachen Hand vor sich hinhaltend und ihren Preis durch eine in der andern Hand emporgehaltene Kupfermünze andeutend. Die beiden halbwüchsigen Töchter des Marquis liefen bei dem Anblick mit einem unterdrückten Schrei davon, dass ihre Zöpfe flogen, und versteckten sich in der Scheuer hinter der Haferkiste. Die Marquise lachte bloß über die sonderbare Idee des alten Waldläufers, auf einer amerikanischen Farm Eier zum Verkauf anzubieten. Aber sie ließ den offenbar von der Not getriebenen seltsamen Handelsmann eintreten und schenkte ihm ein Glas Apfelwein ein, den sie selbst erzeugte. Für die Eier, sagte sie, hätte sie gar keine Verwendung, sie schicke selbst zweimal in der Woche ein halbes Hundert auf den Markt nach Albany; aber wenn er und die Seinen Körbchen flechten wollten, worin die Indianer doch so geschickt wären, so ließe sich etwas machen; sie benötigte fortlaufend eine größere Anzahl solcher Behälter für ihre Butterlaibe, die sie bereits regelmäßig an eine bevorzugte Kundschaft in die Stadt lieferte. Und da der Indianer stumm blieb, ließ sie von ihren Töchtern, die sich neugierig ängstlich näherten, ein französisch geformtes, bebändertes Körbchen herbeibringen, das recht wohl als Muster dienen konnte; die Bänder würde sie selbst beisteuern, erläuterte sie. Der alte Indianer ging bedächtig auf eine Probebestellung ein. Wenige Monate später waren die Butterkörbchen der Marquise von Malcontreux in Albany berühmt. Mit Vergnügen zahlte man ihr einen höheren Preis für die Butter, um sie in solcher Zierlichkeit auf den Tisch stellen zu können: Marie Geniéve rieb sich die Hände. Ein ganzer Wigwam arbeitete bereits für sie.

Der alte Indianer, der jetzt öfter kam, um seine Ware abzuliefern, verstand, wie jeder Indianer, auch etwas von Pferden. Dieudonné, mit den örtlichen Bedingungen der Pferdezucht nicht recht vertraut, machte sich seine Sachkenntnis zunutze und begann Pferde zu züchten, für die nach dem langen Krieg unter den Landwirten wieder lebhafte Nachfrage bestand. Dass der Marquis selbst ein guter Reiter und Pferdekenner war, kam ihm dabei zustatten. "Der Pferdejunge!", scherzte er jetzt manchmal mit seiner Frau, wenn er einen Zweijährigen für die Käufer abhalfterte.

Die Marquise brauchte ihre letzten Schmuckstücke nicht merh zu verkaufen, um das Schulgeld für die beiden Mädchen zu bezahlen. Die Hypothekarzinsen wurden pünktlich entrichtet, Abzahlungen geleistet; man konnte sich sogar etwas zurücklegen. Und dann, eines Tages, kam ein Brief von den reichen Verwandten aus Potomac, den Hugenotten. Sie begrüßten die Neuangekommenen stürmisch nach drei Jahren. Sie luden sie ein: Ein Verkehr entspann sich; man gefiel sich gegenseitig. Die Altansässigen schätzten an dem Marquis, dass er sich nur Mister nannte und nennen ließ, was sie als Zeichen christlicher Demut ansahen, die Kolonialgesellschaft an der Marquise, dass sie trotzdem eine Marquise war und blieb und die Marquise sogar betonte. Auch die beiden jetzt schon stattlich erblühten Demoisellen von Malcontreux machten Eroberungen an ihren puritanischen Vettern. Eine Heirat wurde in Erwägung gezogen, die dann schließlich, der

Religionsverschiedenheit wegen, doch nicht zustande kam. Inzwischen aber hatten die Hugenotten eine große Tabakspflanzung am St. James River einem zahlungsunfähig gewordenen Schuldner für billiges Geld abgekauft. Sie boten dem Marquis an, ihre Bewirtschaftung gegen entsprechende Beteiligung am Ertrag für die Familie zu übernehmen. Dieudonné ging auf den Handel ein, er verkaufte die Farm bei Albany mit Vorteil und machte ein Vermögen im Tabakhandel, der sich mit immer schnelleren Schritten nach dem amerikanischen auch schon das europäische Absatzgebiet eroberte.

*

So waren sechs oder sieben Jahre vergangen, während welcher Zeit Dieudonné nicht unterließ, sich in regelmäßigen Zwischenräumen bei seinem Vetter Guy zu erkundigen, wie weit er mit seinen versprochenen Meisterwerken hielte und ob er den "Candide" oder den "Tancred" des Herrn von Voltaire bereits übertroffen hätte; Guy möchte ihm ja doch gleich etwas herüberschicken, wenn es fertig wäre; er wolle sich an Sonntagnachmittagen gern daran erbauen und dabei, die Seiten wendend, des fernen Vetters bewundernd gedenken, den nur die Armut verhindert hätte, ein Genie zu werden... Aber der ferne Vetter antwortete, wenn überhaupt, nur ausweichend auf diese Anfragen und schließlich gar nicht mehr. Hingegen kamen bald andere Nachrichten herüber, deren Donnerhall diese boshaften Rococo - Scherze gänzlich verstummen machte: Der König war in Paris hingerichtet worden, bald wussten neue Flüchtlinge zu erzählen, auch die Königin Marie Antoinette hätte "in den Sack genießt" und eine fürchterliche Schreckensherrschaft wäre ausgebrochen. Dabei wütete der Krieg an allen Grenzen, ganz Frankreich stand in Flammen, der Erdteil glühte und kochte: Die adeligen Standesgenossen des Marquis waren teils geköpft, teils ausgetrieben worden, ihre Schlösser niedergebrannt oder vom Pöbel als "Nationaleigentum" beschlagnahmt und behaust. Aber auch das dauerte nicht ewig. Die Revolution verschlang ihre eigenen Kinder und neue Namen kamen über Nacht herauf. Ein gewisser Bonaparte wurde in neueren Briefen wiederholt erwähnt, der ein junges militärisches Talent sein sollte und das Vertrauen in die neue Regierung stärke. Einzelne Emigranten kehrten bereits zurück, andere sahen sich zur Rückkehr sogar aufgefordert. Unter ihnen befand sich auch unser Marquis. Er erhielt einen Brief vom Marschallamt in Rouen, worin ihm die Rückkehr nahegelegt und gleichzeitig mitgeteilt wurde, dass seine ganze verschuldete Burg herrenlos und der Vetter Guy seit zwei Jahren tot sei; seine eigenen ehemaligen Elendsgenossen hatten ihn als einen abtrünnig gewordenen "Aristokraten" im Schlosshof aufgehängt. Von seinen selbstverfassten Schriften, nach denen der Marquis wiederholt gefragt hatte, war in der amtlichen Mitteilung keine Rede, offenbar hatte er nichts derartiges hinterlassen. "Der Ärmste!", sagte der Marquis zu seiner Frau, die neben ihm stand, als er diese Zeilen las: "Zuerst hat ihn die Armut gehindert, Meisterwerke hervorzubringen und dann die Revolution. Talentlose Schriftsteller haben es zu allen Zeiten schwer".

Zwei Monate später kehrte Dieudonné nach Frankreich zurück, mit der sturmfesten "Comtesse de Noailles", die schon wieder, als ob nichts geschehen wäre, "Comtesse de Noailles" hieß.

Wo kein Kläger ist, da ist kein Richter. Guy war tot und da er scheinbar durchaus auf eigene Faust gehandelt hatte, blieb mit ihm auch der peinliche Prozess für ewige Zeiten eingesargt. Niemand kränkte hinfort das Andenken der seligen Frau Marquise. Ihr schönes Jugendbild hing in unberührter Reine an der Wand des halb ausgebrannten Schlosses. Nicht einmal der stürmende Mob hatte ihm auch nur das Geringste zuleide getan.

Nachdem er dies flüchtig festgestellt hatte, eröffnete Dieudonné ohne weiteren Verzug den Seinen, dass sie an einem bestimmten Tag der nächsten Woche sich nach Rouen verfügen müssten, um sich dort beim Marschallamt feierlich zurückzumelden. Das geschah. Festlich gekleidet trat der Marquis vor den Gerichtshof, seine Frau am Arme und gefolgt von seinen beiden jetzt schon völlig erwachsenen und wunderbar aufgeblühten Töchtern. Er verneigte sich mit Anstand vor den versammelten Perücken, die aus der Mottenkiste der Revolution noch einmal vorübergehend ans Licht tauchten und forderte seinen vor acht Jahren verpfändeten Degen zurück. Eine Bewegung ging durch die Sitzung, als er die ihm ausgehändigte Klinge gleich darauf langsam aus der Scheide zog und bei dieser Gelegenheit einen kleinen Rostfleck feststellte, über den er mehrmals mit der behandschuhten Fingerspitze träumerisch hinwegwischte. "Den wollen wir auch noch wegkriegen!", sagte er schließlich zu seiner Frau und schaute sie spitzbübisch lächelnd an. Marie Geniéve verstand und lächelte gleichfalls, da sie erraten hatte, woran er dachte. Ein Condé bewarb sich bereits um die Hand der älteren Tochter Aurore.

Um aber das Maß des Glückes des Marquis voll zu machen, gebar ihm seine Frau nach zweiundzwanzigjähriger Ehe noch einen Sohn und Erben auf Schloss Malcontreux. Die ganze Familie Guise, soweit sie den Sturm der Revolution überlebt hatte, kam aus diesem Anlass festlich zusammen, um der Taufe des Stammhalters beizuwohnen. Die Namensfrage wurde sachkundig erörtert und jeder der älteren Agnaten hätte sich in dem jüngsten Sprössling des Hauses Malcontreux gerne fortgesetzt gesehen. Man schwankte lange zwischen Roger und Godefroy. Aber schließlich blieb man auf Wunsch des Vaters, der das letzte Wort zu sprechen hatte, bei Dieudonné – "Der Gottgegebene"! - Es ist ein schöner Name" sagte der Marquis, "und er passt zu uns!"

Und er dachte dabei an seinen Vater, den Stallmeister.

Der Butler

Vor dem Kriege, als es noch kein Verbrechen war, einen Butler zu halten, wenn man die Mittel hatte, ihn zu bezahlen, hatte auch die alte Frau Graham, die mit ihrer Tochter Patrizia, der verwitweten Countess Dancourt, auf ihrem kalifornischen Landsitz lebte, einen solchen Hausvogt und Mundschenk, der mit einer schweren Kanzler-Kette um den Hals ihre Gäste bewillkommnete und bei Tafel die Aufsicht führte. Aber leider wurde er in einer Weise schwerhörig, dass man ihn notgedrungen abbauen musste. Gleichzeitig zog sich auch der französische Koch zurück, der sich genug erspart zu haben glaubte, und die "Maid" folgte seinem Beispiel.

Es blieb nichts anderes übrig als das ganze Personal zu erneuern, was keine leichte Sache war für die armen Reichen, die sich auf Bedienung im Hause angewiesen fühlten. Barbara Graham freilich war dies nicht oder gab zumindest nicht zu, es zu sein. Sie machte alles selbst, kochte, wusch das Geschirr ab und hätte sogar die Abfallkübel zweimal in der Woche durch den Garten getragen und vors Tor gestellt, hätte ihr's der Arzt mit Rücksicht auf ihre hohen Jahre nicht ausdrücklich verboten.

In dieser Lage, kurz vor dem alljährlich im Herbst fällig werdenden Besuch des älteren Bruders der Countess, der nie verabsäumte, ein paar Tage bei Mutter und Schwester zu verbringen, bevor er auf sein Jagdgut nach Montana hinauffuhr, kam das Ehepaar Kronberger ins Haus. Sie könnten Butler, Koch und Maid ersetzen, behauptete die Agentin, besonders Frau Kronberger könne dies, die eine im Wiener Sacré Coeur erzogene, feingebildete Dame wäre und im Kochen gleichermaßen bewandert. Sie war die Tochter eines österreichischen Hofrats alten Stils und hieß mit Vornamen Eveline, ein in Wien besonders distinguierter Name. Aber auch ihr Gatte, Franz Joseph, war nicht der Erste Beste. Ein vormals vermögender Mann, hatte er in einer Wiener Vorstadt ein Kleidergeschäft betrieben, ein Kaufhaus könnte man wohl sagen. Aber da ein Warenhausbesitzer zu sein in den Augen der Nazis bekanntlich ein Verbrechen gewesen wäre, das mit dem Tode oder zumindest mit einem ebenso unsicheren längeren Aufenthalt im Konzentrationslager bestraft wurde, hätte er es vorgezogen der Gewalt zu weichen und mit Frau und Tochter das Weite zu suchen. Die Tochter lebte, in glücklichster Ehe einem Mann verbunden, irgendwo in Südamerika, während ihre Eltern, zwischen fünfzig und sechzig beide, im Osten und zuletzt auch im Westen der Vereinigten Staaten, allerhand versucht hatten, leider ohne Glück. Aber jetzt wären sie reif für eine dienende Stellung, die sie bisher, klassenbewusst, immer noch verschmäht hatten; ja sie sehnten sich geradezu danach, in einem erstrangigen Haus unterzukommen. Zweihundertundfünfzig Dollar monatlich und freie Station wäre alles, was sie sich erwarteten.

"Wie sieht er aus?", fragte Patrizia, wie in solchen Fällen immer; es war ihr das Wichtigste. Ganz gut, erwiderte die Agentin, besonders, wenn er sitze. Im Gehen wäre er ja allerdings ein wenig behindert durch ein steifes Bein, was leider mit seiner überstürzten Flucht aus seinem Heimatland zusammenhinge; sie hätten nämlich auf ihn geschossen, als er ohne Pass durch einen Wald über die Grenze rutschte. Aber die Frau wäre ganz unverletzt geblieben und sähe noch immer überaus vornehm aus – wie auch Herr Kronberger übrigens. Das Bein, über das man lieber gar nicht sprechen solle, da die Leute sehr empfindlich wären, wie Refugees es leider zuweilen sind, behindere seine flinke Beweglichkeit nicht im Geringsten. Er wäre ein kerngesunder Mann, fünf Fuß elf Zoll hoch, rund sechs Fuß, und mit einem normalen Körpergewicht von 180 Pfund, wenn auch augenblicklich vielleicht etwas unterernährt.

Frau Barbara Graham, die mit teilnahmsvollem Gesichtsausdruck zugehört hatte, als die Agentin in einem beiläufigen Plauderton von dem Schuss oder den Schüssen an der Grenze erzählte, entschied, dass die Leute sich vorstellen mögen, und als sie sich vorgestellt hatten, besprach sie mit ihrer Tochter die sofortige Anstellung des Ehepaares Kronberger, zumindest probeweise, um den Leuten, wie sie sich ausdrückte, eine Chance zu geben. Die Countess zog einen Schnabel. "Refugees!" sagte sie mit hochgezogener Oberlippe und:"Warenhausbesitzer!" fügte sie naserümpfend hinzu: "Noch dazu vormalige!" Worauf ihre Mutter in dem ihr eigenen Tonfall liebreicher Bestimmtheit erwiderte: "Refugees, mein liebes Kind, sind wir alle, die Einen zweihundert Jahre früher, die Anderen zweihundert Jahre später.Und was den Warenhausbesitzer betrifft, das war Dein Großvater, mein Vater selig, auch, von dem Deine Kinder einmal, so Gott will, dieses hübsche kleine Haus an der kalifornischen Emerald Bay erben werden!"

Nach der ersten Probemahlzeit gab dann auch Patrizia ihren anfänglichen Widerstand auf, weniger aus Mitgefühl als weil sich herausstellte, dass Frau Kronberger im Sacré Coeur nicht nur beten sondern auch vorzüglich kochen gelernt hatte. Der Besuch des lordhaft aussehenden Bruders der Countess, der aus diesem Grunde und vielleicht auch noch aus anderen Gründen in Night-Club-Kreisen den heiteren Spitznamn "Gaylord, der Unverwüstliche" führte, stand eben bevor, und es ließ sich annehmen, dass Onkel Jim, wie man ihn etwas respektvoller in der Familie nannte, den Apfelstrudel und die Soufflés der Frau Kronberger zu schätzen wissen würde. Sie würden ihn an Paris und möglicher Weise sogar an Wien erinnern, wo er sich einmal flüchtig aufgehalten hatte, anlässlich einer Einladung zur Gemsjagd beim Fürsten Hohenlohe. Das hatte sich Patrizia von Wien gemerkt.

*

Das Ehepaar Kronberger hatte seine Schicksale gehabt, bevor es auf dem herrlichen Landsitz an der Emerald-Bay landete, und ihre einzige Tochter Alice, die sich in Südamerika rasch in eine Alizia verwandelt hatte, die ihren. Sie war, ganz jung verheiratet, ihrem Manne zuliebe, der ein aufblühendes Import- und Export-Geschäft in Wien betrieb, damals nach Bolivia ausgewandert, wo er mitten im Kriege mit einem Flugzeug verbrannte. Später stellte dieselbe Fluggesellschaft Alizia als "Hostess" (Empfangsdame im Passagier-Raum) an, teils um weitergehenden Entschädigungsansprüchen vorzubeugen, in der Hauptsache aber doch wohl, weil die junge Witwe, eine anziehende Brünette, ungewöhnliche Sprachkenntnisse mit den besten Manieren verband. Sie war der Schwarm ihrer Passagiere und es geschah mehr als einmal, dass sie nach einem bloß vierundzwanzigstündigen Flug über die Anden einen Heiratsantrag aus den Lüften davontrug. Doch zog sie vorderhand und bis auf Weiteres vor, über die Anden zu fliegen ohne zu heiraten.

Was Frau Eveline Kronberger bei dieser glücklichen Entwicklung bekümmerte, war nur dass sie sich in einer Entfernung von rund zehntausend Kilometern vollzog. Die von Alizia bedienten Flugzeuge flogen fahrplangemäß alle nur nach Osten und Süden, so dass ein Wiedersehen mit den in Kalifornien lebenden Eltern jahrelang nicht in Frage kam.

Dann aber, bald nach Kriegsende und einer siebenjährigen Trennung, kam ein Telegramm Alizias, in dem sie sich für den übernächsten Tag bei ihren Eltern zum Dinner ansagte. Ein Zusatzabkommen mit einer nördlichen Linie ermöglichte ihr einen ausnahmsweisen Flug nach Vancouver.

Frau Kronberger war eben damit beschäftigt, eine Ladung Sandwich für die ins Camp abgehenden Kinder zusammenzustellen, als diese Botschaft eintraf. Man sollte meinen, dass sie außer sich geriet vor Freude. Das Gegenteil geschah: sie ließ alles stehen und liegen in der Küche und zog sich unter hysterischen Schreien in ihre Mansarde zurück. Um den Grund ihrer Verstörtheit befragt, verweigerte sie hartnäckig jede Auskunft. Weder Franz Joseph noch Patrizia wurden vorgelassen.

Gegen Abend klopfte die alte Frau Graham schüchtern bei ihr an. Als kein "Herein!" erfolgte, trat sie nach einer Weile leise ein und blieb bescheiden an der Türe stehen. Frau Eveline, die im Bette lag, ampfing sie mit einem Basiliskenblick und drehte sich aufheulend gegen die Wand. Dann, nach einer mit heftigem Schluchzen ausgefüllten Pause, der Besucherin ihr zuckendes Gesicht unter dem zerrauften Haar zuwendend, bat sie die Fünfundsiebzigjährige mit gebrochener Höflichkeit wegen ihres unmöglichen Betragens um Entschuldigung. "Es ist zuviel!", sagte sie, und: "Ich überleb es nicht!" Frau Greaham kam, ohne zu antworten, ans Bett und legte der Tobenden begütigend die Hand auf die Stirne – begütigend, aber auch, um nach ihrer Körpertemperatur zu fühlen, die vollkommen normal war. Dann setzte sie sich und eröffnete das Gespräch mit den Worten:" Kein Wort, meine Liebe! Erzählen Sie mir nichts! Es regt Sie nur auf, davon zu reden!" Worauf die aus dem Häuschen geratene Hofratstochter, durch Widerspruch ermutigt, ihr sofort alles gestand, ja geradezu beichtete.

Die Sache war die, dass sie bei Antritt ihres Dienstes ihrer Tochter nur mitgeteilt hatte, sie und Papa hätten sich entschlossen, in eine Villa am Meer zu übersiedeln, ohne dass sie sich jedoch auf die Bedingungen dieses angenehmen Aufenthaltes näher eingelassen hätte. Bei gewissenhafter Angabe der Adresse und Telephonnummer hatte sie den Umstand unerwähnt gelassen, dass sie das neue Quartier als Dienstleute bezogen; zunächst weil es bloß probeweise geschah und später... Oh! Nicht aus Hochmut! unterbrach sie sich errötend, sondern – ja was war es, sie gestand es offen ein: um die Heiratsaussichten ihrer einzigen Tochter nicht zu gefährden! "Denn", rief sie plötzlich wieder in Tränen ausbrechend, "wer heiratet die Tochter einer Köchin?"

"Einer vorzüglichen Köchen!", warf Mrs. Graham bescheiden ein, ohne, augenscheinlich, die Stichhaltigkeit der von der eitlen Dame vorgebrachten Begründung zu überschätzen.

"So oder so", schnupfte Eveline, "wenn sie jetzt zum Dinner kommt, kann ich ihr entweder nichts zu essen geben, oder ich muss als Köchin am Herd stehen und mein Mann muss als Butler, stehend und mit der Kette um den Hals, sein eigenes Kind bedienen!" Und wieder schlug sie weinend die Hände vors Gesicht:"Wenn das mein Vater, der Hofrat, geahnt hätte!", rief sie, verzweifelt mit ihrem Stolze ringend.

Barbara Graham sagte milde, aber bestimmt, dass sie grundsätzlich gegen Lügen sei; es komme erfahrungsgemäß nichts anderes dabei heraus als die Wahrheit und in einem Augenblick, wo sie einem am unerwünschtesten sei. Aber nach dieser moralischen Richtigstellung, die sie sich nicht versagen konnte noch wollte, erhob sie sich mit der Begründung, dass Onkel Jim eine Woche früher als vorgesehen, nämlich heute Abend ankomme, und dass sie das Dinner für ihn kochen müsse. Frau Eveline machte eine bestürzte Bewegung unter der Decke und wollte beschämt aus dem Bett steigen, um ihren Dienst zu übernehmen. Aber die alte Dame zwang sie in ihre frühere Lage zurück. "Das heutige Dinner koche ich!", sagte sie mit sanfter Bestimmtheit, die keinen Widerspruch zuließ: "Morgen, wenn Sie wohler sind, kochen wieder Sie!" Und an der Türe stehenbleibend und mit ihren großen schwarzen Augen unter der bleichen Haarkrone noch einmal auf Frau Kronbergers zerwühltes Schmerzenslager zurückblickend, fügte sie noch hinzu:"Aber übermorgen koche wieder ich!"

Übermorgen, das war der Tag, an dem Alizia ankommen sollte.

*

Alizia kam pünktlich um fünf Uhr Nachmittag auf dem Flugplatz an. Sie telephonierte sofort, nachdem sie sich ihrer Pflichten als Hostess entledigt hatte, ihre Mutter auf dem vermuteten Landsitz an, ließ sich von ihr den Weg beschreiben, nahm ein Bad, schlüpfte in ihr mitgebrachtes Abendkleid und sprang in den von der Unternehmung zur Verfügung gestellten Wagen, den sie selber steuerte. Punkt sieben Uhr bog sie in die Emerald Bay ein, zirkelte, an Blumenbeeten vorbei, die noch im Dunkeln leuchteten, den weiträumigen Vorplatz des Schlosses, denn so musste man es wohl nennen, und sah sich, vor den fünf Säulen des Portikus Halt machend, von einem Butler im Frack mit schwerer Brustkette empfangen, der ihr beim Absteigen half. Es war Onkel Jim, der von Barbara und der abweisend zuhörenden Patrizia in ihren Plan eingeweiht, sich sofort die Rolle des Butlers gesichert hatte. Das wäre etwas für ihn, hatte er lachend behauptet und Herrn Kronbergers Frack von ihm geliehen.

Von dem aufmerksamen Butler in die mit Kunstschätzen verzierte Halle geleitet, hinter deren Bay-Fenster, einer Glaswand von der Größe eines Scheunentores, ein traumhafter Sonnenuntergang im Blau des Pazifik verglühte, sah die geblendete Alizia sich von ihren Eltern lieblich erwartet. Mutter hatte ihr schwarzes Staatskleid angelegt und Papa, der sich aus einem bequem am Kamin stehenden Feauteuil erhob, sein noch aus Wien stammendes Jakett, dessen Schöße das lahme Bein verschleiernd bis über seine Kniee herunterreichten.

Von den beiden "angenehmen Hausgenossinnen", die Mama Kronberger in Briefen an ihre Tochter hin und wieder erwähnt hatte, war zunächst nichts zu sehen noch zu merken. Hingegen kam der wohlaussehende Butler, kaum dass man nach wiederholten Umarmungen vor den lodernden Buchenscheiten des Kamins Platz genommen hatte, wieder und bot einen Cocktail an, von dem Alizia nicht ungern nippte. Er war ein sehr aufmerksamer Butler, und der Anstand, mit dem er, ein paar Minuten später, die Türen zum Nebenzimmer weit auseinanderschiebend, Frau Kronberger meldete: "Dinner is ready!" ohne Vergleich. Es klang so selbstverständlich aus dem Munde Gaylords, des Unverwüstlichen, als hätte er sein Lebtag nichts anderes gesagt und gedacht.

Man saß zu dritt an dem etwas zu langen Tische, Mutter rechts, Vater links, Alizia in der Mitte, von zwei Aufwärtern bedient. Der eine war der Butler, der, die Linke auf dem Rücken, über Alizias Schulter gebeugt, sehr aufmerksam den Wein eingoss und später den Champagner geräuschlos entkorkte; die andere eine bescheiden gekleidete Frauensperson in mittleren Jahren, die Frau Eveline ihrer Tochter unter ihrem wahren Namen vorstellte, wenn auch ohne "Countess".

Das Essen war vorzüglich, lauter Lieblingsspeisen Alizias, auf deren Zubereitung sich ihre Mutter so gut verstand. Aber der Apfelstrudel am Schluss setzte allem die Krone auf. Alizia, die wusste, was sich schickte, lobte die Köchin nicht nur über den Klee sondern bestand auch darauf, sie persönlich kennen zu lernen, worauf Frau Graham hereingebeten wurde und sich genötigt sah, mit umgebundener Küchenschürze am Tische der Frau Kronberger Platz zu nehmen.

Nach Tisch nahm man den Kaffee auf Wiener Art im Musikzimmer. Da gab es auch ein Klavier und Noten. Alizia, vom Wein leicht angeglüht, setzte sich an den Flügel und sang, sich selbst begleitend, aus dem Gedächtnis ein paar französische Chansons. Wenn ihr ein Wort fehlte, half der Butler aus. Er konnte nicht nur die französischen, auch die Wiener Lieder; seine Night-Club-Erziehung war eine umfassende. Als sich schließlich herausstellte, dass er auch Klavier spielte, stand Alizia auf, zwang ihn auf ihren Platz und sang nun, hinter seinem Sessel stehend, wie früher er hinter dem ihren, umso freier heraus. Sie hatte ein Fädchen Stimme und ein artiges Vortragstalent. Die Köchin, die, mit der typischen Zutraulichkeit amerikanischer Dienerschaft, gleichfalls ins Musikzimmer herübergekommen war, und kennerisch zuhörte, applaudierte nach jedem Liede und behauptete, Alizia müsse zum Theater gehen, was auch Alizias Meinung zu sein schien. Die Countess in ihrem abgetragenen Aschenbrödelkleid machte ein verdrießliches Gesicht. Nur bei den Pariser Liedchen schienen sich manchmal angenehme Erinnerungen an die Jahre, die sie in Paris verbracht hatte, in ihren heute entfärbten Zügen zu spiegeln.

Um zehn Uhr aufbrechend, denn von Mitternacht angefangen war sie wieder '"hostess" in ihrem Flugzeug, fragte Alizia erst beim Weggehen den schwanken Schrittes neben ihr herstapfenden Vater, wieviel ihn das schöne Haus gekostet habe. "I bought it for a song!" (Ich habe es für einen Pappenstiel gekauft!), war die vergnügte Antwort des ehemaligen Warenhausbesitzers, der gegen seine sonstige Gewohnheit ein paar Gläser Champagner getrunken hatte. Tänzerisch sein steifes Bein schwingend bemühte er sich vergeblich, der geliebten Tochter beim Einsteigen zu helfen. Zum Glück war der neue Butler zur Stelle, der, den Wagenschlag mit einer chevaleresken Verbeugung öffnend, Alizia zum Lenksitz mehr hob als stützte.

*

Fünf Minuten später dankte Frau Eveline, schon wieder in Tränen, der alten Dame für den menschenfreundlichen Liebesdienst, den sie und die Countess ihr erwiesen hatten. Aber Mrs. Graham sagte nur in ihrer einfachen Weise: "Nichts zu danken, meine Liebe! Drei Jahre lang haben Sie uns bedient, und drei Stunden lang wir Sie. Wir bleiben in Ihrer Schuld!" Patrizia, die daneben saß, frischte ihre Lippen auf und sagte gar nichts.

Sie sagte auch nichts, als am nächsten Morgen ein Zettel ihres Bruders auf dem Frühstückstische lag, in dem er seine bereits erfolgte Abreise bekanntgab. Sein Förster hätte ihn frühmorgens von der Jagdhütte angerufen, die Noose (1) röhre bereits in Montana...

Auch Mrs. Barbara sagte nichts, noch Frau Eveline etwas. Aber alle drei Frauen hatten offensichtlich den gleichen Gedanken.

Was sie vermutet hatte, erzählte der Countess drei Wochen später, schon wieder auf der Druchreise, der verjüngte Bruder, der, noch bevor er sich bei seiner Mutter melden ließ, der Schwester über die Ergebnisse der Jagd berichtete: dass der kapitale Damhirsch, den er umgelegt hatte, mindestens dreihundert Pfund wog, und dass er Alizia, die er in Vancouver flüchtig wiedergesehen, heiraten werde. "In dritter Ehe?", fragte die Schwester den zweimal Geschiedenen. "In letzter!", erwiderte Gaylord der Unverwüstliche unerschrocken. "Und der

132

Schwindel mit dem Haus?", gab die Countess, nicht eben wohlwollend, zu bedenken. Aber Bruder Jim lachte bloß:"Den hat Alizia in der ersten Viertelstunde durchschaut und nur dazu geschwiegen, um ihre Mutter nicht zu beschämen!" "Und das Geld?", mahnte Patrizia: "Du hast doch nichts mehr als Deine Jagdhütte – die Geld kostet!" Da wurde auch der gesellschaftsfrohe Onkel Jim einen Augenblick lang bitter ernst, bevor er, den Rauch seiner bedächtig angezündeten Zigarette genusssüchtig durch die Nase blasend, die entsprechend heitere Antwort fand: "Well – schlimmstenfalls werd ich ein Butler! Es lohnt sich!"

DER NOVELLIST ÜBER DIE NOVELLE

Wie entsteht eine Novelle?

Dass es ein beziehungsreiches Zusammentreffen gibt, glaubt jeder Novellist, denn ein solches ereignet sich in fast jeder Novelle. So mag es auch kein Zufall sein, dass dem Verfasser, als er eben die einem Vortragszwecke zugedachte Frage: Wie entsteht eine Novelle? zu überlegen begann, ein Aufsatz in die Quere kam, der unter dem Titel: "Veranlassung der Novelle" vor ein paar Monaten in der Nationalzeitung erschien. Der vermutlich aus entgegengesetzter Richtung, nämlich von der Wissenschaft, herkommende Autor dieser scharfsinnigen Untersuchung, R.J. Humm (1) mit Namen, hat sich eine eigene Theorie zurechtgelegt, die im gleichen Maße den Beifall der Kenner wie der Genießer finden wird. Nach ihm ist die Novelle eine literarische Mitteilungsform, die geradezu aus dem Unterhaltungsbedürfnis eines geselligen, meist von einer Frau beherrschten Kreises hervorbricht, eine Blüte der Geselligkeit also. Humm erinnert an die Erzählungen der Königin von Navarra, an den Dekamerone, an die Scheherazade – ein übellauniger König ist noch schwerer zu unterhalten als ein ganzer Kreis – und an die liebenswürdige, weltkluge Baronin in Goethes "Unterhaltungen deutscher Ausgewanderter". Keine Frage, dass er recht hat. Die Novelle ist eine von Haus aus mündliche Form, die erst später schriftlich entartet und durch den mündlichen Vortrag zu sich selbst zurückkehrt. Der Vortrag im eigentlichen Sinne, das auf einen Hörer berechnete, Vorstellungen erweckende, kunstvoll gesetzte Wort, spielt hier auch sonst eine Rolle, und nicht umsonst führt die älteste europäische Novellensammlung, der italienische "Novellino", im Untertitel die Bezeichnung "Ossia l'arte di ben parlare" - Oder die Kunst, gut zu sprechen. Hier ist die Form, wie beim Gedicht, ein Teil des Inhalts, und zwar ein wesentlicher. Wodurch die Novelle sich auf den ersten Blick von der sogenannten Geschichte unterscheidet, welche nur des Inhalts wegen erzählt wird. Kennt man diesen, so ist man mit ihr fertig; man kann sie kein zweites Mal lesen. Eine wirkliche Novelle aber, wie etwa Kellers "Drei Gerechte Kammacher" oder die "Venus d'Ille" von Mérimée oder die Geschichte vom jungen Prokurator und der schönen Venezianerin in Goethes "Unterhaltungen deutscher Ausgewanderter", kann man - bis auf den etwas matten Schluss allenfalls - nicht einmal, sondern zwanzigmal lesen. Und dasselbe gilt vom "Falken" des Boccaccio, der sicher aus dem Erlebnis eines allzu frauenholden Richters, und von Flauberts "La Legende de Saint Julien l'hospitalier", die aus einem frümittelalterlichen Kirchenfenster entsteht. Eine Novelle kann aus allem entstehen und aus gar nichts.

Also stünden wir, nach einem kleinen novellistischen Umweg, wieder am Ausgangspunkt unserer Betrachtung, denn nicht wie beschaffen eine Novelle sein muss, wollten wir erörtern, sondern wie sie <u>wird</u>. Doch eine Kunstform ist, bevor sie sich erfüllt, und ihre Erfüllung ist zugleich ihre Entstehung. Die Novelle ist eben eine in sich ruhende, in sich geschlossene und beschlossene Form, die sich aus sich selbst erneut. Man könnte sie, die bei vollkommenster Rundung doch für alles Platz haben muss und im denkbar kleinsten Raume, mit einer Kugel vergleichen oder mit einem Kreis, im Gegensatz zur Erzählung, die eher eine langhingestreckte, oft mäandrische Form annimmt. Sie fließt weiter, die Novelle aber kehrt gern in sich selbst zurück, wie die im Kreis gelagerte Schlange, und interessanter Weise hat diese Schlange, die Schlange als Symbol, die älteste uns bekannte Novelle aus dem alten Ägypten, wie Humm geistreich hervorhebt, mit der deutschen Urnovelle, der "Novelle" Goethes gemein. Auch hier eine goldschillernde Schlange grün und gold, wie die ägyptische. Einem "Geschmeide" vergleicht der dieser merkwürdigen Ähnlichkeit nachspürende Betrachter darum die Novelle. Eine Merkwürdigkeit schon ihrem Inhalt nach - eine "unerhörte Begebenheit", sagt Goethe - erhöht sie sich in der Hand der Meister auch gern zur Kostbarkeit.

Ist es ein Zufall, dass sie in Deutschland, mit Goethes "Unterhaltungen Deutscher Ausgewanderter" noch mehr als mit der eher märchenhaften "Novelle", so spät erst entstand? Um fünfhundert Jahre jünger als die italienische ist die deutsche Novelle, wie auch das gleichfalls unübersetzbare Feuilleton, das Feuilleton als Kunstform nämlich, eine nicht eigentlich deutsche Form, und wo sie es ist, eher eine süddeutsche als eine norddeutsche. Die großen deutschen Erzähler des neunzehnten und zwanzigsten Jahrhunderts waren alle, von Goethe angefangen, im Roman größer als in der Novelle. Nur Kleist ist eine Ausnahme, allerdings eine grandiose. Storm hingegen ist keine, denn seine meisterhaften Novellen sind eigentlich durchaus Erzählungen. Umgekehrt sind die großen süddeutschen Romandichter und Epiker, Keller voran, im Grunde und in erster Linie Novellisten. Auch der österreichische Stifter ist als Novellenkünstler mindestens ebenso groß wie als Romandichter, wenngleich seinen wunderbaren novellistischen Erzählungen bei all ihrer Tiefe und stillen Glut oft die romanisch leichte Hand mangelt und sie auch das dramatische Element, das der Novelle eigen ist, vermissen lassen. Dieses besitzen die Schweizer Novellen in hohem Maße und nicht umsonst hat Paul Heyse Gorttfried Keller den "Shakespeare der Novelle" genannt; ja, sie besitzen es, dieses dramatische Grundelement, oft in höherem Maße als das Schweizer Theater. Man kann sagen: Die Novelle ist das Drama der Schweiz. Und jedenfalls ist die Schweiz das klassische deutsche Novellenland. Auch Österreich ist reich an guten Novellen und an novellistischer Veranlagung. Von den allerliebenswürdigsten Novellen-Miniaturen, aber keineswegs nur Miniatur-Novellen, der Ebner-Eschenbach angefangen, über ihren herberen Zeitgenossen Ferdinand v. Saar - ein Meister auch er - bis zu Arthur Schnitzler, Thaddäus Rittner, Schönherr, Bartsch, Stefan Zweig und Max Mell zieht sich eine einzige ununterbrochene, vielfach verästelte Überlieferung novellistischer Kleinkunst, die unter Umständen eine große Kunst unter gleichzeitigem Verzicht auf große Form ist. Als die Ebner-Eschenbach achtzig Jahre alt geworden war, sagte sie: "In meiner Jugend hab ich mancherlei versucht. Heute bin ich zufrieden, wenn es mir gelingt, eine kleine Geschichte gut zu erzählen!" Eine kleine Geschichte gut erzählen! Man darf diese Äußerung nicht für bescheidener halten als sie gemeint ist.

Wieder haben wir uns von unserer Grundfrage: Wie entsteht eine Novelle? entfernt und wieder nur scheinbar. Denn sie entsteht nur aus einem gezügelten Temperament. Nicht das aufgeregte Meer, sondern der stille See ist die Novelle, dessen beruhigte Fläche alles spiegelt. Betrachtung, auch im philosophischen Sinne, ist ihre Sphäre, und wer sie etwa mit Schopenhauers "Welt als Wille und Vorstellung" in Einklang zu setzen wünscht, der wird sich dabei mehr an die Vorstellung halten müssen als an den Willen, auf die Gefahr hin, dass ihn Nietzsche und die von ihm nachdrücklich beeinflusste Gegenwart mehr zu den apollinischen Geistern rechnet als zu den dionysischen Naturen. Übrigens gibt es Novellen und Novellen. Wassermann, dessen Novellen wahrscheinlich seine Romane überleben werden, hat einen meisterhaften Dialog über die Kunst der Erzählung geschrieben. Aber eines Tages kam er lachend zur Schachpartie und berichtete von einem Ausspruch seines damals zwölfjährigen Sohnes, der sich zu diesem Gegenstand ebenso ahnungslos wie "peremptorisch" (2) mit den Worten geäußert hatte: "Ich mag die Geschichten nicht, die anfangen: An einem nebligen Novemberabend... Eine Geschichte soll anfangen: Halt! rief eine Stimme im Gebüsch!" Diese zweite Gattung von Geschichten, die so dramatisch anfangen, sind Novellen. Die besten unter ihnen sind oft nichts als ein verkürztes und erzähltes Drama; doch eben ein erzähltes, das heißt, ein verhältnismäßig flach, nur im Relief gesehenes. Die Konfiguration der Figuren ist oft ganz die gleiche; nur dass man im Drama um sie herum gehen kann, während man sie in der

Novelle nur von vorn sieht. Darum konnte Shakespeare aus italienischen Novellen Dramen machen. Aus Shakespearschen Dramen wieder Novellen zu machen, wird kaum einem Dichter jemals gelingen. Die Novelle kommt eben früher und sie entsteht dementsprechend auch viel unmittelbarer aus dem Leben. Sie liefert das Holz, das Drama zündet darüber Feuer an. So entsteht "Don Carlos", so "Macbeth", so auch der "Zerbrochene Krug", aus dem bekanntlich der Schweizer Zschokke gleichzeitig eine Novelle machte: Aber beide, die Novelle und das Lustspiel, entstanden aus dem Anschauen, dem Erlebnis eines Bildes, dessen Betrachtung den beiden Dichtern eben ein Erlebnis wurde. Man kann den Fall verallgemeinern und mit einer gewissen Berechtigung sagen, dass einer richtigen Novelle fast immer ein Erlebnis zu Grunde liegt, es muss aber durchaus kein eigenes Erlebnis sein, wenn nur der Erzähler die dem Schauspieler verwandte Gabe besitzt, sich ein fremdes anzueignen; der Schauspieler, den der Dramatiker braucht, ist in diesem Falle er selbst. Die Novelle ist daher nichts anderes als gedeutete Wirklichkeit. Aber freilich eben: gedeutete. Sie setzt einen Dichter und einen Gott voraus. Denn dichterisch deuten heißt immer: nach oben deuten.

Wandlungen der Novelle

Kleine Auseinandersetzung mit einem amerikanischen Buch

In den Zwanzigerjahren dieses Jahrhunderts, als das Drama zerflatterte, starb, angeblich, auch die Novelle. Man sargte sie ein und schrieb gescheite Bücher über sie, was bei Kunstformen immer einen gewissen Stillstand in der Produktion bescheinigt; sogar im alten Griechenland kommt ja Aristoteles erst nach Homer und Sophokles, wie denn allemal das Herbarium das Blumenbeet beerbt. Ein solches Herbarium der Novelle, ein solcher Blütensarg, ist auch ein vor ein paar Jahren erschienenes amerikanisches Buch, "The short story's mutations", das unter dem Gesichtswinkel ihres Verscheidens, den vorerst nur behaupteten und erst noch zu beweisenden "Gestaltwandel" der Novelle auf gelehrten Spuren, wenn auch zum Glück nicht in den Filzpantoffeln des weltfremden Gelehrten, nachgeht. Insofern ist noch immer lesenswert, was Frances Newman – so heißt der Herausgeber dieses geschickt, wenn auch etwas einseitig zusammengetragenen neuesten "Novellenschatzes" – zu diesem reizvollen Gegenstand in englischer Sprache vorzubringen weiß. Er gibt einen Querschnitt der Novelle von Petronius bis Paul Morand, also vom zweiten bis ins zwanzigste Jahrhundert, und wünscht dabei vor allem unter Beweis zu stellen, dass sie sich seither "entwickelt" , will sagen verändert hat. Das mag schon richtig sein, aber ebenso richtig ist, dass sie sich nicht verändert hat. Novelle ist Novelle, wie Drama Drama ist. Und war es eine Zeitlang ein weit verbreiteter Irrtum, zumal jüngerer Dramatiker, dass sie die dramatische Form in jedem Fall erst neu erfinden müssten, wo es doch nur darauf ankommen kann, die seit Jahrtausenden erfundene jeweils neu zu erfüllen, so gilt genau dasselbe auch von der Novelle, auf deren Verwandtheit mit dem Drama Newman mittelbar hinweist, wenn er zu ihren charakteristischen Merkmalen die "Peripeteia" und dasjenige zählt, was er "Reversal of the situation" nennt. Wie immer eine Novelle sonst beschaffen sei, daran erkenne man sie: am "Umschwung" und an der "Verkehrung" der Handlung. Das lässt sich hören und ergänzt die bekannte Goethe'sche Definition der Novelle als einer "unerhörten Begebenheit" nach der technischen Seite hin. Umso auffallender, dass Newman selbst sich an seine Definition nicht hält. Zumal in der zweiten Hälfte seiner Sammlung schaltet er ein paar längere Erzählungen ein, die Museumsstücke der Kunst-Erzählung sein mögen, aber keine Novellen in seinem und in unserem Sinne mehr sind. Weder Mussets "Mimi Pinson", eine zärtliche, wenn auch mit einem etwas zuckrig angerührten Socialismus versetzte Schilderung der Pariser Minetten von 1830, noch Henry James' "The private life", ein köstliches, nur mit etwas viel passivem Fett überladenes, in einer feinen Brühe subtil zubereiteter Psychologie schwimmendes Stück behaglich erzählender Vorkriegs-Prosa, können auf diese Bezeichnung Anspruch erheben. Auch der uferlose Joyce ist kein Novellist. Und dann, wo bleiben die Deutschen? Kleist, Gottfried Keller, auch die Österreicherin Ebner-Eschenbach hätte – etwa mit ihrer Meister-Geschichte "Krambambuli", einer wahren Novelle – einen Ehrenplatz in dieser Versammlung verdient. Warum wurde er ihnen nicht zugestanden? Sicher nicht, weil sie die "Peripetie" oder die "überraschende Wendung", wie man reversal of the situation vielleicht sinngemäß übersetzen könnte, vermissen lassen. Hier hätte eine deutsche Übersetzung des lesenswerten Buches Gelegenheit, aber auch die Pflicht, ein Unrecht gut zu machen.

Ganz besonders auf diese "überraschende Wendung" kommt Frances Newman immer wieder zurück, wenn er, die Theorie zur Praxis gesellend, zwischen den einzelnen vorgelegten Stücken seiner Sammlung oft sehr geistreiche Brücken schlägt. Diese Wendung sei der Novelle angeboren, so zwar, dass, als der erste aufrecht gehende Menschenaffe dem Mitbewohner seiner Höhle sein erstes selbsterlebtes Liebesabenteuer am Herdfeuer anvertraute – so primitiv stellt Newman sich den Ursprung der Novelle vor – er auf dieses Überraschungselement gewiss nicht verzichtete. Und warum nicht verzichtete? Weil der Erzähler hier Eindruck zu machen wünschte. Die Begründung ist für den Amerikaner bezeichnend, der die Kunst, eine Anekdote gut zu erzählen, den schönen Künsten beizählt, bleibt aber, innerhalb gewisser Grenzen, auch für andere Nationen gültig. Erzählen heißt ja, überall auf der Welt: so erzählen, dass man einem zuhört. Das ist eine Kunst, aber auch eine Gabe, die oft ganz einfache Menschen, Jäger, Hirten, alte Bäuerinnen in der Spinnstube, in höherem Maße besitzen als die sogenannten "beliebten Erzähler", deren erzählender Bericht – Bericht ist etwas ganz anderes als Erzählung – sich auf dem Wege zum Verleger oder in die Redaktion längst aller Anschauung begeben hat.

Ohne den Ursprung der Novelle so evolutionistisch wie ihr amerikanischer Erklärer bis in der Zeiten Urgrund zurückzuverfolgen, das Eine ist sicher: dass sie vorweg eine mündliche Form war, bevor sie schriftlich entartete, und etwas von dieser ihrer Herkunft haftet ihr noch heute an. Denn der Leser einer Novelle will nicht so sehr lesen als vielmehr hören, sehen und vor allem fühlen. Er will durch das Medium der Einbildungskraft erleben, was der Erzähler zu erleben vorgibt.

Zwischen demjenigen, der sich anmaßr, eine Geschichte zu erfinden, und demjenigen, der auf diesen Schwindel so weit eingeht, dass er die Anmaßung vergisst, muss eine Art Vertrauenverhältnis sich herstellen, das die Neugier kittet. Bezeichnenderweise heißt ja auch Novelle, wörtlich übertragen, "Neuigkeit", die sich als solche nicht früh genug ankündigen kann. Wer zum Beispiel, der den ersten Satz in Kleistens "Erdbeben von Chili" liest – wie schade, dass Newman ihn nicht kennt – wäre nicht begierig, den zweiten in Erfahrung zu bringen. Aus jenem erfährt er, dass ein vornehmer junger Spanier Jeronimo Rugera, just "in dem Augenblicke der großen Erderschütterung im Begriffe stand, sich an einem Pfeiler seines Gefängnisses zu erhenken" – als, in den nachfolgenden Sätzen, etwas eintritt, was ihn augenscheinlich davon abhielt. Denn andernfalls wäre die Geschichte ja aus, bevor sie anfing, und dem widerspricht offenkundig die Gebärde ihres Überbringers. Auf diese Gebärde also kommt es an und auf die Neugier, die sie entbindet. Mit ihr hält ja auch bekanntlich die zum Tode verurteilte Scheherazade ihren gelangweilten König durch tausend und eine Nacht erzählend hin, bis er sie schließlich, ein vorsichtiger Mann, der keine überstürzten Entschlüsse fasst, nach drei Jahren ihres Erzählertalentes willen begnadigt. Neugier also und ihre Entsprechung: die Kunst sie hinzuhalten, erzeugt die motorische Kraft der Novelle. Davon abgesehen aber auch die Geschicklichkeit, die Einbildungskraft in jedem Augenblick wach zu erhalten, den Leser, der bei der Novelle immer auch ein imaginärer Hörer ist, von Schritt zu Schritt zum Mitgehen zu verpflichten. Petronius zum Beispiel, in seiner scharfgewürzten Nachtisch-Anekdote "Die Witwe von Ephesus", die den durch 18 Jahrhunderte sich schlingenden Reigen in unserem Buche eröffnet, berichtet von einer untröstlichen jungen Witwe, die ihren Gatten so sehr betrauert, dass sie an seiner Leiche zu sterben gewillt ist, nichts mehr isst und, was noch mehr sagen will bei einer verwöhnten Dame der späten Römerzeit, sich auch nicht mehr kämmt. Da, durch das Totenlicht nächtlicherweile angelockt, steigt ein junger Soldat, der gegenüber einen Gehenkten zu bewachen hat, neugierig – neugierig wie der Leser – in ihre Gruft hinunter und tröstet die völlig Untröstliche so nachdrücklich, dass er, erst beim Morgengrauen an seinen Galgen zurückkehrend, dort den mittlerweile von seinen Verwandten entwendeten Leichnam des Gehenkten nicht mehr findet. Sein Leben wäre verwirkt, wüsste die von ihm Gerettete es nicht zu retten, indem sie ihm den Leichnam des eigenen, eben noch so heftig betrauerten Gatten leiht, ja sogar ihm handgreiflich hilft, seinen Vorgänger aufzuknüpfen. Worauf Petronius als ein vollendeter Weltmann seine weiberfeindliche Geschichte mit der klassischen Wendung schließt, dass die Epheser sich am nächsten Tage arg darob verwunderten, wie es habe geschehen können, dass ein toter Mann sich selbst erhängt habe.

Man mag über diese, in ihrem Zynismus nicht zu überbietende Novelle denken, wie man will, es ist eine Novelle, und auch der letzte Satz legitimiert sie als solche. Denn auf den letzten Satz kommt es bei dieser Form der Erzählung besonders an, wie auf den ersten. Newman beweist dies, indem er darauf hinweist, dass auch Maupassant, am anderen Ende der Kette, ganz ähnlich zu schließen versteht, nämlich indem er den Scheinwerfer des letzten Satzes so einstellt, dass plötzlich der ganze Vorgang in eine völlig neue Beleuchtung rückt. Er tut dies etwa in der in die Sammlung aufgenommenen kleinen Erzählung von dem braven kleinen Beamten, der nach dem Tode seiner Frau, von Not bedrängt, eines ihrer armseligen falschen Schmuckstücke verkauft. Dabei muss der Untröstliche, - untröstlich wie die Witwe von Ephesus – erfahren, dass der Schmuck der ihm allzu teuren Verblichenen echt, sie selbst also falsch war. Und was tut der also Belehrte? Er findet sich nach einiger Zeit mit seinem märchenhaften Reichtum ab, tritt in den Ruhestand und – heiratet ein armes Mädchen, von dem der Erzähler in den letzten anderthalb Zeilen zu berichten weiß: "Sie war brav, aber ohne Liebreiz. Er wurde recht unglücklich an ihrer Seite..." Die überraschende Wendung. Freilich überraschend nur auf Kosten eines gewissen moralischen Nihilismus.

Hält man diese beiden in ihrer Art klassischen Novellen, die des Petronius und Maupassants, neben die den ganzen Band am schönsten schmückende kleine Meistererzählung Tschechows "Darling" – die dabei ebenso herzlich ist, wie die Witwe von Ephesus herzlos – so erfährt man, ohne allzugroße Überraschung, dass von einer Wandlung der Novelle in zwei Jahrtausenden kaum gesprochen werden kann. Es ist derselbe Geist, der sie erfüllt, der Geist weltläufiger, weltkundiger Betrachtung, und dieselbe Form, in der er sich gestaltet. Äußerste Ökonomie, ja eine oft bloß andeutende Knappheit und Bündigkeit des Ausdruckes ist eins ihrer vorzüglichsten Merkmale. Weshalb auch ein neuerer Betrachter von der Novelle sagen durfte:

> Scheltet als Fehler mir nicht, was den Vorzug ausmacht der Novelle:

> Dass sie nicht alles erzählt, wenn sie von allem erzählt.

In diesem Punkte also hat sich nichts gewandelt. Wo sich aber etwas gewandelt hat, wie etwa bei Joyce und Lawrence, ja sogar in Voltaires frech überschäumender "Geschichte eines alten Weibes", sind diese Novellen keine Novellen mehr. Was folgt daraus? Nicht mehr und nicht weniger, als dass Kunstformen, im Absoluten wurzelnd, im Flugsand wechselnder Weltanschauungen schlecht gedeihen. Und vielleicht auch, dass es kein mühsam aufrecht gehender Menschenaffe war, der, von der Eitelkeit des siegreichen Männchens verführt, dem Mitbruder die erste Novelle ins haarige Ohr flüsterte; dies schon aus dem Grunde nicht, weil der Mensch kein Affe und die Novelle eine im schönsten Sinne menschliche Form ist. Die "Neuigkeit" , die sie überbringt, ist immer eine von Mensch zu Mensch und der Novellist nichts anderes als der Postbote einer stets gleichen, wenngleich dem äußeren Scheine nach tausendfach gewandelten und uns in ihrer Wandelbarkeit immer neu anziehenden und erfrischenden Wunderlichkeit: des menschlichen Herzens.

Die österreichische Novelle

Vorrede zu einer österreichischen Novellensammlung

Es mag kein bloßer Zufall sein, dass in den Jahren, die ich, durch das Weltmeer von meiner vormaligen Heimat getrennt, in Kalifornien verbringen durfte, mein langgehegter Plan, eine gültige Auswahl österreichischer Novellen zusammenzustellen, Gestalt annahm. Die Novelle ist, wie schon das Wort verrät, italienischen Ursprungs, und Kalifornien ist das Italien Amerikas. Es ist zugleich, wenn auch derzeit mehr im Rückblick auf seine kurze, aber bewegte Geschichte, ein romantisches Abenteurerland, und Novelle und Abenteuer sind Geschwisterkinder, wenn nicht Geschwister. Dazu kommt, für den ausgewanderten Österreicher, die Ähnlichkeit im Landschaftsbilde. Die weitausschwingende blaugoldene Küste Kaliforniens erinnert, mehr noch als an die französische und italienische Riviera, an das vormals österreichische "Litorale"; die Sierra mit ihren vereisten Berghäuptern gegen einen enzianblauen Himmel an den südlichen Saum der Alpen. Schnee über den restlichen Felsschroffen, Weingärten in der goldgrünen Ebene: Die Mischung von Schnee und Wein ist dort und hier die gleiche, wenn sie auch das einzigartige kalifornische Licht, dieses Ur-Licht des ersten Schöpfungstages, hier noch bezaubernder macht. Der "Gold-Staat", wie die Amerikaner diesen malerischesten Himmelsstrich ihres ungeheuren Länderverbandes nennen, ist ein weintrinkendes, weinfruchtendes Land, wie es auch Österreich und das südliche Deutschland bis zum Main hinauf sind, und das, was ich die "Mainlinie der deutschen Novelle" nennen möchte, ist es ja gerade, wovon ich in der hier angestrebten Sammlung ausgehe. Sie will Novellen zusammenstellen, nicht was man in der englisch sprechenden Welt short stories nennt, und im Reich vielfach mit der wenig einladenden Aufschrift "Kurzgeschichte" versieht. Von den Kurzgeschichten nicht zu reden, auch die hochgradige amerikanische "Story" ist etwas wesentlich anderes als die Novelle. Es ist ein Unterschied wie zwischen einem Highball und einem Glas, vielleicht sogar Becher, Wein. Was man Weintrinkern nicht erst zu erläutern braucht.

Die Mainlinie der deutschen Novelle: Ist es nicht merkwürdig und vielleicht sogar aufschlussreich, dass sie die deutsche Literaturgeschichte so wenig, die österreichische so gar nicht in Betracht zog? Paul Heyse (1) gab vor achtzig Jahren, zum Entzücken unserer Urgroßmütter, einen sogenannten "Novellenschatz" heraus, in den auch ein paar Österreicher Aufnahme fanden. Das Gleiche gilt von Somerset Maughams weltgültiger Sammlung "Tellers of Tales" (2). Der große englische Erzähler, der wahrscheinlich der größte lebende Novellist, aber sicher der größte Fachmann der Novelle ist, räumte unter den hundert Geschichten-Erzählern, die er um sich versammelte, auch einigen Österreichern ein Plätzchen ein. Aber Schnitzler, Hofmannsthal, Stefan Zweig und Marie Ebner-Eschenbach genießen diesen Vorzug als deutsche Erzähler, nicht als österreichische Novellisten. Wobei der britische Großmeister ebenso wie der für seine Zeit richtunggebende deutsche Professor den stilistischen Unterschied übersieht zwischen Erzählung und Novelle, die sich zueinander verhalten mögen wie – musikalisch ausgedrückt – Fuge und Sonate. Die größte deutsche Novelle, Kleists "Michael Kohlhaas" (3), ist eine Fuge; also eine Erzählung.

Die Novelle ist lateinischen Ursprungs, ein Kind Italiens. Ihre Wiege war der "Novellino" (4), die älteste europäische Novellen-Sammlung, das Grundbuch der Novelle, das, zweihundert Jahre vor Erfindung der Buchdruckerkunst entstanden, handschriftlich festgehalten, überall noch auf den ersten Eigentümer eines Motivs zurückweist. Dann kommt Boccaccio (5), der manches übernimmt, vieles erfindet und alles auf eine bei aller Leichtigkeit gebildete, bei aller Bildung gesellschaftliche Tonart bringt. Aber auch das "Landgut der Fiametta", auf dem er die der Pest in Florenz Entronnenen seine munteren Geschichtchen erzählen läßt, lag nicht in Deutschland. Mittelmeer-Luft, Mittelmeer-Glanz umspielt seine erzählerischen Gebilde, wie auch diejenigen der Königin von Navarra (6), die zweihundert Jahre später kommt. In der langfingrigen Hand dieser geistreichen Frau wird die italienische Novelle eine halbe Prinzessin und wird als das, was man im Französischen "conte" (7) nennt, ein gallischer Nationalbesitz. Von der gleichfalls zur Familie gehörigen spanischen Novelle soll hier weiter nicht die Rede sein. Auch sie deutet in ihrer piratenhaft bunten Verwegenheit auf die gleiche lateinisch dominierte Herkunft aus dem Mittelmeer-Becken zurück. Die Latinität sitzt der Novelle im Blute. Sogar bei Chaucer (8), dem in seiner Derbheit immer noch köstlichen ersten englischen Novellisten, bleibt sie, auf einem Umweg über die Römische Kirche, im innersten Herzen römisch.

Was Deutschland angeht, so reicht der lateinische Einfluss bis zum "Limes Romanus", der nicht nur die Weinkultur nach Norden begrenzt. Das alemannische Gebiet, Österreich und die Schweiz liegen südlich und grenzen südlich an Italien; so können sie sich, sozusagen im kleinen Grenzverkehr, wie auf dem Gebiet des Theaters, auch auf demjenigen der Novelle, den italienischen Einfluss zunutze machen.

Wozu noch kommt, dass das spanisch-habsburgische Österreich durch die Jahrhunderte auch ein Anrainer Frankreichs war, was sich bei dieser bodenständigen Gattung in der zweiten Hälfte des neunzehnten Jahrhunderts immer deutlicher bemerkbar macht. "Jung-Wien", um die Jahrhundertwende, ist Maupassants "conte" (9) noch tiefer verpflichtet als dem welschen Novellino.

Bei jedem Einfluss kommt es vor allem darauf an, womit er sich verbindet. Daher die Grundverschiedenheit der Österreichischen und der Schweizer Novelle trotz allem, was vom Süden und vom Westen in sie einströmte. In Wien, der alten Reichshauptstadt, wendet sich die zur mündlichen Mitteilung gesellschaftlich erzogene Novelle mehr ins Urbane, in Bern, wenn man so sagen darf, mehr ins Abgründig-Bergsteigerische. Der deutschen Sprache dort wie hier verhaftet, kann und will sie sich in der Zeit unmittelbar vor dem ersten Weltkrieg auch der zunehmenden Einwirkung der "deutschen Orientierung Österreichs" nicht immer ganz entziehen. Bei zwei Autoren unserer Auslese, Jakob Wassermann (10) und Oskar Jellinek (11), wird man mehr an Kleist denken als an Maupassant. Trotzdem sind beide österreichisch; Wassermann sogar gegen seinen Willen. Sein Fall liegt ähnlich wie derjenige von Johannes Brahms. In Hamburg geboren, wurde Brahms Brahms erst in Wien, genau wie Wassermann, so sehr er diese Entwicklung ablehnen möchte, die Musikalität seines Stils und Vortrags erst in Österreich zur künstlerischen Reife brachte. Hingegen blieben die großen Meister der reichsdeutschen Novelle, Storm (12) und Heyse, von denen Storm der bei weitem größere ist, ganz ohne Einfluss auf ihn, wie ja auch Heyse mit seinem epigonenhaft gelassenen Goethe-Deutsch der zeitgenössischen österreichischen Novelle nichts zu sagen hatte. Die wahre Natur der Gattung schützte sie gegen solche Gefährdung. Denn diese ihre Wesenheit schließt Gelassenheit aus, wenngleich sie Beherrschtheit voraussetzt.

Die Novelle überhaupt, besonders aber die österreichische, die sichtlich vom Theater herkommt und bei der Komödie in die Schule ging, ist eine halb dramatische Form. Was wir in Österreich, ohne viel nachzudenken, Novelle nennen, ist in den meisten Faellen ein erzählter Einakter; was uns Geschichte heißt, ist wenigstens das Szenarium eines solchen. Diese auch im Vortrag mimisch belebte Form dichterischer Mitteilung, wie sie sich in der Theaterstadt Wien zur Blüte entwickelte, hat mit dem Drama zumindest zwei Grundelemente gemein: die Wendung und die Überraschung. Diese freilich besitzt sie auch unter anderen Gesichtswinkeln als demjenigen des Wiener Kahlenbergs. Auch die Novelle Gottfried Kellers (13) hat einen dramatischen Kern und ist, wie alle große Epik, eine Vorform des Dramas, weshalb ihn Heyse in einer vergleichsfrohen Zeit als den "Shakespeare der Novelle" ansprechen konnte; Keller ersetzt der Schweiz das Drama, das sie nicht hat. Aber auch hier wieder ergibt sich eine augenfällige Abgrenzung des allemanisch deutschen Südens gegen das theaterlustige Österreich, wo es nicht so sehr das ernsthafte Drama ist, das seine Probleme in Novellenform verschleiert, als vielmehr das, wenn man so sagen darf, lustspielernste, das mit ein paar gedruckten Absätzen erzählerischer Prosa ein kleines Schaugerüst in die Luft zaubert. In Hermann Bahrs (14) hier eingeschlossener Geschichte "Die schöne Frau", beispielsweise steckt ein ganzes Lustspiel, und ein sehr entwicklungsfähiges.

Drama ist lebendige Vergegenwärtigung durch das gesprochene Wort, was auch darin zum Ausdruck kommt, dass die besten Novellen sich am besten zum Vorgelesenwerden eignen. Bezeichnerweise heißt ja schon jene älteste Novellensammlung, der Novellino, im Untertitel: Ossia l'arte di ben parlare – "Oder die Kunst gut zu sprechen". - Freilich heißt dies weder schönrednerisch noch redselig sein, eher das Gegenteil. Wohl aber besagt es, dass die klassische Novelle von Haus aus eine mündliche Form war, die erst später, nicht immer zu ihrem Vorteil, im Druck erstarrte und im Munde eines geschickten Vorlesers nur zu sich selbst zurückkehrt. Diese mündliche Lebhaftigkeit besitzt das donauländische Produkt in einem vergleichsweise hohen Grade; es versetzt den einsamen Leser in eine imaginäre Gesellschaft und leistet ihm Gesellschaft, indem es ihm die Gesellschaft entbehrlich macht. Das Zaubermittel, dessen der österreichische Novellist sich dabei bedient, ist ein gewöhnliches Hausmittel: Ökonomie. Mit einem Minimum an Mitteln ein Maximum an Wirkung zu erzielen, ist der Ehrgeiz jeder gut gebauten Novelle, und eine gute Novelle muss gebaut sein. Dann besteht ihr heimlicher Triumph darin, dass der Leser, die Geschichte beiseite legend, sagt: Eigentlich ist das ein Roman! Diesen Roman nicht geschrieben zu haben, ist ein Reiz mehr der Novelle.

Die Großmeisterin der österreichischen Novelle Marie Ebner-Eschenbach (15) sagte, als sie achtzig geworden war: In meiner Jugend hab ich mich an weitausgesponnenen Plänen versucht. Heute bin ich ganz zufrieden, wenn es mir gelingt, eine kleine Geschichte gut zu erzählen. Eine kleine Geschichte gut erzählen! Das ist lange nicht so wenig, wie uns die kluge alte Dame weismachen möchte.

*

In welchem geschichtlichen Augenblick beginnt die sich ihrer Eigenart bewusst gewordene österreichische Novelle? Der Fachgelehrte wird sie mit der "Wiener Meerfahrt" beginnen lassen, dem erbaulichen

Geschichtchen von den Wiener Pfahlbürgern, die einen Kreuzzug im Rausch antizipieren und dann – zuhause bleiben. An solchen Schwänklein, gelehrten und gepfefferten, ist in der bodenständigen Literatur kein Mangel, aber sie als Novellen anzusprechen hieße doch, die Kunstform außer Betracht lassen. Das Gleiche gilt von den mehr oder weniger mitttelalterlichen Wiener Legenden, etwa der entzückenden von der Himmelspförtnerin, von der die Himmelpfortgasse in Wien ihren Namen hat; sie lebt in Vollmoeller-Reinhardts "Mirakel" (16) weiter. All das mag dichterisches Ur-Gut sein, es ist noch nicht Kunst-und-Literatur-Gut.

Der Herausgeber dieser Sammlung lässt die österreichische Novelle nicht ohne Absicht auf ihrem höchsten Punkt beginnen, nämlich mit Grillparzers "Der arme Spielmann" (17), der, im Jahre 1847 verfasst, jetzt gerade hundert Jahre alt geworden ist. Von dieser Erzählung - es ist auch eine Erzählung, aber mehr noch eine Novelle - gilt, was, ich glaube Turgeniew, von Gogols "Mantel" (18) gesagt hat: "Wir kommen alle aus dem 'Mantel'." Die österreichischen Novellisten schreiben sich alle mehr oder weniger von dieser erzählerischen Kostbarkeit Grillparzers her, sogar Werfel tut es, dessen "Wunderkind" (19) in unserer Zusammenstellung den Kontrapunkt zum "Spielmann" bildet. Auch hier ist es eine Ich-Erzählung, in der ihr Dichter ein schmerzliches Stück eigenen Lebens in verschleierter Form zum besten gibt; auch hier fließt Musik wie ein Goldfaden durch das Gewebe der Erzählung, so grundverschieden auch ihr Stoff und dessen Bearbeitung sein mögen. Die anderen Stücke ordnen sich, ein Jahrhundert österreichischer Literatur überwölbend, zwischen diesen beiden Eckpfeilern ein, ungleichförmig in Haltung und Manier und doch in Eins gebunden durch zwei donauländische Grundeigenschaften: Volkstümlichkeit und Humor. Selbst dort, wo die Volkstümlichkeit zu fehlen scheint, wie etwa in Thaddaeus Rittners reizender Hofratsgeschichte "Die Bitte" (20), die in einem Wiener Ministerium spielt, ist sie innerlich vorhanden, denn der österreichische Beamtenstand, aus dem Volk hervorgegangen, blieb diesem immer in Atemnähe, sehr im Gegensatz beispielsweise zur preußischen oder auch zur französischen Bürokratie. Was aber den Humor anlangt, ist es auch wieder der österreichische, der weder Bildung noch Tragik ausschließt, vielmehr beide einschließt. Die österreichische Novelle, humoristisch angefeuchtet, heiter, wie sie sich gibt, wie sie zuweilen sein mag, sinkt doch nie zur "Humoreske" herab, einer im Grunde widerlichen Form. Der österreichische Erzähler scherzt mit dem Tod wie mit dem Leben und vergisst über dem einen nicht das andere. Grillparzers wunderlicher Hofratssohn, der als Bettelmusikant sein Dasein fristet und schließlich in den schmutzigen Fluten der aus den Ufern getretenen Donau sich den Tod holt, ist gewiss keine lachhafte Figur, und doch, wie herzhaft kann man mitunter im Verlaufe der Erzählung über ihn lachen. Zu arm, ein ganzes Zimmer für sich allein in Anspruch zu nehmen, wohnt er mit zwei wüsten Handwerksburschen zusammen, die ihn bei Tag und Nacht stören. Um sie sich vom Leib zu halten, hat er einen Kreidestrich quer durch den Raum gezogen, einen Äquator, oder, wie er sich ausdrückt, "Gleicher", der ihre Welt von der seinen scheidet. "Ja, respektieren sie denn diese Abgrenzung?", fragt ihn der vornehme Besucher, worauf der standesbewusste Bettgeher ebenso vornehm erwidert: "Sie nicht, aber ich!" Oder seine Liebesgeschichte mit der schönen Greißlerstochter. Ein einziges Mal, als junger Mann, hat er sie küssen wollen, aber sie ist ihm entsprungen und hat sich hinter der abgesperrten Glastür verschanzt. "Ich hab sie aber doch geküsst!", schmunzelt er: "Durch's Glas!"

Der Humor der österreichischen Novelle schlägt eine Brücke zur Philosophie, die ein anderes ihrer herzstärkenden Grundelemente ausmacht. Denn es ist eine lebensfreudige, versöhnliche, auch völkerversöhnende Philosophie, wie sie auch der verträglichen Form und Spielart des von einem milden benediktinischen Geist belebten donauländischen Katholizismus zugrunde liegt. In diesem Sinne kann man recht wohl von einem katholischen Klima der österreichischen Novelle reden. Was nicht ausschließt, dass man in diesem gesegneten Lande auch "zu fromm" sein kann, wie der liberale Bauerndichter Ludwig Anzengruber (21) in seiner noch heute gültigen gleichnamigen Dorf-Geschichte mit realistischer Deutlichkeit dartut. Eine konservative Form durchaus, hat die österreichische Novelle trotzdem niemals ihre weltbürgerliche Erziehung dem Dogma oder dem Vorurteil zum Opfer gebracht. Das Natürlich-Menschliche bleibt ihre Domäne.

Bezeichnend ist in diesem Zusammenhang, dass sogar der hochbürgerliche Adalbert Stifter, ein Zeitgenosse Grillparzers, in seinem klassischen Biedermeier-Idyll "Der Kondor" (22) das beseelte Liebespaar in einem Luftballon ins Unendliche auffliegen lässt, was, an den Errungenschaften der Gegenwart gemessen, ungefähr einem Stratosphären-Flug, wenn nicht einer Mondkanone gleichkäme. Die Form der "Novelle" erwies sich in diesem Falle stärker als der sonst mehr in den Anblick einer schöneren Vergangenheit versunkene Dichter, denn "Novelle" heißt, wörtlich übersetzt, Neuigkeit, und so muss sie es auch notgedrungen mit dem Neuen halten, um ihre "unerhörte Begebenheit" - die bekannte Definition der Novelle durch Goethe - zu erfinden oder zu berichten. Das war ihr Schicksal auch um die Jahrhundertwende, als in Wien, genau wie in München und Berlin, nur mit etwas mehr Geschmack, jener Aufstand der Geister erfolgte, den man herausfordernd die "Moderne" nannte. Die Wiener Novelle, dem Realismus von jeher zugewandt, aber einen kunstfremden Naturalismus verschmähend, behielt die überlieferte Form der Novelle bei, aber erfüllte sie mit einem um neue Erkenntnisse bemühten Inhalt; sie machte die Moderne mit, aber nicht den Schwindel der Moderne. So entstand etwa ein zeitloses Meisterwerk wie Schnitzlers "Der blinde Geronimo und sein Bruder" (23), das in klassischer Prosa, als Seelenstudie, sich Freuds zeitgemäße Psychoanalyse auf einem eigenen Wege erzählerisch zunutze macht. Auch im Sozialen kündigt sich in jenen Tagen, als die Wiener Arbeiter zum ersten Mal in geschlossener Form über den Ring marschierten, eine in die Zukunft deutende Wendung an, und zwar ist es hier die Abschied nehmende ältere Generation österreichischer Novellisten, die den Mut hat voranzugehen. Die in Seidenpapier gewickelte Schärfe, mit der die Ebner-Eschenbach, eine Jane Austen österreichischer Adelskreise, die Rückständigkeit des österreichischen Provinzadels hechelt, ist dessen ebenso ein Beispiel, wie der schwer-atmende Ernst, mit dem der Alt-Österreicher Saar in der "Trogloditin" (24) und in anderen seiner bitteren Erzählungen für die Enterbten Partei ergreift.

*

Einen Platz für sich in unserer Sammlung nimmt Charles Sealsfields "Prärie am Jacinto-Fluss" (25) in Anspruch. Charles Sealsfield, das klingt nicht eben österreichisch, aber es ist nur ein transatlantischer Deckname, unter dem sich ein gut österreichischer Carl Postl verbirgt. Ein katholischer Priester, wenn auch ein aus der Kutte gesprungener, flüchtete er, unter Metternich, nach Amerika, um ein paar Jahre später, unter seinem angenommenen Namen zurückkehrend, ein böses Buch über Österreich in englischer Sprache zu schreiben. Auch seine Novellen und Erzählungen, die ihm den Ehrentitel des größten deutsch-amerikanischen Romanschriftstellers des neunzehnten Jahrhunderts eingetragen haben, sind mehr englisch als deutsch, nicht nur geschrieben, sondern auch gedacht. Von klassischer Form kann hier ebensowenig die Rede sein wie sich behaupten ließe, dass auch er, wie alle anderen, aus dem Mantel, dem österreichischen Mantel käme, obwohl er ein Zeitgenosse Grillparzers war. Aber wenn auch nicht aus dem Mantel, kommt der schließlich in der Schweiz Begrabene doch unverkennbar aus Österreich, wie sein novellistischer Bericht trotz seinem etwas krausen Yankee-Deutsch deutlich genug merken lässt. Zumal die Andacht, mit der er zur amerikanischen Landschaft aufblickt, als ob es die österreichische wäre, verrät uns den Landsmann, der, kirchlich erzogen, die mächtige Krone eines alten Baums einen "Dom" und einen bestimmten Hügel "Gottes Thron" nennt. Diese Art leidenschaftlicher Betrachtung gipfelt in der Beschreibung des Riesenbaumes in der Prärie, genannt "Der Patriarch", die Hofmannsthal hauptsächlich veranlasst hat, das längst vergessene Stück österreichischer Novellistik in seine Sammlung Deutscher Erzähler einzufügen. Davon abgesehen ist diese sehr amerikanische, und ganz amerikanisch erzählte Geschichte auch literarhistorisch merkwürdig, als eine Art missing link zwischen short story und Novelle, an dem sich der Unterschied der beiden Gattungen am ungezwungensten erörtern lässt. Keine Frage, dass die amerikanische short story von Washington Irving bis O'Henry und von O'Henry bis Bemelmans (26) - der übrigens abstammungsmäßig ein Österreicher ist - Großes und Bleibendes hervorgebracht hat. Dennoch ist sie in ihrer letzten Steigerung, der hochentwickelten und hochbezahlten amerikanischen Magazine-Story, kein Glück für die Literatur. Das Magazine kann seine verführerischen Mammuthonorare nur bezahlen, weil es mit ein paar Millionen Lesern und Käufern rechnen kann, die aber als Entgelt nicht nur verlangen, sondern voraussetzen, dass die story nach ihrem Geschmack geschrieben oder, amerikanisch ausgedrückt, ein standardisierter Massenartikel sein muss. Die österreichische Novelle wandte sich an vielmehr eine erlesene Minderheit, was in ihrer viel geringeren Bezahlung zum Ausdruck kam. Grillparzer erhielt für seinen Armen Spielmann ein paar Dukaten und Stifter nicht einmal ein paar. Das blieb im Großen und Ganzen wie es war und wurde nicht viel anders, als schließlich das Gold gänzlich aus dem verarmten Lande entschwand. Andererseits blieb die österreichische Novelle ihrem aristokratischen Grundsatz, sich an den schöngeistig geschulten Leser zuerst zu wenden, unerschrocken treu. Sie wollte keine Ware werden, sondern eine Köstlichkeit bleiben; nicht die Hollywooder Bowl wahllos mit Lesern füllen, sondern in einem geschlossenen Raum ein Kammermusikstück, ein Quartett, ein Trio, eine Sonate künstlerisch erfüllen. Ein paar Figuren, kontrapunktisch gegeneinander abgehoben, genügen zu ihrer Ausführung, ein paar Instrumente, unter denen die Pauke und die Trommel fehlen. Das ist der Ruhm der österreichischen Novelle. Die Neider müssen ihn ihr und ihrem armen reichen Lande lassen.

Dieses Land war einst ein Bündel von Nationen. Das ist dahin, aber die europäische Idee, die in ihm geographisch zum Ausdruck kam, lebt weiter. Österreich war in seiner nationalen Gemischtheit immer ein Stück Europa und Wien noch in seiner schlimmsten Zeit eine europäische Hauptstadt. Das machte zumal in dem Jahrhundert, auf das wir uns beschränken wollen, einen bedeutenden Unterschied der österreichischen Literatur von dem immer bewusster - und immer gefährlicher - nationalistisch werdenden deutschen Schrifttum. Ist der

Dichter der Mund einer Nation, so war der österreichische Mund immer ein mehrsprachig übernational redender. Was sich ebensowohl aus der kosmopolitischen Atmosphäre Wiens erklärt, wo die urbane Mitteilungsform der Novelle schließlich ihren völkischen Grundlagen entwuchs, wie aus der Herkunft unserer Novellisten. Sehen wir sie daraufhin an, so lässt sich nicht leugnen, dass der Deutschböhme Stifter ein Sohn des Böhmerwaldes war, und ebendarum, von der Tschechoslowakei ihrem nationalen Besitzstand zugerechnet, durch eine besonders schöne Gesamtausgabe seiner Werke in halbvergangener Zeit geehrt wurde. Werfel ist in Prag geboren; Rittner ist Pole; Schnitzlers und Zweigs Abstammung leitet sich auch in ihrer Geistgläubigkeit vom Alten Testament her, dessen Juwelenschrein einige der ältesten Menschheitsnovellen umschließt: Das Buch Esther und die Geschichten von Ruth und Susanna; Wassermann und Jellinek, der eine aus Nürnberg, der andre aus Brünn gebürtig, haben ihre morgenländischen Ahnen nie verleugnet, und Hermann Bahr war am Ende seiner Tage stolz darauf, wenigstens väterlicherseits aus Schlesien zu stammen. Und die Ebner-Eschenbach, die allerösterreichischeste Erzählerin - wo stand ihr Schreibtisch? Er stand jahrzehntelang auf Schloss Zdislawitz, was nicht eben germanisch klingt, und in einer rein czechischen Umwelt, deren Personal sich deutlich in ihren Novellen spiegelt, wie auch in mancher aus der gleichen Landschaft herausgegriffenen Geschichte des nicht minder österreichischen Saar. Da ist kein Zweifel, dass das donauländische Literaturprodukt ein nationaler Mischling ist und dass diese Gemischtheit seiner Natur und Bestimmung entgegenkommt. Norddeutschland ist, von Goethe bis Thomas Mann, größer im Roman ; die größeren Novellisten weist der deutsche Süden, weist vor allem Österreich auf. Was sich nicht, wie der deutsche Schulmeister in seinem Ertüchtigungskurs uns lange genug weismachen wollte, auf ein nationales Manko zurückführen lässt, vielmehr auf ein europäisches Plus. Hat es denn nicht auch einmal - es ist freilich lange her - ein weltbürgerliches Deutschland gegeben, das die Nationen verband, nicht entzweite; und war es nicht das wahre Deutschland? So angesehen, kann der Deutschösterreicher sich den Vorwurf, undeutsch zu sein, nicht ohne Stolz gefallen lassen. Die Sprache des menschlichen Herzens ist keine Landessprache; es ist eine Sprache über allen Sprachen; es ist die seine.

Lassen wir die österreichische Novelle in dieser ihrer Muttersprache zu uns reden und hören wir, was die aus der Buntheit vielfarbiger Erlebnisse kommenden Dichter in einer immer wieder reizenden Form menschlichen Mitteilungsbedürfnisses nicht nur uns, sondern auch der Welt zu sagen, zu künden und zu deuten haben. Und vergessen wir über allen literaturgeschichtlichen Ableitungen und zeitgeschichtlichen Ausblicken die Weisheit des alten Ägypters nicht, der seine vor sechstausend Jahren geschriebene, aus einem lebendigen Gespräch entstehende Novelle – die älteste der Menschheit, soweit wir unterrichtet sind – mit den beziehungsreichen Worten schließt: "Es gibt doch nichts Schöneres als die Unterhaltung!"

FEUILLETONS

Das andere Amerika

Es ist ein weitverbreiteter Irrtum der meisten Reisenden, die nach New York gelangen, daß New York Amerika ist. In Wahrheit ist New York nur die größte europäische Stadt, wie kürzlich ein amerikanischer Wortführer mit festrednerischer Übertreibung launig sagte, und Amerika fängt erst hinter und jenseits von New York an. Aber wo fängt es an? Und wo hört es auf? Nirgends, lächeln die Eingeweihten. Und sie weisen darauf hin, daß, von Alaska gar nicht zu reden, Hollywood, beispielsweise, so weit von New York entfernt ist wie Berlin.

Wo immer das andere Amerika zu suchen und zu finden ist, das eine ist sicher, daß ein paar große Städte im Osten den Übergang bilden. Diese Städte sind vor allem B o s t o n auf der einen und W a s h i n g t o n auf der anderen Seite; P h i l a d e l p h i a und B a l t i m o r e liegen auf halbem Weg. So viele Namen, so viele Persönlichkeiten, die jedoch alle das Gemeinsame haben, daß sie mit ihren Erinnerungen weit in die kolonialen Zeiten zurückreichen. Das aber ist Amerika: Das Amerika der Landnahme, des Trappers, des Puritaners im Lederwams, des städtegründenden Yankee. Der Kolonist ist für Amerika, was der Ritter für Europa. Er steht breitbeinig und lendengewaltig an der Wiege des von ihm erzeugten Erdteils.

Boston und Washington sind so verschieden von New York, wie sie untereinander verschieden sind. Das sie Verbindende ist höchstens, daß sie beide keine Wolkenkratzer haben. Hier kann man sich von der gigantischen Geometrie einer Stadt erholen, die in den Himmel greift, weil dort die Grundpreise erschwinglicher sind. Übrigens mangelt es auch an der Bodenbeschaffenheit, die diese New Yorker Wohn- und Schautürme von hundert Stockwerken zur statischen Voraussetzung haben. Nur die Granitunterlage von Manhattan kann diese Lasten tragen. Der angeschwemmte Grund von Boston und Washington würde unter ihnen weichen.

Was einem nach New York in Boston zuerst auffällt, ist, daß hier wieder Kirchenglocken läuten: In New York war das einzige Glockengeläut dasjenige der Feuerwehrglocke, die das Rauschen eines Straßenstromes, dessen Wellen Autodächer sind, zeitweise überschrillt. Es geschieht regelmäßig, wenn einer dieser brandroten Rettungskarren, die sichtlich das Lieblingsspielzeug der kindlich gebliebenen Nation sind, von fröhlichen Männern bedient, die auf den nachschwankenden langen Leitern sitzen, alle Kreuzungen munter überfahrend, dem Nachbarn zu Hilfe eilt. All das mag nicht viel anders sein als es vor hundert Jahren war, nur daß der Nachbar damals näher wohnte und der rote Hahn nicht so hoch auf dem Dache saß. Es ist einer der vielen kleinbürgerlichen Züge, denen man hier zuweilen überraschend begegnet. In Boston hingegen ist das Geläut, das einen am Sonntagvormittag oder in der Abendstunde überschwebt, nicht so berserkermäßig nützlich und kindlich vergnügt, sondern ein melodischer Anruf von oben und drüben, fast wie in Europa. Überhaupt ist Boston, die Hauptstadt "Neu-Englands", eher eine englische Stadt als eine amerikanische, obwohl die Loslösung von England im achtzehnten Jahrhundert gerade hier ihren Anfang nahm. Die Einführung des Teezolls hat, wie man weiß, schließlich dem Faß den Boden eingeschlagen und aus den drei Cent für ein Pfund Tee, die die sparsamen Bostoner nicht zahlen wollten, ist am Ende die amerikanische Freiheit erwachsen – bezeichnend für ein Land, in dem sich alles und jedes in Zahlen ausdrückt. Sogar die Aussichten des Präsidenten, wiedergewählt zu werden, müssen hier von Monat zu Monat statistisch berechnet und öffentlich verlautbart werden. Sie sind nebenbei bemerkt trotz aller Anstrengungen der sogenannten Republikaner nach wie vor die allergünstigsten.

Boston ist eine Millionenstadt wie New York, aber man sieht es ihr weniger an. Es ist eine vergleichsweise beschauliche Stadt, die den in Europa Erfahrenen mehr an Wien als an Berlin erinnert. Weit hingebreitet an seinem schönen, stillen, ins Stadtbild überall einbezogenen Strom, macht es mehr den Eindruck, statisch in sich zu ruhen als dynamisch nach Geltung oder Weltherrschaft zu streben. Es ist eine naturverbundene und sozusagen natürliche Stadt, die auch in ihrem Herzen etwas für Natur übrig hat. Dieses Herz ist der Bostoner Stadtpark, kein asphaltierter Anachronismus, sondern ein richtiger, schöner, alter Garten, mit Kieswegen und uralten Bäumen, die meist noch im achtzehnten Jahrhundert wurzeln und sich dem Vorübergehenden nett, mit Hilfe eines umgehängten Täfelchens, als englische oder amerikanische Ulmen vorstellen, auf Englisch, aber auch noch auf Lateinisch. Boston ist eine gebildete Stadt und, wie alles Gebildete, lebt sie im Einklang mit der Vergangenheit. In New York ist alles von morgen, in Boston einiges sogar von vorgestern. Eine Ähnlichkeit mehr mit Wien, wo man einige Jahrhunderte lang die Gegenwart nur als eine unvermeidliche Vorstufe für künftige Vergangenheit gelten ließ. New York ist eher Berlin. Auch der französische Einfluß, der ja in Amerika allenthalben auf seither versiegte geschichtliche Quellen zurückdeutet, ist in Boston deutlicher spürbar und bildet einen Teil dessen, was man hier Tradition nennt und woran man mit angelsächsischer Zähigkeit festhält. Im Bostoner Museum, beim Hinaufsteigen zur Gemäldegalerie, dient ein französisches Bild – der "Ball von Bougival" von Renoir - als Blickfang. Daneben hängt auf der einen Seite ein Greco, auf der anderen ein Rembrandt, welcher Mischmasch von einst und jetzt und süß und sauer freilich wieder echt amerikanisch ist. Das nicht Zusammengehörige zu vereinen, scheint die sittliche Aufgabe der Vereinigten Staaten. Hier hat man alle Kategorien kategorisch abgeschafft, um eine unsystematische Welt systematisch aufzubauen. In Boston tut man es mit einer gelassenen Anmut, die noch hin und wieder ans achtzehnte Jahrhundert ermahnt, an eine Zeit, die Zeit hatte, was sie in New York so gar nicht hat. Sogar der Tanz ums goldene Kalb wird hier im Menuettschritt getanzt. Es gibt in Boston reiche Leute, die keinen höheren Ehrgeiz haben als gebildet zu sein. Märchenhaft aber wahr.

Auch Washington verleugnet seinen Ursprung im französischen achtzehnten Jahrhundert nicht. Aber es ist ein anderes Dixhuitième und ein anderes Frankreich als das uns geläufige. Hier kommt im Stadtplan des Architekten L'Enfant, des Erfinders Washingtons, wie man wohl sagen kann, eine Komponente des französischen Geistes zum Durchbruch, die sich im vorrevolutionären Paris nicht ausleben konnte, weshalb er übers Meer fuhr, um sie in der Neuen Welt zu verwirklichen. Washington ist, wie man hier alsbald belehrt wird, weil man es sonst am Ende selbst merken würde, die einzige geplante Stadt Amerikas und wahrscheinlich die einzige in der Welt, die mit Ausschaltung jeglichen irrationalen Elements aus nichts als aus klarer, weltsichtiger Vernunft entstanden ist. Was die Franzosen um das Jahr 1790 in Paris vorübergehend versuchten, das hat L'Enfant in dem folgenden Jahrzehnt in Amerika so gründlich getan, daß daraus eine der merkwürdigsten Städte der bewohnten Erde entstand: nämlich zur Göttin der Vernunft zu beten. Zwischen Zirkel und Winkelmaß von der Ratio geboren, ist diese Stadt zu einem einzigartigen Gebilde erblüht, das uns, wenn wir es nicht kennten, in unserer Sammlung von Weltstädten fehlen würde. Am ehesten erinnert sie noch an das Paris um den Triumphbogen herum, ist aber um ein Jahrhundert älter. Vom Mittelpunkt aus gesehen, besteht sie aus nichts als Avenuen, die, sternförmig ausstrahlend, das Weiße Haus fliehen, das sie aber eben doch, seinen Platz behauptend, gebieterisch auseinanderjagt. Man darf die amerikanische Demokratie nicht überschätzen, auch nicht in Washington. Der Präsident weiß, was er will, und die anderen wissen es auch. Übrigens war auch L'Enfant ein großer Autokrat, in seinem Kampf gegen das Privilegium. Als ein aristokratischer Grundherr in der Umgebung seinen Landbesitz mit einem schönen Schloß schmückte, befahl ihm L'Enfant, das angefangene Gebäude wieder abtragen zu lassen, weil es den weiteren Lauf einer seiner Avenuen störte, und als er damit nicht durchdrang, zog er sich, mitten im Werk, schmollend zurück. Er verschmähte die ihm von seinem Gönner, dem großen Washington, angebotene Geldentschädigung, und starb arm und verlassen und gänzlich in Vergessenheit geraten, irgendwo in einem Winkel der von ihm ins Leben gerufenen, hochaufblühenden Stadt.

Trotz aller Treibhauswärme der Idee, der es diente, dauerte es aber doch eine Weile, bis Washington sich so hoch entwickelte, wie es heute, mit seinem weltbeherrschenden Kapitol, dieser Peterskirche der Politik, mächtig dasteht.

Noch in der ersten Hälfte des vorigen Jahrhunderts nahmen witzige Reisende von drüben den Zackenstern seines Straßennetzes, diesen horizontalen Glorienschein des neuen Amerika, der Washington ist, nicht ganz ernst; er war ihnen zu schwach bevölkert. Einen General ohne Armee nennt ein englischer Offizier das Kapitol, und Dickens, der auf einer Vortragsreise herüberkam, spricht von einer "Stadt ohne Menschen, Straßen ohne Häuser und Durchfahrten, durch die nichts durchfährt". Erst nach dem Weltkrieg wurde Washington, was es heute ist. Aber die Vollendung der moralischen Idee Washingtons erlebte auch der siegreiche Wilson nicht mehr. Wie der Doktrinär L'Enfant wurde auch er, auf einer anderen Ebene, das erste Opfer der von ihm "geplanten Stadt".

Heute ist Washington die friedlichste Stadt der Welt, in der die meisten Kriegerdenkmäler stehen. Wenn ich von meinem an der Sechzehnten Straße gelegenen Hotel zum fast benachbarten Weißen Haus hinuntergehe und dabei den ihm vorgelagerten Stadtgarten durchschneide, bedrohen mich auf allen Seiten, von Denkmalsockeln herunter, martialische Gebärden, gezückte Säbel, Gewehre und Kanonen, und immner wieder, an allen Ecken und Enden, verbrüdern sich, zum Kampf entschlossen, amerikanische und ausländische Generäle, indem sie sich wechselseitig die bronzene Hand drücken. Noch beim Ausgang, zur Rechten, kommandiert ein erzener Befehlshaber in hohen Reiterstiefeln, mit ausgestrecktem Arm einen Sturmangriff, während zu seinen Füßen ein entflammtes Mädchen, gleichfalls aus Kanonenmetall, mit der Linken erbeutete Fahnen zusammenrafft und gleichzeitig mit der Rechten ein nacktes Schwert in lebensgefährlicher Weise nach unten kehrt. Ist dies vielleicht das andere Amerika? Zumindest macht es den Eindruck, daß das amerikanische Volk, das im allgemeinen vom Krieg nichts wissen will, hier in seinem Washingtoner Ehrengarten offenbar von nichts anderem wissen will: Was in einem Erdteil, in dem das Denken noch erlaubt ist, immerhin zu denken gibt.

Als der Peloponnesische Krieg kein Ende nahm

Jede Generation glaubt, dass, was ihr geschieht, zum ersten Mal geschieht, und besonders unsere Zeit, angesichts eines allerdings ungeheuren Weltgeschehens, nimmt nur allzu gerne an, dass sie einer Premiere beiwohnt, wo es sich doch um ein altes Stück handelt, das im Lauf der Geschichte unter verschiedenen Titeln schon etliche Male aufgeführt wurde. Man spricht vom Siebenjährigen Krieg und vom Dreißigjährigen, mit dem eine mörderische Ähnlichkeit schon aus dem Grunde vorliegt, weil wir ja eigentlich seit 1914 im Krieg leben, also auch der unsrige bereits siebenundzwanzig Jahre dauert und auf dem besten Wege scheint, in einen dreißigjährigen auszuarten. Noch ähnlicher aber dem unsrigen, ja überwältigend ähnlich, ist der Peloponnesische Krieg (1), obwohl er es alles in allem nur auf achtundzwanzig Jahre brachte. Auch dieser "Kampf um die Vorherrschaft", wie wir in der Schule lernten, war ein Weltkrieg insofern, als er die ganze antike Welt umfasste. Griechenland war damals Europa und die angrenzenden Mittelmeerländer standen in einer ähnlichen Beziehung zum Brennpunkt der Ereignisse wie die fünf Weltteile heute; schließlich wurden sie mehr oder weniger alle von der immer weiter um sich greifenden Conflagration ergriffen. Die allergrößte Ähnlichkeit aber mag darin gelegen sein, dass es ein Kampf zwischen Athen und Sparta war, zwischen einem nachglänzenden Perikleischen Zeitalter und jener aus dem historischen Kochbuch bekannten "Schwarzen Suppe", die, wenn wir der Geschichte glauben dürfen, ein Heldengeschlecht heransäugte. Nur in einem Punkte besteht neben so viel Ähnlichkeit auch eine grundlegende Verschiedenheit, dass nämlich damals bei Ausbruch des Krieges Athen die besseren Diplomaten besass. Aber zum Schluss hat den Athenern ihre ganze berühmte Diplomatie nicht viel geholfen. Auf sich allein angewiesen, ohne Verbündete, erlagen sie im achtundzwanzigsten Jahre des Krieges bei den Aigospotamoi (2), also in einer sehr zeitgemäß anmutenden griechischen Landschaft, dem militärischen Genie Spartas und mussten Frieden schließen. Die athenische Flotte wurde vernichtet, die athenische Stadtmauer "unter Flötenschall" von den Spartanern niedergelegt. Allein trotz Flötenschall vermochten sich auch diese von dem Ruhm, mit dem sie sich bedeckt hatten, nie wieder völlig zu erholen. Der Krieg hatte eben doch, trotz alledem, um einige Jahrzehnte zu lang gedauert.

Einem dauerte er jedenfalls zu lange, und dieser eine war der

158

atheniensische Spötter Aristophanes, der Bernard Shaw jener Weltwende. Er schrieb nicht weniger als drei Komödien gegen den nicht enden wollenden Kampf, zuerst die "Acharner" (4), die nach fünfjähriger Kriegsdauer zur Aufführung kamen, dann den "Frieden" (5), nach zehnjähriger und zuletzt "Lysistrata" (6) nach zwanzigjähriger Dauer. Worauf der bis zum Äußersten gereizte Lustspieldichter sich endgültig anderen Stoffen zuwandte, während das von ihm so gründlich behandelte Thema auf immer anderen Schauplätzen fröhlich weitertobte.

Liest man heute in diesen uralten, ewig jungen Komödien des Krieges, so staunt man über ihre unverwelkte Zeitbezüglichkeit. Es ist eigentlich müßig, den Krieg, den durchzustehen unser Schicksal ist, mit einer bestimmten kriegerischen Auseinandersetzung der Vergangenheit zu vergleichen; er hat mit jeder Ähnlichkeit, insofern als Krieg eben Krieg ist. Im "Frieden" des Aristophanes zum Beispiel entfernt sich der "Krieg", der als Person auftritt und der die gefangene Friedensgöttin wie ein Drache bewacht, für einige Augenblicke von seinem Standort, um einen neuen, besonders fürchterlichen "Hammer" herbeizuholen, mit dem er die feindlichen Städte in Grund und Boden stampfen will. Ist dieser Hammer unter anderem Namen nicht heute in seiner Wirkung noch immer ganz der gleiche? Und tritt der Krieg nicht immer noch, wie bei Aristophanes, mit seinem treuen Begleiter, dem "Lärm", auf? Bildet nicht noch immer, wie in der attischen Komödie, die Entbehrung in allen ihren Formen sein Gefolge? Im "Frieden" ist einmal vom "attischen Honig" die Rede, von dem der "Krieg" einige Tropfen in die zerstampfte Stadt träufeln will, aber der friedliebende Held des Lustspiels, der Weinbauer Trygäos, beschwört den Krieg, das "Kostgut", den Honig, zu schonen. Heute würde er sich weigern, die Blockade aufzuheben. Ein andermal handelt es sich darum, den aufgebrachten Hermes zu beschwichtigen. Hermes nämlich vertritt in ihrer Abwesenheit die Götter, die sich vor Ärger darüber, dass die Menschen neuestens nur noch den Krieg anbeten, schmollend in das Innere ihres Reiches zurückgezogen haben. Da nun Trygäos unangemeldet im Olymp erscheint, ist Hermes über die Störung zunächst sehr ungehalten. Aber der Weinbauer weiß den Zürnenden umzustimmen, indem er taktvoll an das ihm erst unlängst dargebrachte Ferkel erinnert. "Schätze dieses Opfer nicht gering", lässt sich der Chor bei diesem Anlass als antiker Lautsprecher vernehmen: "Halte es ja nicht für wertlos - in Anbetracht der Zeitumstände!" Die Lebensmittel spielen in den Kriegsstücken des Aristophanes überhaupt eine große Rolle, die größte. Fortwährend ist vom Geflügel aller Art die Rede, von Wachteln, Krammetsvögeln, Rebhühnern, aber auch von Wildbret und Aalen, besonders von Aalen, die der Frieden bringen, wiederbringen soll. Dem ausgehungerten athenischen Zuschauer rann wohl ununterbrochen das Wasser im Munde zusammen, was dazu beigetragen haben mag, den Erfolg der saftigen Komödie zu entscheiden. Übrigens hatte der leider ausgesprochen defätistische Aristophanes für ihre Abfassung einen verhältnismäßig glücklichen Zeitpunkt gewählt. Athen hatte eben eine große Schlacht (7) gegen den spartanischen Feldherrn Brasidas verloren und schien Friedenserwägungen augenblicklich etwas zugänglicher zu sein.

Diesen Vorstoß der konservativen Friedenspartei bringt der "Friede" des Aristophanes in eine reizend märchenhafte Form. Trygäos, dem der Peloponnesische Krieg viel zu lange dauert, beschließt, sich auf den Olymp zu begeben, um dort eine Mediation der Götter anzuregen. Lehnen sie die Vermittlung ab, so will er ihnen ins Gesicht sagen, dass sie das durch sich selbst zerfleischte Hellas den Barbaren ans Messer liefern. Aber die Götter sind, wie schon erwähnt, vor Ärger über die griechischen Zustände aus ihrer Wohnung ausgezogen, und Hermes macht an ihrer Stelle dem zugereisten Friedensapostel höchst ungehalten die Honneurs. Indessen der schlaue Trygäos weiß ihn zu begütigen, indem er darauf hinweist, dass die Götter mit dem aussterbenden Griechenvolk ihre beste Kundschaft verlieren würden. Das sieht der "geschickteste unter den Göttern" schließlich ein und, durch eine goldene Opferschale völlig für ihn eingenommen, weist er dem Besucher alsbald Mittel und Wege, wie er die gefangen gehaltene Friedensgöttin allenfalls befreien könnte. Der Augenblick ist insofern nicht ungeeignet, als der "Krieg" auf der Suche nach einer neuen fürchterlichen Waffe eben abwesend, der gefangene Friede somit unbewacht ist. Doch schmachtet er in einem tiefen Verließ und es sind so gewaltige Felsblöcke vor den Zugang gewälzt, dass es wahrhaftig kein kleines Stück Arbeit ist, die eingekerkerte Göttin (im Griechischen ist der Friede weiblich) zu befreien, den Frieden auszugraben. Trygäos ruft das ganze Volk zusammen und teilt ihm sein Vorhaben mit. Doch die Freude der von allen Seiten herbeieilenden Arbeiter ist so groß, dass sie die Ausführung der freundlichen Absicht verzögert. Denn anstatt Stricke um die Felsblöcke zu schlingen und einmütig daran zu ziehen, um die Hindernisse zu beseitigen, beginnen sie, als wäre dies schon geschehen, vor Vergnügen zu tanzen, während Trygäos, die Rückkehr des Kriegsgottes befürchtend, sie mit aufgehobenen Händen anfleht, sich an die Arbeit zu machen. - Das ist eine reizende Szene, die auf der Bühne zu neuem Leben zu erwecken der Mühe wert wäre. Trygäos mahnt, bettelt, fleht - und der Chor tanzt: Nur noch einen einzigen Schritt, und dann noch einen, einen letzten, einen allerletzten.

Schließlich hören sie dann wirklich zu tanzen auf, aber ihre Beine zucken bewusstlos weiter, vor lauter Glück darüber, dass der Friede kommen wird, und dabei ist er noch lang nicht da... Erst nach einer unendlich langen Anstrengung gelingt es dem Trygäos, die holde Friedensgöttin zu befreien, "die erhabenste und dem Weinbau freundlichste". Im Triumph führt er sie heim und macht mit ihr Hochzeit. Zuvor aber, während die Vorbereitungen zu dieser Feier mit aristophanischer Schlüpfrigkeit getroffen werden, fertigt er noch rasch die untröstliche Rüstungsindustrie auf die launigste Weise ab. Was sie mit ihren Erzeugnissen machen soll? Trygäos weiß für jeden Fall Rat: Aus den Speeren kann man Bratspieße machen, aus den Helmbüschen Fliegenwedel, aus den Lanzenschäften Pfähle für Weinstöcke, aus den Helmen Kochtöpfe, aus den Harnischen - es lässt sich gar nicht sagen, was.

In diesen urwüchsigen Komödien des Aristophanes ist ein ewiger Saft enthalten, den man den Humor des Krieges nennen könnte. Wir Heutigen freilich sind für diesen Humor weit weniger empfänglich, wir können uns nicht gut vorstellen, dass es erlaubt sein könnte, einer solchen Fülle von Menschheitsleid eine heitere Seite abzugewinnen. Dennoch ist sie vorhanden wie in jeder Tragödie. Der Schmerz, die Verzweiflung über eine bis zum Irrsinn verrannte Politik machen sich darin auf eine nur scheinbar ausgelassene Weise Luft - von den "Acharnern" bis zur "Lysistrata". Dreimal behandelte Aristophanes denselben Stoff, dann erst wandte er sich anderen Ausartungen und Verstiegenheiten zu. Er erzielte damit genau denselben Erfolg wie mit seinen Kriegsstücken: Die Zuschauer schüttelten sich vor Lachen und der Krieg ging weiter. Aristophanes aber war ein totalitärer Lacher, der als solcher wacker durchhielt bis ans Ende. Dann schließlich, nach achtundzwanzig Jahren und zur allgemeinen Überraschung, nahm ja sogar der Peloponnesische Krieg ein Ende.

Wir und Amerika

Amerika ist ein parthenogenetisches Land. Es entstand, wenn man den Amerikanern glauben darf, aus nichts als Amerika.

*

In Amerika ist alles rational, auch die Romantik. Die Romantik Amerikas ist die Psychoanalyse.

*

Der höfliche Deutsche - es gab ihn einmal - sagte: "Zu gütig!", der Amerikaner sagt: "Kind enough!" - "Gut genug!"

*

Wenn man mit Amerikanern über Politik spricht, lernt man immer etwas, nämlich Geographie.

*

Der Franzose geht wie ein Tanzmeister, der Deutsche wie ein Pflüger oder wie ein Soldat, der Amerikaner wie ein Dampfer. Er hat einen wogenden Gang. Sein Gang ist ein Seegang; und wenn er sich setzt, so ist es entweder eine Gründung oder ein Schiffbruch.

*

Amerika ist das Land der fröhlichen Toten. Kaum ist hier einer im Flugzeug-Absturz zu Kohle verbrannt, so sieht man ihn im Morgenblatt mit einem strahlenden Lächeln aus seiner Asche wieder auferstehen. Der Amerikaner ist ein geborener Vogel Phoenix. Auch die minder hübschen Witwen blicken dem Zeitungsleser am Tage des Ablebens ihres Gatten mit heiterster Entschlossenheit ins Gesicht. Dazu passt es, dass man in der bevölkerten amerikanischen Straße alles sieht, nur nicht einen Sarg oder Leichenwagen; dass man alles hört, nur keine Trauermusik. Die Schamlosigkeit des öffentlichen Leidtragens wird in Amerika, wahrscheinlich mit Recht, als eine unstatthafte Belästigung des Nebenmenschen empfunden. Der Tod ist hier Tabu; der Amerikaner nimmt ihn nur in Form des Überlebens zur Kenntnis.

*

Wo liegt Amerika? Es kommt darauf an, wem man die Frage stellt. Der Schuljunge wird antworten: zwischen dem so und so vielten Längen- und Breitengrad; der Philosoph: zwischen 'Make the best of it' und 'Take it easy!'; der Emigrant: zwischen Hoffnung und Verzicht. Er hat üble Erfahrungen gemacht und müsste ein Heiliger sein, um nicht manchmal bitter zu werden. Aber man darf nicht ungerecht sein. In Kriegszeiten zieht jedes Volk sich egoistisch in sich selbst zurück; der Artfremde wird seelisch ausgeschieden und bald genug den Feinden beigezählt. Aber es gibt kein anderes gegnerisches Land der Erde, wo man ihn die Feindschaft weniger fühlen ließ als in Amerika – und wo man während des Krieges die Wagneropern auf Deutsch sang.

*

In Europa sind die erwachsenen Leute Imperialisten. In Amerika sind es nur die Kinder. "I want it!", ist ihr letztes Argument, vor dem die Erwachsenen bedingungslos kapitulieren.

*

In Amerika hebt uns die Bedeutung, die jedem Individuum zugemessen wird, über die absolute Bedeutungslosigkeit des Individuums hinweg.

*

Was wir Aussichtsturm nennen, heißt in der amerikanischen Landschaft "fire tower". Hier muss alles einen praktischen Zweck haben und nur wenn es einen solchen hat, wird ein Turm daraus. In den öffentlichen Gärten gibt es hier alles, nur keine Bänke, und an den baumüberschatteten Straßen nur an den Haltestellen der Straßenbahn, wo der Verdacht, dass man aus purer Genussucht auf einer Bank Platz nimmt, so gut wie ausgeschlossen ist. (1)

*

Der eigentliche Gewinn eines längeren Aufenthaltes in Amerika mag darin bestehen, dass man in Amerika Europa besser kennen lernt, teils weil man den Unterschied merkt und teils - weil man den Unterschied merkt. Denn von hier aus gesehen tritt bei verschwimmenden Landesgrenzen die Einheit und Sonderheit Europas erst deutlich hervor. Nach Amerika reisen heißt nicht, nach einem andern Erdteil auswandern, es heißt, sich auf einen anderen Planeten begeben. Welch eine Aussicht im Rückblick! (2)

*

In Amerika ist der erste Stock eines Hauses der zweite, ein zweistöckiges Haus nennen sie ein dreistöckiges, und wenn einer beim Kegelspiel alle Neune schiebt, so stellt sich beim Wiederaufstellen der Kegel heraus, dass es zehn gewesen sind. Hier wird das Leben grundsätzlich nach oben abgerundet. Ich wohnte zuletzt in einer ganz kurzen Gasse. Und die Hausnummer war 15000.

*

Amerika ist das Land des "Elektrischen Handtuchs" und der bei der Annäherung von selbst sich öffnenden Türen. Alles wird einem hier bequem gemacht, was auch die Liebespaare bestätigen werden, die sich auf der Hoteltreppe küssen. Sie können es ungestraft tun, weil kein Amerikaner die Hoteltreppe jemals benutzt, es wäre denn, dass er verliebt wäre. So hat die weitgehende Mechanisierung dieses schönen Erdteils am Ende doch noch ihre nicht zu unterschätzenden Vorteile. Fragt die Liebenden!... (3)

*

Amerikanische Frauen tragen ihr Spielzeug auf dem Kopf und nennen es Hut. (4)

*

Das Wesen der englischen Sprache ist Zielstrebigkeit. Gleich hinter dem Zeitwort, dem Motor des Satzes, kommt das Objekt, auf das seine treibende Kraft gerichtet ist: luftdicht, nichts dazwischen. Im Deutschen verbirgt sich das Verbum im Gebüsch verschlungener Nebensätze, einer Partikel nachträumend, die es unterwegs verloren hat und die es erst ganz macht, das - ach! - immer nur halbe deutsche Zeitwort. Dem denkenden Deutschen genügt es, in Rede und Schreibe zu zielen. Der Engländer will auch treffen.

*

Nichts kann liebenswürdiger sein als der junge amerikanische Ehemann, der, den Säugling im Arm, hinter seinem Zigarette rauchenden geputzten Weibchen einher trottet. "Erst hat sie das Kind getragen, jetzt trag ich's", scheint seine galante Gebärde zu sagen. Übrigens ist es aufschlussreich, dass die Demokratie überall in der Welt der Stellung der Frau zugute kommt. Wo kein König herrscht, da herrscht sie. Und dabei sind es doch wahrscheinlich die Frauen, die die Monarchie erfunden haben und in den vormals monarchisch regierten Ländern noch lange nach ihrem Abscheiden an ihr festhalten.

*

Wenn die Amerikaner einen hohen Berg ehren wollen, nennen sie ihn Mount Washington. Aber auch ganz gewöhnliche Staatssekretäre, ja sogar Schriftsteller verdienen sich hier zuweilen einen, wenn auch kleineren Berg. Wozu für Monumente Geld ausgeben, scheint der große Sinn des praktischen Landes zu fragen, da doch die Natur die schönsten und dauerhaftesten unentgeltlich liefert? Wodurch sie zugleich auf die natürlichste Weise das Prinzip der Demokratie durchbricht, indem sie nämlich zu verstehen gibt, dass gemäß der Verfassung in Amerika zwar alle Menschen gleich sind, aber nicht - alle Berge.

*

Ist es altbewährte, wenngleich schlechte Art des Österreichers, auf die Vergangenheit zu hoffen und an der Zukunft zu verzweifeln, so hält es der Amerikaner gerade umgekehrt. Ihm ist das Heute nur eine schwer zu umgehende Notenzahlung auf das ungeschmälerte Glück von morgen. Er plagt sich in der Gegenwart, aber er lebt genussüchtig in der Zukunft. Was jedoch die Vergangenheit betrifft, so braucht er an ihr nicht erst zu verzweifeln, da er sie gar nicht zur Kenntnis nimmt. Der Amerikaner wird morgen geboren und stirbt gestern; und wenn er sich in der Zwischenzeit an etwas erinnert, so geschieht es nur, um es rascher zu vergessen.

*

Für Betrachtungen hat der Bürger der neuen Welt gar nichts übrig; nur Willensäußerungen gehen ihm nahe. Von der Schopenhauerschen "Welt als Wille und Vorstellung" streicht er die Vorstellung. Dass ihm dabei auch alle Philosophie, das Denken um des Denkens willen, abhanden kommt, ist seine geringste Sorge. Er kennt und anerkennt nur das Denken um des M e n s c h e n willen, für das im Rahmen seiner Religion gesorgt ist. Also nichts von überflüssigen philosophischen Reflexionen! Wer immer, auswandernd, sich in Europa mit der Absicht trägt, ein paar abgetragene Schiller-Zitate übers große Wasser mitzunehmen, mag zumindest das "Es gibt im Menschenleben Augenblicke..." des Wallenstein getrost zu Hause lassen. Dass es solche Augenblicke in Europa gibt, leugnet der Amerikaner nicht. Aber es gibt für sie in Amerika keinerlei Verwendungsmöglichkeit, weder auf dem Theater noch auf dem Felde der in Amerika noch dramatischeren Story. Der Amerikaner besinnt sich, bevor er handelt; aber er lehnt ein für allemal ab, besinnlich zu werden.

*

In Amerika übertrifft die Zivilisation die Natur. Auf falschen Zähnen, versichern die Zahnärzte, kaut man besser als auf echten. Einer der einleuchtendsten Vorzüge der amerikanischen Frau besteht denn auch darin, dass sie die schönsten Zähne hat. Entweder sie sind von Natur so schön oder noch schöner.

*

Für das "Geistreiche" hat man im Lande der Menschenrechte und der Grapefruit wenig Verwendung. Sogar das Wort dafür fehlt. Der gebildete Amerikaner behilft sich mit "thoughtful", ist gleich gedankenvoll. Aber gedankenvoll sein heißt doch nur, Gedanken haben; geistreich, auch mit dem Gehabten spielen könnnen.

*

In Amerika darf man in den öffentlichen Anlagen unbesorgt aufs Gras treten, weil überall, wo ein Amerikaner hintritt, Gras wächst. Das Wunderbarste an diesem wunderbaren Land ist seine fröhliche Fruchtbarkeit.

*

In Europa setzt man bei jedem unbekannten Hund voraus, dass er beißt, in Amerika, dass er nicht beißt. Darum sagt man im Vorbeigehen "How do you do?" zu ihm und vice versa. Wie anders war dies in Deutschland. Dort behandelte man die Menschen wie Hunde, hier behandelt man die Hunde wie Menschen, und sie benehmen sich danach. An ihren Hunden sollt Ihr sie erkennen!

*

In Europa waren die Zeitungen von den Regierungen der autoritär gelenkten Staaten abhängig, in Amerika sind sie noch abhängiger, wenn auch nur vom Volke. Es gibt auch eine Autokratie der Demokratie.

*

"Die Hunde bellen und die Ketten klirren!", singt der amerikanische Sänger in Schuberts "Winterreise". Wie reizend ist diese zutreffende Beschreibung einer durchschnittlichen deutschen Stadt. Aber man musste nach Amerika reisen, um ihre Anzüglichkeit zu bemerken.

*

Wenn in Deutschland jemand niest, so sagt sein Landsmann "Helf Gott!". Wenn das Gleiche sich in Amerika ereignet, so sagt der Niesende "Pardon!" und der andere sagt gar nichts. Warum? Weil er herzlos ist? Oder bloß weil es ihm unangebracht erscheint, bei einem so vorübergehenden Ereignis gleich einen Wechsel auf Gott zu ziehen!

*

Eins der unscheinbarsten und vielleicht darum dauernden Ergebnisse des Ersten Weltkrieges war der "Austausch-Professor". Man musste ihn nach diesem Krieg verallgemeinern, über das Professorale hinaus. Der "Austausch-Amerikaner" ist nur eine seiner möglichen Vervielfältigungsformen, der auf der anderen Seite der ebenso nützliche und verwendbare "Austausch-Europäer" entspräche. Und warum nicht auch Schriftsteller austauschen, warum nicht auch Geschäftsreisende? Es ist fast dasselbe; es ist , wenn man den alles und jedes überbrückenden Lecturer dazurechnet, ganz dasselbe. Wäre es nicht hoch an der Zeit, aus den nationalen Trennungsstrichen, die lange genug Wegsperren und zuletzt ein Postcordon waren, einen Bindestrich zu machen, an dessen beiden Endpunkten in Europa ein Amerikaner und in Amerika ein Europaeer stünde?

*

In Europa bricht man eine langjährige Beziehung nicht ab, wenn nicht ein Grund vorliegt, sie abzubrechen. In Amerika bricht man sie ab, wenn nicht ein Grund besteht, sie fortzusetzen.

*

Homo sum! sagte seit zweitausend Jahren der Europäer - Homo est! seit zweihundert Jahren der Amerikaner. Das ist's, was wir von der neuen Welt zu lernen haben: Individualismus oder Altruismus: Das ist die Frage, die Hamlet-Frage dieses unseres Zeitalters.

*

Amerika spricht - Europa ficht! Aber von Zeit zu Zeit müssen die beiden Erdteile die Rollen tauschen. Die Zeit zwischen den beiden Weltkriegen war ein Weekend der Weltgeschichte. Augenblicklich schreiben wir wieder Montag.

*

In Amerika gibt es weder Wanzen noch Nachtigallen, und der Mond ist, wie der "amerikamüde" Österreicher Kürnberger (5) ausdrücklich feststellt: "Der Mond ist ein geborener Deutscher !"... Worauf die

Amerikaner ungerührt erwidern werden, dass sie statt Wanzen Moskitos haben; statt Nachtigallen den mocking bird; und dass, mag der Mond auch ein geborener Deutscher sein, die Sonne bei ihnen täglich aufgeht.

*

Worauf sie am stolzesten sind:

Der Amerikaner: Auf die Ansprache Lincolns bei Gettysburg, die er hat.

Der Deutsche in Amerika: Auf die Nachtigallen, die Amerika nicht hat.

Das Schöngeistige außer Betracht gelassen, muss man jedoch zugeben, dass der lernbegierige Deutsche vom Amerikaner immerhin Einiges lernen kann, zum Beispiel, wie man sich bejahend zum Leben und zur Menschheit stellt. Wie umgekehrt der Bewohner des Landes der unbegrenzten Moeglichkeiten - und der nicht immer begrenzten Unmöglichkeiten - sich selbstbewusst darauf berufen mag, dass es zumindest drei Einrichtungen besitzt, die es groß machen vor allen Nationen der Welt: Es besitzt die besten Autostraßen, die schönsten Schulgebäude und - letzter Trost des wandernden Schriftstellers - die unter dem Namen "Public Library" begriffenen reichsten und zugänglichsten öffentlichen Büchereien.

PERSÖNLICHES

Autobiographische Notizen

Raoul Auernheimer, der, in Wien geboren, väterlicherseits aus Nürnberg stammt, hat sich als Bühnenschriftsteller zuerst durch das Lustspiel "Die große Leidenschaft" in Deutschland bekannt gemacht. Sein jüngstes Stück "Die Feuerglocke" und der besonders beifällig aufgenommene Lustspieleinakter "Das ältere Fach'" gelangten am Münchner Residenztheater zur Uraufführung.

Als Erzähler hat sich R. A. durch eine ganze Reihe vielgelesener Novellenbände, von "Rosen, die wir nicht erreichen" bis "Lustspielnovellen" bekannt gemacht. Seine größeren Erzählungen: "Laurenz Hallers Praterfahrt", "Der Geheimniskrämer" und der Roman "Die linke und die rechte Hand" bewähren A. als Schilderer wienerischer Sitten und Unsitten, aber auch als überzeugten Vertreter österreichischer Eigenart. In den letzten Jahren ist der satirisch gefärbte und psychologische Gesellschaftsroman - die demnächst erscheinende neue Erzählung "Evarist und Leander" (bei Staackmann) gehört in diese Kategorie - immer mehr sein Spezialgebiet geworden. Auch die kleine Novelle "Escamillo", die A. in Stuttgart zum Vortrag bringen wird, zeigt ihn uns als Meister dieser Gattung; auch sie ist ein kleines Lustspiel.

Als Essayist ist A. vorzugsweise in der Wiener Neuen Freien Presse tätig.

*

Für London:

R. A., geboren zu Wien, 15.4.1876, stammt väterlicherseits aus einer Nürnberger Handwerkerfamilie (der Urgroßvater Bäcker, der Großvater Müller in Hersbruck bei Nürnberg), doch auch einen Theaterdirektor Auernheimer gab es um die Wende des achtzehnten Jahrhunderts, der in "Nürnbergs Thalia", einem Taschenbuch aus dem Jahre 1798, ausdrücklich und nicht unrühmlich erwähnt wird.

Fürs Theater schrieb A. eine Anzahl Stücke, von denen ein halbes Dutzend am Wiener Burgtheater aufgeführt wurde, sämtlich Lustspiele. Es sind dies die Stücke "Die glücklichste Zeit" (1909), "Das Paar nach der Mode" (1913), "Der gute König" (1922), "Die Feuerglocke - Drei Damen im Kongress" (1930), "Die große Leidenschaft" (Wiederaufnahme, 1935).

Hierzu kommt noch die Vers-Übertragung von Molières "Misanthrop", die, 1934 im Burgtheater mit Aslan in der Titelrolle aufgeführt, diesem spröden Meisterwerk zum ersten Mal einen nachhaltigen Erfolg verschaffte. Auch die Nachdichtung von Heltais ungarischem "Stummen Ritter", die im November im Burgtheater zur deutschen Uraufführung gelangt, stammt aus der Feder Raoul Auernheimers.

Das Lustspiel "Casanova in Wien" wurde 1924, mit Moissi in der Titelrolle, am Deutschen Volkstheater in Wien uraufgeführt und verschaffte seinem Verfasser den Ehrenpreis des Deutschen Volkstheaters (siehe Notiz der Neuen Freien Presse vom 23. Oktober 1924), der R. A. an die Seite der hervorragendsten Wiener Theaterschriftsteller, wie Artur Schnitzler und Karl Schönherr, stellt.

Als R. A. im Frühling dieses Jahres Novello in "The happy Hippokrite" in His Majesty's Theatre sah, war er von dieser Leistung des großen Schauspielers derart entzückt, dass er beschloss, ihm, dem Darsteller des "Hell", die artverwandte Rolle des Casanova anzubieten.

Gedichte aus dem Nachlass

Mein Geburtstagswunsch (15.4.1946)

Wenn ich einst nimmer bin,
Der ich noch immer bin,
Vom "Seligen" sprich!
Ich hatte dies und das
Im Leben – und noch Was:
Ich hatte Dich!

Ein Freundespaar wie keins!
Ein Liebespaar wie eins,
Getrennt erst jetzt:
Wer nimmt mir das, wer hat's?
Wem ward noch solcher Schatz?
Bis ganz zuletzt?

Drum wenn Du mich begräbst,
Erinnernd weiter lebst,
Lieblich betagt:
Den Überzähligen
Stets nenn den "Seligen" -
Du hast's gesagt!

Gruß aus Kalifornien (1943)

In den schönsten aller Gärten,
Schöner als ein ganzes Land,
Such im Traum Dir den Gefährten
Der in Wirklichkeit dich fand.

Damals war es auch ein Garten,
Höchstens handgroß im Vergleich!
Doch im Lindenduft, dem zarten,
Ward er uns zum Königreich.

Wo wir uns gefunden hatten,
Gäb ich heute unbedacht
Hin für einer Linde Schatten
Kaliforniens Blumenpracht.

Rideamus!
Über einen Weltteil und ein halbes Jahrhundert dankbar grüßend
(1943)

Andere lesen den Terenz
Knaben - andere Greisen,
Wenn sich an den Lebens-Lenz
Schließt die "Winter-Reisen".

Rideamus! - Immerhin!
Lachen ist das Beste,
Leiht dem Leben einen Sinn
Bis zum letzten Feste.

Wen Humor gesegnet hat,
Mag sich lustig machen:
Wenn man nichts zu lachen hat -
H a t man erst zu lachen!

Das Grabmal des Anakreon (1945)

Was liegt daran, im Abendschein,
Ob meine Verse leben!
Wenn um mein Abgeschiedensein
Die Liebespärchen schweben?

Was liegt daran, ob ich ob Ihr?
Genossen ist genossen!
Kommt nur zu mir und küsst Euch hier!
Der Rest sind Narrenpossen!

Vergesst die Zeit, vergesst den Ort,
Als wohlbeschaffne Erben!
Mein Grabmal? I h r ! Ihr setzt mich fort
Im Küssen und im Sterben!

Briefwechsel Auernheimer – John M. Ellis

John M. Ellis
4509 Hazelstreet
Chicago, Illinois
22.Okt.1940

Verehrter Herr Auernheimer!

Nach langen Bemühungen ist es mir nun endlich gelungen Ihre Adresse zu erfahren.

Aber ich muss mich erst vorstellen und auch dann weiß ich nicht, ob Sie sich meiner erinnern werden. Ich hieß drüben Hans Eisenstädter und habe mit Ihnen und vielen anderen die schöne Reise am 1. April 1938 angetreten.

Ich selbst war Hitlers Gast bis Mai 1939 und war dann in England und bin nun halbwegs gesettelt. Fritz Grünbaum und Beda Leben sind aber noch in Buchenwald, Gerö ist in Jugoslavien bei seinem Bruder, Osio und Dr. Richter tot, ebenso wie Kende. Die drei starben in Buchenwald. Der liebe alte Lenk ist vierzehn Tage nach seiner Entlassung in Wien den Anstrengungen erlegen, Dr. Friedemann und Stricker sind in Wien, Willy Kurz im Lager. Kleinwächter blieb in Wien, da er ja Halbjude ist und dort wenigstens seine sichere Pension hat. Dies wäre alles was ich von unserem Honoratiorentransport weiß, von Max Reich haben Sie gehört und der Delka-Klauber hat mit seinem Sohn zusammen im Westen Englands eine Schuhfabrik.

Es ist nicht Stolz der mich veranlasst, Ihnen nicht mehr DU zu sagen. Im Gegenteil. Aber das DU war ja nicht freiwillig, es war ein Teil unserer schönen Haft und deshalb die Anrede. Ich habe immer mit so viel Freude Ihre Bücher gelesen und bei der Ausdeutung der Lagerbriefe durch Sie immer neue Hoffnung geschöpft. Für beides zu danken ist der eigentliche Zweck dieses Briefes.

Wenn es Ihnen Ihre Zeit erlaubt, mir über Sie zu berichten, wäre ich Ihnen zu weiterem Dank verpflichtet.

Empfehlen Sie mich bitte Ihrer Frau Gemahlin.

Mit den herzlichsten Grüßen

zeichne ich Ihr ergebenster

John M. Ellis

Raoul Auernheimer
15, Ease 86th Street
New York City

25.10.40

Lieber Eisenstädter,

verzeih, dass ich dich noch immer so nenne und trotz gesonderter Lebensumstände beim Du bleibe. Ich glaube, es wird schon dabei bleiben bis an unser seliges Ende.

Dein Brief war mir lieb in jeder Richtung. Von den Toten rührte mich das Schicksal des kleinen alten Lenk – war er nicht Metallwaren-Fabrikant? - fast am meisten. Ich sah ihn noch, hoffnungslos congestioniert, erbarmungswürdig eingeschrumpft und dennoch vergeblich auf seinen Invalidenschein pochend, auf der Stufe der Baracke sitzen und verbissen seinen Tod erwarten, den er wohl schließlich als eine lang verzögerte Erlösung begrüßt hat. Von den Lebenden ging mir das Schicksal des armen Grünbaum, der für nichts als seinen Witz und sein Talent büßen muss, am nächsten. Läßt sich da gar nichts tun? Froh war ich es schwarz auf weiß zu haben, dass Gerö und Kleinwächter gerettet sind. Das gleiche hörte ich von Perter und Hollnsteiner. Aber der arme Grünbaum! Das letzte, was ich vor zwei Jahren von ihm erfuhr, war das Wort seiner Frau: Gott sei Dank, er darf Strümpfe stopfen! Und sie war so froh darüber...

In den nächsten Tagen erscheint ein neues Buch von mir: "Prince Metternich-statesman and lover".

Ich kann es dir leider nicht schicken. Aber du findest es sicher sehr bald in einer der dortigen public libraries, die ein Segen dieses Landes und auch meine unentgeltliche Bezugsquelle für Neuerscheinungen sind.

Das Buch, das vielfach auch zum Tage spricht, wird dir Einiges über Österreich und seinen Verfasser erzählen. Und wenn ich einmal auf einer Vortragsreise bis nach Chicago komme, was im Zusammenhang mit Metternich nicht völlig ausgeschlossen ist, rufe ich dich an.

Einstweilen, mit herzlichem Händedruck, von Baracke zu Baracke

Dein alter R. A.

Anmerkungen

Zu "Statt eines Vorwortes":

1 In: Raoul Auernheimer. Das Kapital. Berlin 1923. o. S.:
Hinweise des Verlages auf andere Veröffentlichungen des
Autors dabei auf "Rosen, die wir nicht erreichen"

2 Zur Folterung durch "Baumhängen":

*Michaela Haibl: Baumhängen. Zu Authentizität und
Wirklichkeit einer Fotografie. In: Dachauer Hefte 14.
Verfolgung als Gruppenschicksal. Dachau 1998. S. 278 - 288*

3 "... der Transport von 150 Österreichern, die die politisch-
gesellschaftliche Führungsschicht des untergegangenen
österreichischen Staates repräsentierten..." In: *Wolfgang
Neugebauer: Der erste Österreichertransport in das KZ Dachau
1938. In: Dachauer Hefte 14. Verfolgung als
Gruppenschicksal. Dachau 1998. S. 17 - 30*

4 *Raoul Auernheimer: Das Wirtshaus zur verlorenen Zeit.
Ullstein Verlag Wien 1948. S. 221 ff.*

5 *Ernst Lothar: "Ein wahrer Österreicher. Zum 10. Todestag
Raoul Auernheimers". In: Die Presse, 8.1.58, S. 5:*

"Als er Dachau verließ, war er so aufrecht und zukunftssicher,
wie nur ein echter, unverdorbener Österreicher sein konnte. So
kam er in Amerika an, so schrieb er in der Neuen Welt ein
Buch über die von ihm erlittene Unterwelt, ohne ein Wort
zuviel, ohne Vergeltungshitze, maß- und zuchtvoll bis zu dem
Grade, dass kein amerikanischer Verleger sich bereit fand,
solcher unbeirrbaren Hasslosigkeit Publizität zu geben."

Raoul Auernheimers Bericht "Die Zeit im Lager" wird
besprochen in der Dissertation von

*Lennart Weiss: In Wien kann man zwar nicht leben, aber
anderswo kann man nicht l e b e n. Kontinuität und
Veränderung bei Raoul Auernheimer. Uppsala 2010.*

Eine Ausgabe der deutschen und englischen Fassung hat als
Dissertation erstellt:

*Patricia Ann **Anders**: "Erzählen heißt, der Wahrheit verschworen sein": kommentierte Edition der deutsch- und englischsprachigen Fassung des bisher unveröffentlichten KZ-Berichts Die Zeit im Lager - Through Work to Freedom von Raoul Auernheimer. Frankfurt/Main (Lang) 2010*

6   "Das größte Hindernis für eine Kanonisierung stellte aber wie bei allen ins Exil Vertriebenen die ideelle Expatriierung dar; im Klima der Nachkriegsjahre bedeutet das auch, dass selbst bei einem ehrenden Gedenken stets ein irgendwie zwiespältiger Unterton mitschwang."

*In: Evelyne **Polt-Heinzl:** Raoul Auernheimer:*

1. Rezeptionsprobleme
https:/litkult1920er.aau.at/portraets/auernheimer-raoul/#auernheimer_1

vgl. Zu dieser Problematik auch:

*Evelyne **Polt-Heinzl**: Österreichische Literatur zwischen den Kriegen. Plädoyer für eine Kanonrevision. Sonderzahl Verlag Wien 2012*

7   *Donald G. **Daviau** (Hg.): Raoul Auernheimer - Aphorismen   und Gedichte. Mit einer Zeittafel zum Leben Raoul Auernheimers   und einer Bibliographie der Werke von und über Raoul Auernheimer. 2013. Gedruckt von Createspace, USA*

Auf der Rückseite dieses Buches, quasi als Klappentext, ist zu lesen:

"Donald G. Daviau, Professor für Germanistik em. der   University of California, Riverside, ist Verfasser zahlreicher Bücher und Artikel zur österreichischen Literatur. Raoul   Auernheimer (1876 Wien – 1948 Oakland, Kalifornien) war ein bekannter Dramatiker, Schriftsteller und Theaterkritiker der "Neuen Freien Presse". 1938 war er für ein halbes Jahr im KZ Dachau inhaftiert und musste dann in die USA emigrieren. Er konnte nie wieder in seine geliebte Heimat Wien zurückkehren.

In seinen scharfsichtig-witzigen Aphorismen voller Lebensweisheit ersteht die Welt des gehobenen Wiener Bürgertums der Zwischenkriegszeit; seine Gedichte aus dem Exil spiegeln seine Schwierigkeiten, als deutschsprachiger Autor in der amerikanischen Kultur zur überleben."

8   vgl. Tagebuch (Wien) Nr. 2, Febr. 1958,5 (Wienbibliothek:
    Dokumentation der Arbeiterkammer für Wien)

9   *Ernst **Lothar**: Ein wahrer Österreicher. Zum 10. Todestag
    Raoul Auernheimers". In: Die Presse, 8.1.58, S. 5*

Zu "Spiel des Zufalls":

Nachlass in der Wienbibliothek: Archivbox 1, Unterbox 3 (Epik und
Gebrauchsprosa), Mappe 1 (Der Butler/ Gutachten...), copyright 1946,
erschienen: Argentinisches Tageblatt 4.2.1945

Zu "Der Leichenbestatter von Ebenbrunn":

Nachlass in der Wienbibliothek: Archivbox 1, Unterbox 2 (Epik und
Gebrauchstexte), Mappe 5 (Athen von der Akropolis)

veröffentlicht 1909: In: ÖR 21, S. 114-127 (vgl. Archiv Bibliographica
Judaica. Lexikon deutsch-jüdischer Autoren, München 1992, S. 254)

1   Causeur: Plauderer

2   Fourgon: Leichenwagen (vgl. die grauen Kastenwagen der
    Wien- Bestattung)

3   Zirkular: Rundschreiben

4   Turf: Rasen

Zu "Die Schule der Liebe ":

Nachlass in der Wienbibliothek: Archivbox 2, Unterbox 1 (Epik und
Gebrauchsprosa), Mappe 1 (Graz, Der Mörder Babinsky)

veröffentlicht in: Raoul Auernheimer: Lustspielnovellen. Deutsche
Verlags-Anstalt Stuttgart/Berlin 1922. S. 95 – 118

1   Marcus Porcius Cato, der Ältere: 235-183 v.Chr., der Inbegriff
    des römischen Tugendboldes

2   Publius Cornelius Scipio Africanus Maior: 234 – 149 v.Chr., nach
    Cicero der Kopf des philosophisch gebildeten
    Scipionenkreises

3   Publius Terentius Afer: um 190 bis um 159 v.chr., römischer
     Komödiendichter, in seinen Komödien kommen ähnlich alberne
     Verwechslungen vor wie in Auernheimers Novelle, so   dass man
     sie als Terenzparodie auffassen kann.

4   Hetäre: griechische Lebedame, raffiniert und sozial anerkannt

5   Chlamys: griechischer kurzer Mantel, bestehend aus einem
     rechteckigen Tuch, das, über die linke Schulter geworfen, mit
     einer Fibel über der rechten befestigt wird.

Zu "Melusine und der Schwan. Ein Märchen für die reifere Jugend":

Nachlass in der Wienbibliothek: Archivbox 2, Unterbox 1(Epik und
Gebrauchsprosa), Mappe 1 (Graz, Der Mörder Babinsky) Wien
Neuglinggasse; vielleicht eine Parodie auf: Jakob Wassermann:
Melusine - ein Liebesroman, 1896

Zu "Die Novelle. Ein Zwischenspiel":

Nachlass in der Wienbibliothek: Archivbox 2, Unterbox 2 (Dramatische
Werke), Mappe 1 (Wenn Frauen spielen/ Der Spieler)

1   Gabriele d'Annunzio (1863-1938), italienischer symbolistischer
     Dichter

2   Eduard von Bauernfeld (1802-1890 Oberdöbling), schrieb
     Lustspiele und Wiener Konversationsstücke

3   Guy de Maupassant (1850-1893)

4   Peter Altenberg, eigentlich Richard Engländer (1859-1919),
     Bohemien, Autor von Prosaskizzen und Gedichten

5   Totalisateur: Vermittler von Wetten, v.a. Pferdewetten

Zu "Eine Reisebekanntschaft":

Die Hauptperson der Novelle mag an den österreichischen
Kulturhistoriker Robert **Eisler** erinnern (1882 – 1949), der wie
Auernheimer 1938 in Dachau inhaftiert war und dann nach
Großbritannien emigrierte.

Seine Abhandlung

Jesous besileus ou basileusas. Die messianische Unabhängigkeitsbewegung vom Auftreten Johannes des Täufers bis zum Untergang Jakobs des Gerechten. Nach der neuerschlossenen Eroberung von Jerusalem des Flavius Josephus und den christlichen Quellen dargestellt. Heidelberg 1929/30

basiert auf "Der jüdische Krieg" (verfasst 75 – 79 n. Chr.) von Flavius Josephus.

Der Text liegt in **zwei Fassungen** vor, hier mit (R) und (L) bezeichnet:

1.

Er wurde unter dem Titel **"Eine Reisebekanntschaft"** in der Basler Nationalzeitung vom 6. März bis 10. März und vom 12. bis 15. März 1940 in acht Fortsetzungen veröffentlicht **(R)**.

Dr. Otto Kleiber (1883-1969), seit 1919 Feuilletonredakteur bei der Basler Nationalzeitung, berichtet im folgenden Brief an R. Auernheimer von den Schwierigkeiten der Veröffentlichung. Der Brief gehört zum Nachlass in der Wienbibliothek I.N. 212.070/14. Fälschlicherweise ist in dem Brief der Text mit "Ein Reisegefährte" betitelt.

Lieber Herr Doktor!   Basel, 11.3.40

Ich möchte Ihnen rasch meine Erfahungen mit Ihrer Novelle "Ein Reisegefährte" berichten. Ich habe dieser Tage mit dem Abdruck begonnen. Bei der 4. Fortsetzung meldete sich das Stadtkommando, also die militärische Zensurstelle. Ob ich verrückt sei, in solcher Zeit ein solches politisches Feuilleton zu bringen. Ich musste für einen Tag den Abdruck stoppen und wurde aufs Kommando zitiert, samt dem Verleger. Den Rest des Manuskripts hatten sie vorher zur Lektüre eingefordert. Nun ging's erst recht los, wobei der Offizier in der Tat mit Recht auf die schwierige Zeit hinwies. Fast täglich gibt es Grenzverletzungen bei Basel durch deutsche Flieger. Dabei fand er den abgedruckten Teil, die Erlebnisse Wagners im Lager, noch weniger anfechtbar als den zweiten, in Italien spielenden Teil, wo Deutschland und Italien gegeneinander ausgespielt werden und wo auf die

Empfindlichkeiten Italiens besonders wenig Rücksicht genommen werde. Ich blieb ruhig, verteidigte die Aufgabe der Schweiz als letzter Hort des nicht gleichgeschalteten deutschen Dichterworts etc. Ergebnis der Aussprache: Ich musste mich, um die Aufhebung der Drucksistierung zu erwirken und um dem Verlag Unannehmlichkeiten von Bern aus zu ersparen, bereit erklären, die zweite Hälfte möglichst zu "entgiften". Das Konzentrationslager nach deutschem Muster musste weg, einzelne Ausdrücke wurden gemildert. Hitlers Aufgabe und Rolle in Italien hängt nun ein bisschen in der Luft; aber es liess sich nicht anders machen. Entschuldigen Sie also, wenn Sie dann die Belege zu Gesicht bekommen; es ging nicht anders. Ich hatte das Pech, mit dem Abdruck in besonders unruhige und unsichere Tage hineinzugeraten, in denen nicht nur das Stadtkommando, sondern auch die Bevölkerung ziemlich nervös ist, da soeben wieder von Evakuierung der Stadt gemunkelt wird. Ich hoffe, es gehe Ihnen gut und verbleibe inzwischen mit herzlichen Grüßen

Ihr ergebener

O.Kleiber

2.

Eine zweite Fassung **(L)**, die frühestens gegen Kriegsende entstanden ist, befindet sich im Nachlass des Autors in der Wienbibliothek: Archivbox I, Unterbox 4 (Epik und Gebrauchsprosa), Mappe 5 (Ergänzungen zu dem Buch "Was ich sagen wollte", Laurettas Bekehrung). Dort trägt der Text den Titel **"Lauretta's Bekehrung"**.

Er unterscheidet sich stellenweise vom veröffentlichten Text, der veröffentlichte Text scheint "entgiftet", wie Kleiber (s.o.) formuliert. Vor allem aber ist der Schluss verändert, er zeigt, wohl ironisch, eine amerikanische Frühstücksidylle.

Die beiden Fassungen einander gegenüberzustellen ist besonders interessant:

Deshalb sind die Abweichungen der zweiten Fassung (L) vom hier abgedruckten Text "Eine Reisebekanntschaft" (R) im Folgenden aufgelistet und als ergänzt (erg) oder ersetzt (ers) gekennzeichnet.

1   (erg) für Altertumsforschung

2   (ers) Dass ihm als Geschichtsforscher solche Vorstellungen
     geläufig   waren, war ja auch der Grund seines Hierseins. Er
     hatte zu viel, zu frei geforscht und das Erforschte mit
     naheliegender Nutzanwendung oft unvorsichtig ausgesprochen.

3   "fremdsprachiger" fehlt

4   (erg) unterzeichnet von Professor Clark, dem bekannten
     Archäologen und dessen Tochter

5   (ers) Wagners

6   (erg) völkischen

7   (erg) , wo sie lagen.

8   (ers) graublau gestreiften und bemützten Elendsgestalten an
     der vorschriftsmäßig höhnenden

9   (ers) ummauerten

10   (erg) ,unter Aufsicht wild blickender Wachtposten, die ein
     anschlagbereites Gewehr im Arm hielten.

11   (ers) ,der einen langen, beweglichen Hals hatte wie ein
     Wasservogel und ebenso neugierig war, wusste Rat. Er wusste
     immer schon um fünf Uhr früh zu berichten, was sie drüben in der
     riesigen Lagerküche mit den Tausendliter-Kesseln zu Mittag
     kochten, und er hatte auch diesmal wieder etwas aufgefischt.

12   (ers) flüsterte er aus dem Mundwinkel, sei überraschend
     angesagt   worden für Münchner SA-Häuptlinge, auch ein paar
     ausländische Journalisten dürften mit herüber kommen. In
     solchen Fällen zeigte der Kommandant sein Lager gerne von der
     besten Seite, nämlich ohne die Gefangenen, die er vorher ins
     Gelände verschwinden ließ. Die Herren von der Presse wurden
     dann zwischen den peinlich sauberen, leeren Baracken
     herumgeführt, deren jede mit einem Bethunien- Gärtchen an
     ihrem Kopfende geziert war, die für das deutsche Gemüt so
     kennzeichnende Blumenliebe treuherzig veranschaulichend. Auch
     die musterhaften Spitaleinrichtungen, mit ein paar für
     photographische Reproduktion geeigneten Krankenbetten, durften
     sie bewundern, von weiß gekleideten jungen Doktoren artig
     belehrt. Dass an den Bethunien vorbei auch Steine
     geschleppt wurden und die Ärzte unter ihren schneeigen

Spitalsmänteln Kanonenstiefel und geladene Revolver im Gürtel trugen, entging diesen aufmerksamen Beobachtern, wie man es auch den ihren Text begleitenden Bildern nicht ansah.

13 (ers) im Straßengraben

14 (ers) vorüberreitend

15 (ers) prächtig genährten und gestriegelten Rassepferd, wie es in den SS- Stallungen für besondere Gelegenheiten jederzeit zur Verfügung stand,

16 (ers) einzuprägen

17 (erg) des Gefangenen

18 (ers) "Welches Generals?"

19 (erg) "Aich!

20 (erg) Bluthund erster Güte jedenfalls.

21 (erg) Wird an uns ausprobiert – für Heereszwecke!"

22 (erg) ehemaligen

23 (ers) die im Mist aufgelesene Neuigkeit der Frankfurter Zeitung über Toscanini mitteilte.

24 (ers) Bethunien

25 (erg) ‚der in die Kloake gehörte und sonst nirgendhin.

26 (erg) ‚auch noch im Dritten Reich.

27 (ers) Er hieß ja "Aich"; das Wurzelwort, hob er selbstgefällig hervor, war das gleiche.

28 (erg) Der befreundete Nachbar durfte alles wissen; aber alles brauchte auch der Nachbar nicht zu wissen.

29 (erg), etwas geringschätzig,

30 (ers) "Nu,

31 Dieser Satz fehlt in L.

32 (erg) ‚der größeren Unbequemlichkeit halber,

33 (erg) ‚mit hungerndem Magen,

34   (ers) schnaubte

35   (erg)Es gab doch wieder eine Gerechtigkeit im Deutschen Reich und das schmutzige Judengesindel durfte sich nicht, wie früher, alles erlauben.

36   (erg) ,auf dem Boden sitzend,

37   (ers) Dunkelarrest

38   (erg) ,kreatürlich

39   (erg) "Zigarette?" - "Danke – Nichtraucher." - "Ein Glas Bier?" - "Antialkoholiker" – "Fruchtsaft vielleicht?" - "Gerne".

40   (erg) goss ein und

41   (erg) Sie sah einen Gekreuzigten. Dann ließ sie die Hand wieder sinken.

42   (erg) Abgesehen von dem gewissen dämonisch-aufglühenden Inquisitoren- Blick, zu dem er sich offenbar dienstlich verpflichtet fühlte, hätte man in jeder Hotelhalle mit ihm beisammen sitzen mögen.

43   (erg) mit Recht

44   (ers) Grödner

45   (erg) Sie dachte an den "Baum".

46   (ers) Aber woher wissen Sie das, Signora?" "Ich bin Schriftstellerin, Herr Doktor!"

47   (erg) mit tückischem Biergesicht

48   (ers) Schwarzrockigen

49   (erg) uns an den Baum band wie irgendeinen Deserteur oder gemeinen Verbrecher.

50   (erg) ,und entstammte einem Lande, wo man sich derlei noch erlauben konnte. Doch sprach er es nicht aus.

51   (erg) Kein Vorgesetzter hätte etwas daran auszusetzen gehabt.

52   (erg) ,mit dem Doppelpunkt des Lippenbärtchens,

53   (erg) zu Euch

54   (ers) Lauretta

55   (erg) "die Achse" auch in dieser Richtung auszubauen,

56   (erg) Er hätte sterben können, als sie ihn an den Baum banden."

      "Man stirbt nicht so leicht!", sagte Kitt.

      Sie blieb stehen.

57   (erg) ,unumschränkter Gebieter über Leben und Sterben von
      Hunderttausenden deutscher Schutzhaftgefangener,

58   (erg) ,um die dringende Note des italienischen Botschafters drei
      Tage unerledigt liegen lassen zu können.

59   (ers) ,den ein hoher Würdenträger ihres eigenen Landes den
      "ersten   Henker   des Reiches" genannt hatte. Mit seinen
      langen Gliedmaßen und dem eingezogenen Leib sah er aus wie
      ein schwarzer Skorpion, fand die Schriftstellerin, sich das
      Wort einprägend. Aber mit Ekel um den Mund zwang sie sich zur
      Liebenswürdigkeit.

60   Es fehlt: Sie sah ihn gar nicht, so aufgeregt und befangen war
      sie.

61   (erg) ,der mit reichsüblicher Verspätung ankam.

62   (erg) überdehnten

63   (erg) Sah man ihnen die Folterung des "an den Baum
      Gehängtwerdens" nicht noch deutlich an? Sie glaubte die
      Striemen noch sichtbar zu erkennen unter der, wie er jetzt den
      Arm hob, zurückfallenden Manschette. Aber vielleicht war es auch
      nur Phantasie der Schriftstellerin, die ihr einen Streich spielte.

64   (ers) Jedenfalls

65   (erg) schwarzhaarige

66   (ers) ,gleichfarbigen

67   (erg) Und übrigens auch jenseits der Grenze... Der
      Unterschied war nicht mehr groß. Feuer!

68   (erg) Auch nicht am elften März..."

69   (erg) Wenn nicht..."

70 (erg) Man hatte zu viel von Spionen und Lockspitzeln aller Art gehört, im Reich und drüben.

71 (ers) Für den Rest des Abschnittes:

Die Schwierigkeit, aber auch die nicht unwillkommene Gelegenheit, ihm den Grenzübertritt zu verweigern, ergab sich daraus, dass es ein österreichischer Pass war, obwohl reichsdeutsch abgestempelt. War er noch gültig? Das Braunhemd, bei dem die Entscheidung lag, schien geneigt, die Frage zu verneinen, während Lauretta, die, als Italienerin, aus ihrer herrischen Ungeduld kein Hehl machte, immer nervöser an ihrem Handgelenk nestelte. Ein Knopf sprang ab, der Ärmel fiel zurück, und ohne sich darum zu kümmern, schob sie den jetzt bis zur Beuge entblößten Arm mit dem aufgeblätterten Diplomatenpass an Wagners Schulter vorbei dem bissigen Cerberus unter die Nase. Von dem sich ihm bietenden Anblick zugleich gefesselt und eingeschüchtert, hob er den Arm zum Hitlergruß und ließ mit der Fascistin auch den Mann, den sie augenscheinlich begleitete, passieren.

72 (ers) Statt des ersten Satzes:

Einige Stunden später, vor Verona, traf sie, entgegen ihrer mittags geäußerten Absicht, keinerlei Anstalt umzusteigen.

73 (erg) ,wer man ist.

74 (erg) des Speisewagens hinweg

75 (erg) zu unmenschlich hoch

76 (ers) ironischer

77 (ers) ,dessen Lichter, ein irdischer Sternenhimmel,

78 Bei der zunehmenden Annäherung der italie-

Hier fehlt eine Seite des Typoskripts., Seite 37, der zweiten Fassung L.

79 Hier setzt der Text L wieder ein.

80 (ers) italienisch munteren Stadt an den "Conte di Savoia" begleitete.

81 (ers) "fascistische"

82 (ers) preußisch-schroff

83 (ers) um ihre Verwandten anzurufen, die ihr eine Spezialerlaubnis verschaffen sollten. Alles umsonst. Und erst zwei Stunden später

84 (ers) das hohe Schiff, ein weißer Punkt nur noch,

85 (erg) Aber war sie denn noch eine Fascistin? Sie schüttelte angewidert die glänzenden schwarzen Locken beim Anblick ihres entstellten Gesichts im Taschenspiegel.

86 Der Schluss der Novelle ist in der 2. Fassung L vollkommen verändert:

Sechs Jahre später, als der Krieg zu Ende ging, saß der vormalige Dozent, jetzt Professor Wagner, in der amerikanischen Stadt Providence seiner Frau Virginia, Tochter des Professor Clark, der ihm die Einreise ermöglicht hatte, am Frühstückstisch gegenüber. Den eisgekühlten Orangensaft, während er auf den Kaffee wartete, in kleinen Schlucken schlürfend, las Wagner in einem ihm vom Seminar zugesandten italienischen Flugblatt "Das Freie Italien" , das Nachrichten der Widerstandbewegung brachte. Plötzlich stellte er das halbgeleerte Glas hörbar nieder und Virginia – sie war eben dabei, den flüssigen Waffelteig in das vom elektrischen Strom erhitzte Maschinchen zu gießen – blickte besorgt unter ihrem Morgenhäubchen auf.

"Was gibt's"?" fragte sie, den Deckel schließend.

"Lauretta Boldini, vormalige Biographin Mussolinis, zuletzt von der Partei ausgestoßen und nach den Liparischen Inseln verbannt, ist beim Sturm auf das Mailänder Fascistenhaus gefallen. Ein Besuch im Dachauer Lager soll sie bekehrt haben..."

"Hast du sie gekannt?" fragte Virginia, die duftende Waffel aus dem wärmesprühenden Behälter hebend und ihrem Mann hinüberreichend.

"Wer kann heutzutage sagen, dass er jemand gekannt hat – selbst wenn er ihn gekannt hat?" erwiderte der Professor, den Orangensaft endgültig beiseite schiebend: "Aber es wird wohl dieselbe sein, die damals die Reihen der Gefangenen abritt und der ich nachblickte... In diesem Fall verdanke ich ihr mein Leben."

"Und ich!" sagte Virginia liebevoll, wenn auch etwas zerstreut, weil bereits mit der Herstellung der nächsten Waffel beschäftigt.

Zu "Mark Twain und die Gestapo":

Im Nachlass finden sich zwei Fassungen:

"Gedächtnisminute für Wien", entstanden 1940, wie aus dem Text hervorgeht. (I.N. 211.971) und "Mark Twain und die Gestapo".

Die erste Seite der ersten Fassung fehlt in der zweiten, der Übergang von Seite 1 zu Seite 2 der ersten Fassung ist unklar. Die handschriftlichen Verbesserungen der ersten Fassung sind in der zweiten eingearbeitet.

Der Zusatz: "Mark Twain, letzter Absatz im Stile Mark Twains" ist ein eigenes Din A 5 Blatt, im Nachlass der ersten Fassung zugeordnet, der Text passt aber auch zur zweiten Fassung.

1   Auf das traurige Schicksal des Wiener Luxushotels Métropole, okkupiert von der Gestapo, verweist das Denkmal für die Opfer der Gestapo in Wien, Salztorgasse 6:

    Niemals vergessen!

    Hier stand das Haus der Gestapo. Es war für die Bekenner Österreichs die Hölle. Es war für viele von ihnen der Vorhof des Todes. Es ist in Trümmer gesunken wie das Tausendjährige Reich. Österreich aber ist wiederauferstanden und mit ihm unsere Toten – die unsterblichen Opfer.

2   Raoul Auernheimer nimmt Bezug auf *Albert Bigelow-Paine: Mark Twain, a Biography, 1910*

Zu "Bestseller-Geschichte":

Nachlass in der Wienbibliothek: Archivbox 1, Unterbox 2 (Epik und Gebrauchsprosa), Mappe 1 (Epik, Gebrauchsprosa/ Die kleine Frau Busch...)

Zu "Der Pferdejunge":

Nachlass in der Wienbibliothek: Archivbox 1, Unterbox 3(Epik und Gebrauchsprosa), Mappe 1 (Der Butler/ Gutachten...), copyright 1946, veröffentlicht am 13.4.1941 in der Sonntagsausgabe der Nationalzeitung Basel.

Zu "Der Butler":

Nachlass in der Wienbibliothek: Archivbox 1, Unterbox 3 (Epik und Gebrauchsprosa), Mappe 1 (Epik, Gebrauchsprosa/ Der Butler...), copyright 1946

1   gemeint: der Elch

Zu "Wie entsteht eine Novelle?":

Machlass in der Wienbibliothek: Archivbox 1, Unterbox 4 (Epik undGebrauchsprosa), Mappe 2 (Quelques mots sur Vienne, Wandlungen der Novelle)

1   Robert Jakob Humm (1895-1977) Schweizer Schriftsteller und Übersetzer

2   peremptorisch: vernichtend

Zu "Wandlungen der Novelle":

Nachlass in der Wienbibliothek: Archivbox 1, Unterbox 4 (Epik und Gebrauchsprosa), Mappe 2 (Quelques mots sur Vienne, Wandlungen der Novelle)

Der Text bezieht sich auf:

Frances Newman: The short story's mutations. From Petronius to Paul Morand. New York (Hübsch)1924

R. Auernheimer ist es entgangen, dass es sich bei Frances Newman um eine Frau handelt.

Zu "Die österreichische Novelle":

Nachlass in der Wienbibliothek: Archivbox 1, Unterbox 4 (Epik und Gebrauchsprosa), Mappe 4 (Die österreichische Novelle, Wege der Gesellschaft)

Vorrede zu einer österreichischen Novellensammlung, 1947

In der Vorrede ist die Entwicklung der Textsorte "Novelle" aufgeführt mit ihren wesentlichen Autoren, dann die Besonderheiten der österreichischen Novelle und ihrer Autoren in Abgrenzung dazu. Auernheimer nennt jedoch nicht alle Texte, die in der Anthologie vorgesehen waren, sicher z. B. ein Text der Ebner-Eschenbach.

In den folgenden Anmerkungen sind die genannten Autoren und Werke, die nicht zur Anthologie gehören, kursiv gedruckt.

1   Paul Heyse (1830-1914): Deutscher Novellenschatz, 1871 ff.

2   Somerset Maugham (1874-1965): Tellers of Tales, 1939

3   Heinrich von Kleist(1777–1811): Michael Kohlhaas, 1810

4   Novellino: 2. Hälfte 13. Jh.; Druck 1525: Le Ciento Novelle Antiche

5   Giovanni Boccaccio (1313-1375): Decamerone, 1348- 1353

6   Margarete von Navarra (1492-1549): Heptameron, begonnen 1542, erschienen 1559 (Hg.:Claude Gruget)

7   conte: französische Literaturform zwischen Erzählung und Novelle

8   Geoffrey Chaucer (um 1343-1400): Canterbury Tales, nach 1388

9   Guy de Maupassant (1850-1893)

10   Jakob Wassermann (1873-1934)

11   Oskar Jellinek (1886 Brünn-1949 Los Angeles) Flucht 1938   nach Paris, 1940 in die USA

12   Theodor Storm (1817-1888)

13   Gottfried Keller (1819-1890)

14   Hermann Bahr (1863 Linz-1934 München): Die schöne Frau Leander, 1899

15   Marie von Ebner-Eschenbach (1830 Schloss Zdislawitz bei Kremsier in Mähren - 1916 Wien)

16   Karl Gustav Vollmoeller (1878 Stuttgart-1948 Los Angeles) : Das Mirakel -Bühnenstück ohne Worte 1911, mit Max Reinhardt, Stummfilm 1912

17   Franz Grillparzer (1791-1872): Der arme Spielmann, 1847

18   Nicolai Gogol (1809-1852): Der Mantel, 1842

19   Franz Werfel (1890-1945): Das Wunderkind: Möglicherweise ist gemeint: Cella oder die Überwinder, 1938, oder auch Géza de Varsany, 1943

20   Thaddaeus Rittner (1873 Lemberg-1921 Bad Gastein): Die Bitte. Von Rittner sind zwei Bändchen mit Novellen erschienen: Drei Frühlingstage und andere Novellen, 1900 – und Ich kenne sie, 1912

21   Ludwig Anzengruber (1839-1889): Der Sternsteinhof, eine Dorfgeschichte, 1885

22   Adalbert Stifter (1805-1868): Der Kondor, 1840

23   Arthur Schnitzler (1862-1931): Der blinde Geronimo und sein Bruder, 1900

24   Ferdinand von Saar (1833-1906): Die Troglodytin, 1887

25   Charles Sealsfield (Carl Postl) (1793 Poppitz bei Zaim-1864 Solothurn: Das Kajütenbuch, darin Die Prärie am Jacinto, 1841

26   Ludwig Bemelmans (1898 Meran-1962 New York)

Zu "Das andere Amerika":

Veröffentlicht in der Nationalzeitung Basel am 1.2.1940

Zu" Als der Peloponnesische Krieg kein Ende nahm":

Nachlass in der Wienbibliothek: I.N. 211.975 , 1941 abgeschlossen

1   Peloponnesischer Krieg: 431-404 v.Chr.

2   Schlacht bei Aegospotamoi, 405 v.Chr. Sieg der Spartaner unter Lysander

3   Aristophanes: Athen, etwa 445 – 380 v. Chr.

4   Die Acharner, 425 v.Chr.

5   Der Frieden, 421 v.Chr,

6   Lysistrata, 411 v.Chr.

7   Schlacht bei Amphipolis, 422 v.Chr.

Zu "Wir und Amerika":

Nachlass in der Wienbibliothek: I.N. 178.973(1-7)

Einige wenige Überschneidungen mit: Amerika und Europa: In: *Donald G. Daviau (Hg.): Raoul Auernheimer. Aphorismen und Gedichte. 2013 Createspace, USA. S. 89 – 92*

1,2   auch bei Daviau, S. 91, aber kürzer

3,4   auch bei Daviau, S. 90, z.T. Kürzer

5   Ferdinand Kürnberger: Der Amerika-Müde. Amerikanisches Kulturbild. Frankfurt/Main 1855

Zu "Autobiographische Notizen"

Nachlass in der Wienbibliothek: Archivbox 1, Unterbox 1 (Korrespondenzen, biographische Notizen, Lyrik), Mappe 2 (biographische Notizen)

Zu "Gedichte":

Nachlass in der Wienbibliothek: Archivbox 1, Unterbox 1 (Korrespondenzen, biographische Notizen, Lyrik),

Mappe 4 (Lyrik), darin: Das Grabmal des Anakreon; Gruß aus Kalifornien

Mappe 5 (Lyrik), darin: Rideamus! (zum 70. Geburtstag); Mein Geburtstagswunsch, 15.4.1946

Die vorliegenden Gedichte sind bisher nicht veröffentlicht.

Zu "Briefwechsel Auernheimer- Ellis"

Nachlass in der Wienbibliothek: I.N. 212.070/20

Raoul Auernheimers Lebenslauf

Raoul Auernheimer hat eine Autobiographie verfasst mit dem Titel: *Das Wirtshaus zur verlorenen Zeit*. Sie wurde posthum 1948 bei Ullstein in Wien veröffentlicht. Sie enthält jedoch keine "harten Fakten", sondern eher Reflexionen in Bildern über das bewegte Leben des Autors.

In Auernheimers Lebenslauf bündelt sich das Wesentliche seiner Zeit wie in einem Brennglas. Seine Kritiken, Feuilletons, Romane, Novellen, Szenen, Komödien zeigen ihn als "unpolitischen politischen Dichter", dem die Berufsbezeichnung "Literat" lieber ist als "Dichter". Der promovierte Jurist ist aufrichtiger Zeitzeuge. Als Romancier, Novellist, Dramatiker, Autobiograph, Berichterstatter, Soziologe, Philosoph und Netzwerker zeichnet er die Gesellschaft im Gesellschaftston. Dabei ist er alles, nur nicht zynisch.

Eine Zeittafel zu Raoul Auernheimers Leben hat Donald G. Daviau erstellt in: *Donald G. **Daviau** (Hg.): Raoul Auernheimer. Aphorismen und Gedichte. 2013 Createspace, USA. S. 179 ff.*

Dort findet sich auch ein Literaturverzeichnis. S. 188 ff.

Auch im 2016 erstellten Artikel von *Evelyne **Polt-Heinzl**: Raoul Auernheimer: 1. Rezeptionsprobleme.*
https://litkult1920er.aau.at/portraets/auernheimer-raoul/#auernheimer_1

ist das Leben des Autors kurz dargestellt und ein umfangreiches Literaturverzeichnis angefügt. Dort findet sich auch die Liste seiner Werke.

Zu Auernheimers Exilzeit vgl. v.a.:

*Donald G. **Daviau**: Raoul Auernheimers Beitrag für Österreich im amerikanischen Exil und in der Zeit des Wiederaufbaus nach dem Zweiten Weltkrieg. In: Jörg Thunecke (Hg.) Echo des Exils. Das Werk emigrierter österreichischer Schriftsteller nach 1945. Wuppertal(Arco) 2006. S. 13 – 33*

1876	am 15.4. als Sohn des protestantischen Johann Wilhelm Auernheimer aus Nürnberg und der jüdischen Mutter Charlotte "Jenny" Büchler aus Raab (Ungarn) , der Cousine von Theodor Herzls Mutter, in Wien geboren
1892	Matura am Gymnasium Ober-Döbling, Wien
1893	Freiwilligenjahr beim Tiroler Kaiserjäger-Regiment
1893	erste Veröffentlichung: *Ein Bild*. In: Wiener Literatur-Zeitung.1893.H.1,S,13
1894 bis 1900	Jurastudium in Wien, Abschluss mit Promotion
1899	erste Komödie *Talent* wird am Theater in der Josefsstadt uraufgeführt
1900	Gerichtsassessor in Wien
1901	erster Novellenband *Rosen, die wir nicht erreichen* veröffentlicht, von da an regelmäßig Erzählungen, Komödien und Artikel
1906	Journalist bei der Wiener Tageszeitung "Neue Freie Presse", bis 1933
1906	Heirat mit Irene Leopoldine Guttmann aus Budapest
1908	Burgtheaterkritiker der Neuen Freien Presse, bis 1933, und fortan selbst erfolgreicher Burgtheaterautor
1914	wegen seines schwachen Herzens vom Militärdienst befreit
1920	Veröffentlichungen von Artikeln in der Basler Nationalzeitung bis 1947
1923	gewählter Präsident des österreichischen PEN-Clubs, bis 1927
1923	*Das Kapital* (Roman) bei Ullstein
1924	Volkstheaterpreis für *Casanova in Wien* (1924)
1927	Rücktritt als Präsident des PEN-Clubs, bleibt aber Vizepräsident bis 1933, von 1933 bis 1935 vorübergehender Leiter
1927	*Die linke und die rechte Hand*. Roman bei Fischer/Berlin
1933	25. bis 28.5.: Teilnahme an der Internationalen PEN-Club-

Konferenz in Ragusa: Unterzeichnet die Resolution gegen die Inhaftierung und Indizierung von Schriftstellern in Deutschland (vgl. *Gerhard* **Renner**: *Österreichische Schriftsteller und der Nationalsozialismus (1933-1940) Frankfurt 1986, S. 210*)

1933	tritt aus Protest gegen die nationalsozialistischen Tendenzen der Neuen Freien Presse von seiner Stellung zurück, schreibt aber bis 1938 weiter Artikel für die Zeitung
1936	Auernheimer auf der Liste 1 des "schädlichen und unerwünschten Schrifttums" (Indizierung)
1938	"Anschluss": 11. März; Verhaftung am 21. 3.; am 1.4. Deportation nach Dachau im sog. "Prominententransport"
1938	am 26.8. aus der Haft entlassen (erwirkt durch Intervention des Generalkonsuls der USA, Raimund Geist, auf Bitten von Emil Ludwig und Prentiss Gilbert)
1938	7.12. Einschiffung in Triest, Emigration und Beginn des Exils mit seiner Familie, zunächst New York (Hotel Adams, Ecke 86th/5th Avenue)
1940	*Die Zeit im Lager,* nicht veröffentlicht (erst 2010)
1940	*Prince Metternich, Statesman and Lover,* veröffentlicht
1941	Übersiedlung nach Berkeley, California, zu Tochter Clara und Schwiegersohn Alfred Fellner
1944	amerikanischer Staatsbürger
1947	*Metternich, Staatsmann und Kavalier,* Ullstein Verlag
1948	stirbt am 6.1. in Oakland, California
1948	posthum bei Ullstein veröffentlicht: *Grillparzer, Der Dichter Österreichs. Licht und Dunkel eines Lebens* und *Das Wirtshaus zur verlorenen Zeit.* (großenteils 1943 verfasst)
1960	die Auernheimergasse in Wien (22. Bezirk) wird nach ihm benannt

Zeitfracht Medien GmbH
Ferdinand-Jühlke-Straße 7
99095 Erfurt, Deutschland
produktsicherheit@kolibri360.de